옆집 천사님 때문에 어느샌가
인간적으로 타락한 사연
사에키상
일러스트 카즈타케 하자노
© SB Creative Corp.

© SB Creative Corp.
“이런 일이 안 생기게
청소하는 거거든요?”
“아.”――마히루가 목소리를 흘린 순간
아마네는 반사적으로 마히루가 넘어지려는
바닥에 미끄러지듯 파고들었다.
확 퍼지는 달콤한 향기.

풋풋함마저 느껴지는
순수한 미소는
무심코 숨을 죽일 정도로 예쁘고,
그리고 귀여웠다.

"버리다니……
그런 심한 짓은, 못해요.
소중히 간직할 거예요."

"아니…… 뭐, 그야……
주겠다면, 먹겠지만."
© SB Creative Corp.

“이게 아닌가요?”

목차

후지미야 아마네

진학하면서 자취 생활을 시작한 고1.
집안일을 못해서 엉망으로 생활한다.
친구도 적고, 자신을 비하하는 경향이 있다.

시이나 마히루

아마네가 사는 맨션 옆집에 사는 같은 학년 여학생.
학교 제일의 미소녀이며, 품행이 좋고, 성적이 우수하며,
항상 미소를 짓고 있어서 천사님이라 불린다.

옆집 천사님 때문에
어느샌가
인간적으로
타락한 사연 1
키상
스트 하네코토
스트 카즈타케 하자노
Saekisan
ustration by Hanekoto
She is the neighbor Angel, I am spoilt by her.
© SB Creative Corp.

표지 일러스트
하네코토

본문 일러스트
카즈타케 하자노

제1화 천사님과의 만남

"……뭘 하고 있는 거야."

후지미야 아마네가 시이나 마히루와 처음 이야기한 것은——비가 끝없이 내리는 가운데 공원에서 그네에 앉아 있던 그 아이를 우연히 봤을 때였다.

올해 고등학교 1학년이 되면서 자취 생활을 시작한 아마네가 사는 맨션의 오른쪽 이웃에는 천사가 살고 있었다.

천사란 물론 비유지만, 시이나 마히루는 그 비유가 우습게 들리지 않을 만큼 아름답고 어여쁜 소녀였다.

잘 손질된 황갈색 스트레이트 헤어는 늘 부드럽고 광택을 띠었으며, 뽀얀 유백색 살결은 피부 트러블도 모르는 매끄러움을 유지하고 있었다. 오뚝한 콧날에 긴 속눈썹이 가장자리에 나 있는 커다란 눈, 윤기를 띤 예쁘장한 분홍색 입술 등등 모든 요소가 마치 인위적으로 만들어진 듯 섬세한 아름다움을 자랑하고 있었다.

같은 고등학교, 그것도 같은 학년인 아마네는 마히루의 평판을 자주 들었는데, 문무를 겸비한 미소녀라는 이야기가 태반이었다.

실제로 마히루는 정기고사에서도 늘 1등을 차지하고 있으며, 체육 수업에서도 에이스 급의 활약을 하고 있다고 한다. 아마네는 반이 달라서 자세히는 모르지만, 소문대로라면 완벽 초인이 아닐까 하는 생각이 들 정도였다.

이렇다 할 결점은 보이지 않으며, 단정한 용모에 성적은 우수, 그런데도 자만하지 않고 겸허하면서 얌전한 성격이라고 하니, 그 정도면 인기가 많은 것도 수긍이 되었다.

그런 미소녀가 옆집에 살고 있으니까, 이 환경은 일부 남자들에게선 실로 바라 마지않을 정도로 부러운 상황이라 할 수 있을 것이다.

그렇다고 해도 아마네는 마히루와 특별한 사이가 되고 싶거나, 그렇게 될 수 있으리라는 생각은 하지 않았다.

물론 아마네의 눈에도 시이나 마히루라는 소녀는 매력적으로 비쳤다.

하지만 자신의 위치는 기껏해야 옆집 사람이다. 그리고 이야기할 기회도 없고, 아는 사이가 될 생각도 없다.

아는 사이가 되면 남자들의 질투를 살 것이며, 애초에 옆집에 사는 것만으로 사이가 좋아진다면 마히루를 좋아하는 남자들도 그렇게 고생하지 않을 것이다.

덧붙이자면 이성이 봤을 때 매력적인 것이 곧 연애 감정으로 이어진다는 의미는 아니라서, 아마네는 마히루를 바라보는 게 제일 좋은 감상용 미소녀라고 인식하고 있었다.

그런고로 달콤쌉싸름한 관계이고 뭐고를 기대할 마음은 전혀 없고, 얽히는 일도 없을뿐더러, 단순히 옆집에 산다는 것 말고는 접촉한 적도 없었다.

그러므로 빗속에서 우산도 쓰지 않고 혼자 멍하니 있는 모습을 발견했을 때는, 솔직히 뭘 하는 거냐고 생각하며 수상한 자를 보는 듯한 눈으로 볼 수밖에 없었다.

모든 사람이 딴 길로 안 새고 자기 집으로 서둘러 돌아갈 정도로 비가 많이 내리고 있는데, 그 아이는 학교와 맨션 사이에 있는 공원에서 혼자 그네에 앉아 있었다.

'빗속에서 뭘 하는 거람.'

진한 회색 구름에 덮여서 빛이 비치지 않는 하늘 탓에 어둑어둑했고 아침부터 쏟아지는 비로 시야도 좋지 않았지만, 저 눈에 띄는 황갈색 머리카락과 교복을 보고 바로 마히루임을 알아볼 수 있었다.

왜 우산도 쓰지 않은 채 젖은 몸으로 그곳에 있는지 알 수가 없었다.

누군가를 기다리는 것도 아닌 것 같은데, 몸이 젖는데도 아무 저항 없이 그저 멍한 표정으로 어딘가를 보고 있었다.

아주 살짝 위로 든 얼굴은 원래부터 색소가 흐린 탓인지 혈색이 좋지 않아서 창백하게까지 보였다.

자칫하면 눈 깜짝할 사이에 감기에 걸릴 것 같은 상태였는데, 그래도 마히루는 조용히 그 자리에 있었다.

돌아가려는 낌새조차 없는 걸 보면, 본인이 원해서 그러고 있는 것이겠지. 남이 참견할 일이 아닐지도 모른다.

그렇게 생각해서 공원 옆을 지나쳐가려고 하다가—— 마지막으로 본 마히루의 얼굴이 어딘가 울음을 터트릴 듯이 일그러진 것처럼 보였기 때문에 아마네는 머리를 벅벅 긁었다.

딱히 엮이고 싶다거나 하는 동기는 없었다.

그저 저런 표정을 지은 인간을 내버려 두는 데는 왠지 양심의 가책이 느껴졌다. 그것뿐이다.

"……뭘 하고 있는 거야."

다른 뜻은 없다는 의미를 담아서 되도록 무뚝뚝하게 말을 걸었더니, 물기로 엄청 무거워졌을 것 같은 긴 머리카락을 출렁이면서 아마네를 봤다.

여전히 예쁘게 생겼다.

비에 젖었어도 그 광채는 흐려지지 않았으며, 오히려 비조차도 그 외모를 돋보이게 해 주는 소도구가 되어 있었다. 이걸 보고 촉촉하고 싱그러운 여자라고 하는 걸까.

쌍꺼풀이 진 또렷한 눈이 아마네를 봤다.

일단 마히루도 아마네를 옆집 사람으로 인식하고는 있을 것이다. 가끔 아침에 스쳐 지나가기는 했으니까.

하지만 갑자기 말을 거는 바람에, 그리고 지금까지 전혀 관계가 없었던 사람이 접촉하는 바람에, 캐러멜색의 눈동자에는 희미하게 경계의 빛마저 감돌았다.

"후지미야 군. 저에게 무슨 볼일이라도 있나요?"

아아, 성은 기억하고 있었구나. 그렇게 묘한 감동을 느꼈지만, 동시에 이래서는 경계를 푸는 일도 없겠구나 하고 분위기를

헤아렸다.

아예 모르는 사이는 아니라도 타인이 갑자기 말을 걸면 가드가 단단해지는 것도 당연하다고 수긍할 수 있었다.

어쩌면 남자와 별로 접촉하기 싫은 것일지도 모른다. 마히루는 학년을 가리지 않고 교내 남학생들로부터 고백이랑 대시를 받고 있다고 하니까, 아마네가 흑심을 품고 있는 것으로 생각하고 있을지도 모른다.

"딱히, 볼일은 없어. 하지만 이렇게 비가 오는데 혼자 이런 데 있으면 걱정되잖아."

"그런가요. 걱정해 주셔서 고맙지만, 저는 여기 있고 싶어서 있는 거니까요. 신경 쓰지 마세요."

경계심을 노골적으로 드러낸 가시 돋친 목소리가 아니라, 어디까지나 부드럽고, 그러면서도 접근하게 둘 생각은 추호도 없이 담백한 목소리였다.

'뭐, 그렇겠지.'

무슨 사정이 있는 것은 명백하고, 관여하지 말라는 거절의 표현을 들으면서, 아마네는 깊게 파고들 마음이 없었다.

애초에 자신도 어쩌다가 그냥 말을 건 셈이다. 사정을 물으려고 한 것도 어쩌다가 그렇게 된 것이지, 딱히 심하게 궁금한 것도 아니었다.

본인이 여기 있고 싶다면, 그래도 괜찮지 않을까.

오히려 마히루는 왜 말을 걸었느냐는 감정이 생겼을 것이다.

가녀리고 고운 얼굴로 자신을 수상쩍다는 듯 바라보고 있었기에, 아마네는 "그렇군."이라고만 말했다.

여기서 더 말을 건다면 확실히 싫다는 반응을 보일 테니 이제는 물러날 수밖에 없을 것이다.

다행이라고 할까, 딱히 마히루가 자신을 좋게 생각하든 말든 관계가 없기에 바로 내버려 두고 돌아가자는 결단을 내릴 수 있었다.

그래도 뭐랄까, 여자애가 이런 곳에 흠뻑 젖어서 홀로 있다는 사실은 마음이 편하지 않았다.

"감기 들 수 있으니까 이걸 쓰고 돌아가. 돌려주지 않아도 되니까."

그래서 마지막으로 딱 한 번만 참견을 투하하고 간다.

감기라도 걸린다면 왠지 꿈자리가 뒤숭숭할 것 같다. 그런 마음에 지금까지 자신의 머리 위를 가리고 있던 우산을 내밀었다.

우산을 손에 쥐여 준, 정확하게 말하자면 억지로 떠넘긴 아마네는 마히루의 입술이 움직이기 전에 등을 돌렸다.

서둘러서 그 자리를 떠나려니, 등 뒤에서 마히루의 목소리가 들렸다.

하지만 빗소리에 묻혀 거의 들리지 않을 정도로 작은 목소리였기에, 아마네는 그대로 후다닥 곧장 공원 옆을 빠져나갔다.

뭐, 감기라도 걸리지 않으면 다행이란 정도의 생각으로 떠넘긴 덕분인지, 처음에 무시하고 넘어가려고 했던 것에 대한 죄책감이 아주 조금 가벼워졌다.

본인이 대화를 거절했으니까 더 이상 관여할 생각도 없었다.

어차피 인연도 아니었으니, 이걸로 끝이다.

다시 귀갓길로 들어선 아마네는 그렇게 생각하고 있었다. 그때는.

제2화 감기와 천사님의 간병

"아마네, 콧소리가 시끄러워."

"너야말로 시끄러워."

다음 날, 감기에 걸린 건 아마네였다.

급우라는 말보다 악우라는 표현이 어울리는 아카자와 이츠키의 지적을 받으면서, 아마네는 흥 하고 콧소리를 내려다 실패했다.

그 대신에 코에서 훌쩍거리는 소리가 나니, 코에서 소리가 난다는 의미로 보면 실패는 아닐지도 모른다.

몸 상태는 최악이고, 코가 막혀서 그런지 아니면 감기 증상인지 머릿속이 지끈거리면서 고통을 호소하고 있었다.

시판 중인 약을 먹고 오긴 했지만, 증상이 완전히 억제될 리가 없다 보니 이 모양 이 꼴이다.

"아아." 하고 코막힘 증상에 인상을 쓰면서 티슈를 벗으로 삼은 아마네를, 이츠키는 걱정이 된다기보다 어이가 없다는 눈빛으로 보고 있었다.

"어제까진 팔팔했잖아, 너."

"비를 맞아서 그래."

"기운 내. 아니 잠깐, 어제 너 우산을 가져가지 않았었나?"

"……다른 사람한테 줬어."

아무리 그래도 학교에서 마히루에게 줬다고 말할 수는 없어서, 애매모호하게 얼버무렸다.

참고로 마히루는 학교에서 슬쩍 본 바로 안색도 나쁘지 않고 건강해 보였기 때문에, 우산을 준 자신만 감기에 걸려서 웃긴 상황이었다.

탕에 몸을 담그고 몸을 잘 덥히지 않은 것이 원인이므로 자업자득인 셈이지만.

"그렇게 비가 많이 내렸는데 우산을 빌려주다니, 사람이 너무 착한 거 아니냐?"

"어쩔 수 없잖아. 준 건 준 거니까."

"굳이 감기에 걸릴 위험을 감수하고, 누구에게 준 건데?"

"……우연히 지나가던 길 잃은 어린아이?"

어린아이라고 하기엔 잘 성장한 몸이지만. 아니, 애초에 같은 나이지만.

'……아, 그렇구나. 길 잃은 아이 같은 표정이었어.'

자신의 입으로 말하고서야 겨우 납득이 되었다.

그때 마히루의 표정은 미아가 부모를 찾고 있을 때와 똑같았던 것이다.

"착하기도 하셔라."

어제의 마히루를 떠올리고 있는 아마네의 심정을 모르는 이츠키는 놀리듯이 웃었다.

"하지만 뭐, 우산을 빌려줬든 뭘 했든, 넌 그 뒤에 대충 몸만 닦고 끝냈겠지. 그게 원인인 것 같지만."

"……그걸 어떻게 아는 거야."

"네가 얼마나 건강을 챙기지 않고 사는지는 너희 집에 가 보면 바로 알 수 있어."

자연스럽게 "그러니까 감기나 걸리는 거라고, 이 멍청아."라고 까이는 바람에 아마네는 입을 꾹 다물 수밖에 없었다.

이츠키의 말대로, 아마네는 기본적으로 자신의 몸에 애착이 별로 없다.

더 말하자면 정리 정돈이 서툴러서 방은 엉망진창인 데다, 끼니도 편의점 도시락이나 영양 보조 식품, 아니면 외식으로 해결했다.

그러면서 용케도 자취 생활을 한다고 말할 수 있다며 이츠키가 어이없어할 정도였다.

그런 생활을 보고 있던 이츠키라면, 아마네가 적당히 대충 살다가 감기에 걸린 것도 수긍할 수 있을 것이다.

"오늘은 후나닥 집에 가서 빨리 쉬어. 주말도 있으니까 빨리 나아서 오라고."

"그렇게 할게……."

"하다못해 간병해 줄 만한 여친이라도 있으면 좋을 텐데."

"시끄러워. 여친이 있는 녀석은 닥치고 있어."

약간 자랑스럽게 웃음을 띠는 이츠키를 보자, 아마네는 괜히 부아가 나서 자기 앞에 있는 박스 티슈로 손등을 때렸다.

시간이 지나면서 몸 상태는 점점 더 악화되어만 갔다.

처음에는 두통과 콧물뿐이던 감기 증상은 목의 통증과 권태감까지 동료로 삼아 몸을 지배하고 있다. 방과 후에 한눈팔지 않고 귀갓길을 서둘렀지만, 생각했던 것보다 몸이 감기에 밀리는지 발걸음이 느렸다.

그래도 겨우 맨션 입구에 도착했지만, 무거운 발을 움직여서 엘리베이터에 탔을 때는 더 이상 버티지 못하고 벽에 기댔다.

"하아."

흘러나오는 숨결은 평소보다 거칠고 뜨거웠다.

학교에서는 잘 버틸 수 있었지만, 아무래도 이제 곧 집에 도착한다는 것 때문에 방심했는지, 몸이 단번에 불편함을 호소하기 시작하고 있었다.

평소에는 아무렇지 않던 엘리베이터의 독특한 부유감도 지금은 은근히 힘들었다.

그래도 이제 곧 집에 도착할 것이다.

자신이 사는 층에 엘리베이터가 멈췄고, 느릿느릿한 동작으로 엘리베이터에서 내린 아마네는 자신의 집으로 발을 움직이려다가―― 한 번 멈췄다.

시선 끝에는 이제 제대로 이야기할 일도 없을 것이라 생각했던 소녀가 황갈색 머리카락을 나부끼며 서 있었다.

슬쩍 봐도 어여쁜 용모에는 생기가 있었고, 피부도 혈색이 좋아 보였다.

아무리 생각해도 저 아이가 감기에 걸릴 것 같았는데도 팔팔했다. 평소에도 몸을 잘 챙기는지, 자신과의 차이를 여실히 보여 주고 있었다.

마히루의 손에는 어제 떠넘긴 우산이 깔끔하게 접힌 상태로 들려 있었다.

돌려주지 않아도 된다고 했는데 돌려주러 온 것 같았다.

"……돌려주지 않아도, 되는데."

"빌린 걸 돌려주는 건 당연한 일이에……?"

도중에 말을 끊었다. 아니, 아마네의 얼굴을 보고서 말이 멈춘 것이다.

"저기. 열이, 있는 것 같은데요……?"

"……너하곤 관계없잖아."

최악의 타이밍에서 마주쳤다고, 아마네는 눈썹을 찌푸렸다.

단적으로 말해 우산은 돌려받든 말든 상관없었다.

그러나 지금 이 타이밍에 만나는 건 좋지 않았다. 똑똑한 이 아이라면 바로 아마네가 감기에 걸린 이유를 알아차릴 것이다.

"하지만 그건 저에게 우산을 빌려준 것 때문에……."

"내가 멋대로 한 일이니까 관계없잖아."

"관계가 있어요. 제가 거기에 있었기 때문에 당신이 감기에 걸린 셈이니까요."

"딱히 상관없어. 네가 마음에 둘 일이 아니야."

아마네는 자기 만족을 위해서 한 일인데 상대가 신경을 써 주는 것이 싫었다.

그러나 마히루가 그대로 '네, 그렇군요.' 라고 말하면서 내버려 둘 것 같은 낌새는 보이지 않았다. 단정한 미모에는 조바심이 드러나 있었다.

"……이제 괜찮아. 잘 있어."

아마네는 말을 주고받는 것이 더 힘들었기 때문에, 억지로라도 마히루의 추궁과 걱정에서 도망치기로 했다.

비틀비틀 휘청이면서 우산을 대충 받고, 주머니에서 열쇠를 꺼내……는 것까지는 좋았다.

약간 주춤거리면서 자택의 문을 연 순간 몸에서 힘이 빠져나갔다.

겨우 집에 들어갈 수 있다고 생각하여 안심한 것이 잘못이었는지, 휘청하면서 뒤에 있는 펜스 쪽으로 몸이 기울어진 것이다.

위험하다고 생각하긴 했지만, 펜스는 튼튼해서 부딪친 것 정도로 부서질 우려는 없고 높으니까 떨어질 일도 없었다. 어느 정도의 충돌은 있겠지만 약간 아픈 것 정도로 넘어갈 테니까, 이건 어쩔 수 없다……고 생각하면서 통증이 느껴질 것을 각오했다.

그런데 누군가가 팔을 꽉 잡아당기는 바람에 억지로 자세가 원래대로 돌아왔다.

"……역시 그냥 내버려 둘 수 없겠네요."

약간 멍해진 의식 사이로 가느다란 목소리가 들려왔다.

"빚은, 갚겠어요."

열이 오른 건지 멍해지기 시작한 머리로 그 말의 의미를 곱씹

으려 하다가 포기했다.

이해하기도 전에, 마히루가 힘이 빠져나가고 있는 아마네의 몸을 부축하면서 집 문을 열었으니까.

"들어갈게요. 어쩔 수 없는 일이니 용서하세요."

조용한 목소리에는 반론을 허용하지 않는 힘이 있었다.

아마네는 감기에 걸려 저항할 기력이 없었기 때문에 순순히 끌려갔고, 난생처음 또래 여자애를 동반하고 귀가했다.

간병해 줄 여친은 없었지만, 아무래도 간병해 줄 천사는 있었나 보다.

집에 들이지 말았어야 했다고 후회한 건 열로 들뜬 머리로 늦게나마 자신의 집의 현재 상태를 떠올린 뒤, 아니 그보다는 실태를 본 뒤였다.

아마네가 사는 맨션은 방이 하나다.

하지만 넓은 거실에 침실, 창고 방까지 딸린 곳이라 혼자 살기에는 충분히 사치스러운 집이다. 제법 유복하신 부모님이 치안 문제와 교통 편의를 생각하여 이곳으로 정했던 것이다.

혼자 살려면 여기서 살아라. 부모님이 그렇게 정했으니 뭐라 따질 생각은 없지만, 딱히 이렇게 돈을 많이 쓰지 않아도 되지 않았나 하는 생각은 하고 있었다. 혼자서 살기엔 감당하지 못할 정도로 넓었다.

아무튼 아마네는 혼자 살면서, 정리 정돈을 죽도록 못하는 남자였다.

당연히 거실은 물론이고 침실까지 난장판이었다.

"차마 눈 뜨고 못 볼 지경이군요."

천사님, 아니 구세주님은 사랑스러운 외모와는 달리 아주 솔직한 말을 아마네에게 바쳤다.

실제로도 심각해서 아마네도 할 말이 없었다. 다른 사람을 집에 들인다는 걸 알고 있었다면 얼마만큼은 치웠겠지만, 그것도 이미 때늦은 후회였다.

아리따운 입술 사이로 한숨을 흘린 마히루는 그래도 돌아가지 않고 아마네를 침실로 데려갔다.

도중에 함께 넘어질 뻔했기 때문에, 슬슬 진지하게 치우지 않으면 위험하겠다고 어지럽힌 본인이 통감했다.

"일단 전 나갔다가 다시 올 테니까 제가 돌아올 때까지 옷을 갈아입으세요. 알았죠?"

"……다시 오겠다고?"

"무시하고 끙끙 앓게 두었다간 제 꿈자리가 사나울 것 같으니까요."

예전에 흠뻑 젖은 마히루를 보고 생각했던 것을 이번에는 마히루가 아마네를 보면서 느낀 것일까. 무뚝뚝하게 대꾸하는데도 아마네는 그 이상 불만을 제기할 수 없었다.

마히루가 방에서 나간 뒤에 얌전히 그 분부를 따라서 실내복으로 갈아입었다.

"정말이지, 엉망진창이라고 할까, 발 디딜 곳이……. 이런데 어떻게 생활할 수 있는 거죠……?"

옷을 갈아입는 중에 난감해하는 목소리가 작게 들려와서, 정말 미안한 마음이 들고 말았다.

옷을 갈아입고 누웠더니 어느새 잠들었던 모양이다. 무거운 눈꺼풀을 겨우 뜨자 황갈색 머리카락이 먼저 시야에 들어왔다.

그 머리카락을 따라 이동하듯이 시선을 위로 올리자, 오늘 있었던 일이 꿈이 아니었는지 마히루가 아마네를 들여다보듯이 조용히 서 있었다.

"……지금 몇 시지?"

"오후 일곱 시예요. 몇 시간 정도 자고 있었어요."

담담하게 대답한 마히루는 아마네가 몸을 일으키는 것에 맞춰서 컵에 따른 스포츠 드링크를 건네주었다.

감사히 받아서 마신 뒤에야, 겨우 주변으로 눈길을 돌릴 수 있었다.

잠을 잤기 때문인지 몸 상태가 조금은 멀쩡해졌다.

머리가 시원하다는 걸 알아차리고 이마를 만져 봤더니, 약간 딱딱한 천 같은 느낌이 손가락을 타고 전해졌다.

이 집에 있을 리가 없는 냉각 시트가 붙어 있는 것을 깨닫고 마히루를 쳐다보니 "집에서 가져온 거예요."라고 짧게 대답했다.

이 집에는 냉각 시트는 물론이고, 웬만한 스포츠 드링크조차도 없다. 스포츠 드링크도 마히루가 가져왔을 것이다.

"일부러 이렇게까지…… 고마워."

"아뇨."

무뚝뚝한 대답을 듣고 쓴웃음을 지을 수밖에 없었다.

죄책감 때문에 간병을 자청했을 뿐이지, 아마네와 이야기하고 싶다는 뜻은 아닐 것이다. 애초에 얼굴만 겨우 아는 수준인 남자의 집에 단둘이 있으면서 친근하게 이야기를 나눌 수 있을 거란 생각이 들지 않았다.

"일단 책상 위에 있던 약은 이리로 가져왔어요. 뭘 좀 먹은 뒤에 약을 먹는 게 좋을 것 같은데, 식욕은 있나요?"

"응, 뭐, 그럭저럭."

"그런가요. 그럼 죽을 끓였으니까 그걸 드세요."

"……뭐, 시이나가 직접 만들었다고?"

"저 말고 누가 있단 말인가요. 싫다면 제가 먹겠지만요."

"아니, 먹겠습니다. 먹게 해 주세요."

설마 간병해 준 걸로도 모자라서 직접 죽까지 만들어 줄 것이라고는 눈곱만큼도 생각하지 않았기 때문에 잠시 당황하고 말았다.

솔직히 말해서 마히루의 요리 실력은 미지수지만, 가정과 수업에서 무슨 실수를 했다는 소문은 들은 적이 없으니까 심각한 수준은 아닐 것이다.

곧바로 머리를 숙이고 먹겠다고 대답한 아마네를 마히루는 약간 어이가 없다는 눈길로 봤지만, 고개를 끄덕인 뒤에 사이드 테이블에 놓아둔 체온계를 건네주었다.

"가져올 테니까 열을 재고 있으세요."

"응."

시키는 대로 셔츠 앞섶을 열고 체온계를 넣으려고 했을 때, 마히루가 얼굴을 홱 돌렸다.

"제가 방에서 나간 뒤에 하세요."

목소리가 약간 거칠어진 마히루를 보니, 볼이 약간 빨갰다.

여자와는 달리 남자의 가슴은 딱히 숨길 필요도 없을 텐데. 아마네는 그렇게 생각하며 의아해했지만, 마히루는 그다지 맨살에 면역이 없는 건지 앞섶을 연 것만으로도 알아보기 쉬울 정도로 당황하고 있었다.

흰 뺨을 옅은 장밋빛으로 물들이고서는 고개를 돌린 채 파들파들 떨고 있었다. 왠지 모르게 귀까지 빨개진 것 같은 모습을 보니, 마히루가 얼마나 부끄러워하는지를 엿볼 수 있었다.

'아…… 왠지 주변 남자들이 귀엽다 귀엽다 하는 게 조금은 알 것 같아.'

아마네도 마히루를 정말로 미소녀라고 생각하고 있지만, 딱히 그 이상의 감상은 생기지 않았다. 아름답고 귀엽다. 그건 틀림없었지만 그것뿐이었다.

인위적으로 만들어진 미를 보고 있다고 표현하는 게 맞으려나. 예술품에 가까운 이미지로 인식하고 있었다.

그러나 지금 이렇게 약간 부끄러워하는 모습을 보이면서 당황하는 마히루는 왠지 인간다운 면을 보여 주는지라 묘하게 귀여웠다.

"……그럼 어서 죽을 가지러 가면 되지 않을까?"

"마, 말하지 않아도 그럴 거예요."

하지만 솔직하게 귀엽다고 말할 수 있는 사이도 아니고, 말하면 틀림없이 이상한 눈으로 볼 것 같아서 그런 감상은 속으로 삼켰다.

흥미 없다는 투로 그렇게 말하자, 마히루는 후다닥 빠른 걸음으로 방을 나갔다.

약간 주춤거린 것은 동요했기 때문일까, 방이 어지럽혀져 있어서 그런 걸까. 아마도 후자일 것이다.

멍하니 그 모습을 바라본 뒤에, 아마네는 어쩌다 일이 이렇게 된 것인지를 새삼스레 생각하면서 한숨까지는 되지 않을 숨을 슬쩍 내뱉었다.

'……뭐, 책임감과 죄책감 때문이겠지.'

일반적인 여자라면, 잘 모르는 남자의 집에 들어와서 간병하려는 생각은 하지 않을 것이다. 만약 남자가 덮치기라도 하면 정말 큰일이니까.

그런 위험 부담을 짊어지면서까지 간병해 주었으니까, 어지간히도 양심이 아팠던 모양이다. 추가로 아마네가 명백하게 흥미 없는 것처럼 굴었다는 것이 마히루를 안심시키는 요인이 되었을지도 모른다.

어찌 됐든 어느 정도는 어쩔 수 없어서 마히루가 간병해 주고 있는 건 틀림없겠지.

"……가져왔는데요."

약간 열에 들뜬 머리로 그런 생각을 하면서 기다리고 있으려니, 조심스럽게 문을 노크하는 소리가 들렸다.

아마도 옷을 다시 입었는지를 몰라서 바로 들어오려고 하지 않는 듯한 마히루의 반응을 보고, 그러고 보니 옷의 앞섶을 푼 건 열을 재기 위해서였음을 뒤늦게 떠올렸다.

"아직 열을 재지 못했어."

"제가 없는 동안 재고 있으라고 말했던 것 같은데요……."

"미안해. 머리가 멍한 상태였거든."

솔직하게 사과하고 체온계를 겨드랑이에 끼자, 얼마 지나지 않아서 약간 흐릿한 전자음이 흘러나왔다.

슬쩍 들어 올려 화면을 보니, 38.3도로 표시되어 있었다. 병원에 갈 정도는 아니지만, 그런대로 높은 온도였다.

옷매무새를 바로잡은 뒤에도 들어오려고 하지 않는 마히루에게 "이제 됐어."라고 말하자, 질냄비를 얹은 쟁반을 들고 조심스럽게 들어왔다.

눈으로 보고 알 수 있을 정도로 안도하고 있는 건, 옷을 다시 제대로 입었기 때문이겠지.

"몇 도였나요?"

"38.3도. 약을 먹고 자면 나을 거야."

"……시판되는 약은 어디까지나 증상만 완화하는 것이지, 바이러스 자체를 퇴치해 주는 건 아니니까요. 푹 쉬어서 면역 기능이 제대로 작동할 수 있게 하세요."

따끔하게 잔소리를 듣긴 했지만, 걱정이 되니까 그런다는 걸 알고 있는지라 왠지 모르게 근질거리는 느낌이 들었다.

"정말이지……."

그렇게 말하면서 한숨을 쉰 마히루는 사이드 테이블에 쟁반을 놓고, 질냄비의 뚜껑을 열었다.

내용물은 절인 매실이 들어간 죽. 위장의 부담을 생각해서인지 된죽이 아니라 물기가 많은 진죽으로 만든 것 같았다.

매실을 넣은 건 맛을 위해서가 아니라 감기에 효과가 있다는 말을 들었기 때문이려나.

김이 나진 않았지만 약간의 온기가 전해지는 걸 보면, 갓 만든 게 아니라 가져오기 전에 의도적으로 식힌 것으로 보였다.

죽을 지그시 바라보는 아마네는 아랑곳하지 않은 채, 마히루는 익숙한 손길로 그릇에 죽을 담고 있었다. 매실 열매를 가볍게 으깨어서 풀고는 있었지만, 씨는 정성껏 발라내었는지 빨간 속살이 흰 죽에 아주 쉽게 섞여들고 있었다.

"드세요. 아마 뜨겁진 않을 거예요."

"응, 땡큐."

받긴 했지만 스푼을 쥔 채 가만히 죽을 바라보는 아마네를 보면서, 마히루도 의아한 표정을 짓고 있었다.

"……뭔가요. 먹여 달라는 뜻인가요? 그런 서비스는 해드릴 수 없는데요."

"그런 말은 아무도 안 했거든. 그게…… 그냥 요리도 할 줄 아는구나 싶어서……."

"혼자 사니까 당연한 거예요."

자취 생활도 똑바로 못 하는 아마네에겐 의외로 따끔한 발언이었다.

“후지미야 군은 요리 이전에 일단 방부터 치우는 게 좋겠지만요.”

“지당하신 말씀입니다.”

무슨 생각을 하고 있는지 대충 다 알고 있다는 듯이 마히루가 곧바로 아픈 곳을 찔렀다. 아마네는 가볍게 신음하면서 방금 그 대화를 얼버무리듯 죽을 스푼으로 떠서 입에 넣었다.

혀에 퍼지는 찰기 어린 죽 맛은 역시 예상대로라고 할까, 쌀의 맛을 잘 살렸으며 짠맛은 적었다.

하지만 죽 속에 섞인 매실의 부드러운 신맛과 짠맛이 전체적인 죽의 맛을 더 잘 살려 주어, 적절한 밸런스로 완성되어 있었다.

아마네는 맛이 짠 매실 절임을 그다지 좋아하지 않지만 희미하게 감칠맛을 느끼게 하는 순한 신맛은 좋아하기 때문에, 몸이 건강하다면 이대로 흰쌀밥에 얹어 먹거나 찻물에 밥을 말아 같이 먹고 싶다는 생각이 들었다.

“맛있어.”

“고맙네요. 죽이니까 누가 만들었어도 그렇게 큰 차이는 없었겠지만요.”

마히루는 대수롭지 않은 듯한 표정으로 대꾸했지만, 살포시 미소를 짓고 있었다.

학교에서 가끔 보곤 했던 사교적인 미소와는 다른, 안도감이 포함된 미소를 자신도 모르게 응시하고 말았다.

“……후지미야 군?”

“아, 아무것도 아냐.”

아주 짧은 순간 지었던 그 부드러운 미소가 바로 사라져 버린 게 왠지 아깝다.

그렇게 생각했지만 말로 꺼내지는 않고, 아마네는 또 상황을 얼버무리려는 듯이 죽을 홀짝홀짝 입으로 옮겼다.

“……어쨌든 오늘은 안정을 취하세요. 수분 보급을 잊지 말고요. 그리고 땀을 닦으려면 이 수건을 쓰세요. 세숫대야에 물을 담아 놓았으니까 적셔서 짠 뒤에 닦으면 돼요.”

식후, 마히루는 아직 개봉하지 않은 스포츠 드링크랑 물을 담은 세숫대야와 수건, 예비용 냉각 시트를 준비해 와서 사이드 테이블에 열심히 놓고 있었다.

아무리 그래도 얼굴을 아는 수준에 불과한 남자의 집에서 묵을 순 없을 것이고, 아마네도 그건 도저히 받아들일 수 없을 것 같았기 때문에 그런 행동은 고맙게 느껴졌다.

아마네가 지그시 바라보는 가운데, 마히루는 빠진 게 없는지 확인하고 있었다.

‘……의무감으로 해 주는 것치고는 너무 꼼꼼하단 말이지.’

입으로는 차갑고 담담하게 말하면서도 정작 하는 행동은 바지런한 마히루. 그걸 보는 아마네도 왠지 점점 익숙해져 쓴웃음이 나왔다.

‘나와 얽히는 건 이번으로 끝일 텐데, 정말 성심성의껏 대해 주네.’

아마도 더 이상 얽히는 일은 없을 것이다. 어쩌다 보니 짧은 인연으로 간병을 받은 것뿐이니까.

그렇다. 더는 접촉할 일이 없을 테니까, 궁금했던 일 하나쯤은 물어봐도 괜찮겠지.

약도 효과가 돌기 시작했는지, 권태감은 여전해도 열은 조금 내린 것 같은 느낌이 들었다. 머릿속이 자기 전보다는 맑은 상태였다.

"저기, 하나 물어봐도 될까."

"뭔가요."

필요한 것을 세팅한 마히루가 아마네 쪽으로 얼굴을 돌렸다.

"왜 빗속에서 그네에 앉아 있었어? 남친하고 싸웠어?"

궁금했던 것은, 애초에 간병하는 계기가 된 어제의 일이었다.

마히루는 왜 빗속에서 그네에 흔들거리며 앉아 있던 걸까.

왠지 길 잃은 아이 같은 눈빛을 한 것이 마음에 걸렸기 때문에, 그렇게 억지로 우산을 떠넘긴 것이다.

하지만 그런 표정을 지은 이유를 모르겠다.

누군가를 기다리고 있었던 것 같기도 하기에 사귀는 남자가 있고 그와 싸운 게 아닐까 하는 안이한 예상을 했지만, 마히루는 어이가 없다는 표정으로 아마네 쪽을 쳐다보았다.

"공교롭게도 사귀는 남자는 없고, 사귈 예정도 없어요."

"뭐? 왜?"

"오히려 묻고 싶은데요. 왜 제가 누군가와 교제 중일 거라고 생각한 건가요?"

"그 정도로 인기가 많으면 으레 한두 명쯤은 있을까 했는데."

이렇게 말을 주고받는 아마네에게는 의외로 인간미가 넘치면서 조금은 기가 센 평범한 소녀였지만, 주변 사람들에겐 그렇게 보이지 않을 것이다.

청순가련, 얌전하고 겸허한 미소녀. 천사로 불릴 정도로 고운 미모는 사람들의 눈길을 끌고, 몸은 아담하면서도 체형은 굴곡이 뚜렷하다. 신비하고 지키고 싶어지는 분위기가 스타일과 잘 어울려 마치 남자의 이상을 구현한 것 같은 모습이었다.

게다가 수석을 유지하는 성적에, 스포츠도 만능, 오늘 알았지만 요리도 무시무시하게 잘했다. 그 정도면 당연히 인기가 있겠지.

고백받고 있는 모습을 우연히 본 적도 있었으며, 반 친구들 중에서 마히루에게 호의를 가지고 있는 사람이 상당히 많다는 것도 알고 있었다.

그렇게 누구라도 골라잡을 수 있는 상태에서 누구와도 사귀지 않고 있다고 생각할 리가 없다.

그런 의미에서 한두 명쯤이라는 표현을 썼던 것이지만, 그 말을 들은 순간 마히루의 표정이 딱딱해졌고, 다음에는 일그러졌다.

"그런 사람은 없고, 여러 남자와 교제할 정도로 절도 없는 인간이 된 기억은 없어요. 절대로, 있을 수 없는 일이에요."

오싹해질 만큼 차가워진 눈으로 담담하게 부정하는 마히루를 보고, 아마네는 곧바로 뭔가 지뢰를 밟았다는 것을 이해했다.

감기에 걸린 탓인지도 모르겠지만, 순간적으로 오한이 들었다. 왠지 모르게 방이 서늘하게 느껴졌다.

"미안해. 그런 의도로 말한 건 아니었어. 사과할게."

"……아뇨, 저야말로 너무 열을 냈네요. 죄송해요."

하지만 머리를 숙이자 바로 차가운 분위기는 사라졌다.

열을 낸 것이 아니라 눈보라가 부는 것처럼 느껴졌지만, 굳이 지적은 하지 않았다.

"어쨌든 그때는 그런 이유가 있었던 게 아니라, 그냥 머리를 식히고 싶었던 것뿐이에요. ……걱정해 준 당신이 감기에 걸리게 만든 건 미안하게 생각하지만요."

"괜찮아. 내가 멋대로 나선 것뿐이니까. 실제로 내가 멋대로 끼어들어서 이렇게 된 것이니 죄책감 같은 걸 느끼면 오히려 내가 난감해. 시이나와 이런 식으로 얽힐 일도 이번뿐일 테고."

역시 죄책감 때문에 간병해 주었을 마히루는, 아마네가 하는 말 후반부에 눈을 깜빡였다. 그리고는 어딘가 이상하다는 표정으로 아마네를 바라보았다.

'이런 식으로 얽힐 일도 이번뿐' 이라는 부분이 마음에 걸린 것 같았다.

"딱히 접점이 없으니 당연하잖아. 아무리 네가 학년 최고의 미녀니 재녀니 천사니 하는 말을 듣는다고 해도 이런 구실로 친해질 생각은 없어. '친절을 베풀다 보면 언젠가는…….' 같은 생각이라도 하는 줄 알았어?"

약간 어색한 표정으로 눈길을 돌리는 마히루를 보면서, '역시 그랬나.' 하는 생각에 쓴웃음을 지었다.

이건 본인이 오만해서 그런 것이 아니라, 실제로 그런 일이 있었기 때문이리라.

미소녀에게 친절하게 굴면서 친해지려고 하는 것은 흔히 있을 법한 수법이다.

그런 일을 몇 번인가 경험했을 마히루가 그때 경계하는 모습을 보였던 것도 이해가 된다. 자기 방어를 위해서 그런 것이니까 책망받을 일은 아니다.

"너도 귀찮을 거 아니야. 좋아하지도 않는 남자와 얽히는 건."

"그건 그렇지만요."

"역시 그렇군."

본인이 긍정한 것이 조금 재미있었다.

얌전하고 우등생이며 사랑스러운 천사라고 사람들이 떠드는 이 아이에게도 호불호는 있고, 성가시게 여기는 일이 있을 것이다. 조금 친근감이 생긴다.

마히루에게는 실언이었는지, 자신의 실언을 이끌어 낸 아마네를 약간 원망스러운 눈길로 보고 있었다.

바로 그 모습이 마히루가 정말로 감정을 가진 사람이라는 걸 증명하고 있었다.

"딱히 상관없다고 생각하는데? 오히려 안심했어. 천사도 다른 사람들처럼 그런 게 성가신 거구나 하고 말이야."

"……그런 호칭으로 부르지 마세요."

보아하니 천사라고 불리는 건 부끄러운지 불만스러운 눈빛이 계속되고 있었다.

그런 반응도 재미있어서 아마네는 또 웃었다.

"뭐, 그러니까 용건도 없는데 일부러 얽힐 일은 없어."

그렇게 딱 잘라 말하자, 마히루는 아주 조금 놀란 듯이 눈을 휘둥그레 뜨고, 이어서 희미하게 쓴웃음을 지었다.

머리를 꾸벅 숙여 인사한 뒤에 돌아간 마히루를 떠올리면서, 아마네는 침대에서 멍하니 천장을 쳐다봤다.

약은 효과가 있었지만, 역시 몸은 아직 나른해서 방심했다간 바로 잠기운에 끌려갈 것 같았다.

눈을 감고 오늘 있었던 일을 회상해 봤다.

천사(독설 타입)에게 간병을 받다니. 누구에게 말해도 믿지 않을 테고, 말할 필요도 없다.

오늘 있었던 일은 아마네와 마히루만의 비밀이다.

비밀이라고 하니 왠지 낯간지럽다. 그냥 귀찮으니까 다른 사람에겐 말하지 않는 게 좋겠다고 판단했을 뿐인데.

내일부터는 얼굴만 아는 타인이다.

그렇게 자신을 타이르면서, 아마네는 천천히 자신의 의식을 어둠 속에 가라앉혔다.

제3화 천사님이 음식을 나눠주다

선언했던 대로, 아마네와 마히루는 여전히 얼굴을 아는 타인의 관계를 유지하고 있었다.

간병을 받은 다음 날에는 기운을 차렸으며, 편의점에 뭘 사러 갔을 때 가끔 마히루와 얼굴을 마주쳤지만 딱히 이야기를 나누는 일은 없었다. 하지만 마히루가 건강해진 아마네의 모습을 보고 약간 안도하던 것은 알 수 있었다.

한 주가 새로 시작되고 학교를 다니면서도 달라질 것은 없었다. 여전히 남이다.

그저 아주 약간 변화가 있다고 하면, 통학할 때 마주치면 가볍게 고개 숙여 인사하게 된 정도라고 할까.

"오, 아마네, 선상해졌네."

"덕분에 말이지."

지난주 하교 때 반쯤 죽은 상태였던 아마네를 이츠키도 걱정했었는지, 학교 현관에서 만나자마자 몸 상태를 살피고 있었다. 주말에는 '살아 있냐?' 는 문자를 보냈을 정도였다.

문제없다는 내용의 문자를 보내도 반신반의했는지, 이렇게 실제로 만나서 팔팔해진 모습을 본 뒤에야 이츠키는 다분히 의도적으로 안심이 된다는 듯이 한숨을 쉬었다.

"거참, 그 정도로 몸이 안 좋은 모습을 보여주면 아무리 나라도 걱정이 될 수밖에 없다고. 뭐, 다 나았으면 다행이지만 말이야. 너도 이제 좀 건전하게 생활해. 우선은 청소부터 하라고."

"누군가와 비슷한 말을 하네."

"응?"

"아무것도 아니야. ……저번 주말에 뼈저리게 느꼈으니까, 가까운 시일 안에 청소할 거야."

"아니, 지금 당장 청소하라니까." 하고 곧바로 지적을 받았지만, 애써 무시했다.

그 정도면 아마 반나절론 다 정리되지 않을 것이다.

아마네가 고개를 휙 다른 곳으로 돌리자 이츠키도 더 이상은 잔소리를 하지 않았지만, 어이가 없다는 표정을 짓고 있었다.

"뭐, 너희 집이니까 네 좋을 대로 하면 되겠지만 말이지. 다음에 갈 때는 발 디딜 곳 정도는 좀 만들어 둬."

"……노력할게."

씁쓸한 표정을 지으면서 실내화를 신고 학교 안으로 들어가 교실로 향했지만, 유달리 시끄러운 교실이 있어서 자기도 모르게 곁눈질로 보고 말았다.

창문을 통해 본 그 교실에는 변함없는 미모를 발휘하고 있는 마히루가 있고, 남녀를 가리지 않고 사람들이 주변을 둘러싸고 있었다.

말을 걸면 조용한 미소를 지으면서 대응하는 그 모습을 보고,

왠지 며칠 전의 마히루와는 전혀 다르다는 생각에 자연스럽게 쓴웃음이 흘러나왔다.

그 모습을 보고 고개를 돌린 이츠키도 마히루의 모습을 포착하고는 이해한다는 반응을 보였다.

"아하, 시이나구나. 여전히 인기가 많네. 뭐, 미소녀니까."

"뭐니 뭐니 해도 천사님이니까 말이지. ……이츠키도 시이나를 귀엽다고 생각해?"

"그야 뭐 그렇긴 하지. 하지만 나에겐 치이가 있으니까, 단순한 감상용이라고 할까."

"애인 자랑은 사양하겠습니다—."

이츠키에겐 치이, 정확하게 말하자면 시라카와 치토세라는 애인이 있다.

이들은 서로가 서로를 사랑하는 아주 사이좋은 커플이라서, 같이 있는 모습을 보면 속이 쓰릴 정도이다.

애인 자랑은 딴 데 가서 하라며 손을 휙휙 젓는 아마네를 보면서도, 이츠키는 딱히 기분이 상한 것 같지 않았다. 늘 있는 일인지라 "매정한 녀석."이라면서 웃을 뿐이었다.

"아마네야말로 시이나를 귀엽다고 생각하지 않아?"

"미인이지. 그것뿐이야."

"담백하네."

"우리에겐 손이 닿지 않는 절벽에 핀 꽃 같은 존재잖아. 얽힐 일도 없으니, 보기만 하는 것으로 충분해."

"그건 맞는 말이야."

무슨 인연인지 지난번에는 간병을 받는 해프닝이 있었지만, 애초에 사는 세상이 다르다.

아마네가 마히루와 친해지는 미래는 있을 수 없다. 우수한 인간은 우수한 인간과 서로 이끌리는 법이다.

스스로도 글러 먹은 남자라는 자각이 있는 아마네와 귀여우면서 무엇이든 잘하는 마히루가 어떻게 될 일은 없다.

그렇다. 얽히게 될 일 자체가 이제는 없다고 생각하고 있었다.

"……뭘 먹고 있는 건가요."

그 생각이 뒤집힌 것은, 베란다에서 젤리 음료를 마시면서 밖을 바라보고 있을 때였다.

편의점에 들르는 것도 귀찮았기에 집에 상비해 두고 있는 젤리 음료를 마시면서 펜스에 몸을 기대어 바깥 공기를 맡고 있었더니, 우연히 마히루가 베란다로 나왔다.

아마네의 모습을 발견한 마히루도 베란다의 펜스에서 약간 얼굴을 내밀었고, 그런 뒤에 아마네가 입에 물고 있는 젤리 음료를 보고 눈썹을 살짝 찌푸렸다.

아마네 자신은 설마 상대가 말을 걸 줄은 전혀 예상하지 못해서 한동안 멍하니 굳어 있었다.

"보면 알잖아. 불과 몇십 초면 에너지를 보급할 수 있는 젤리."

"……설마 그게 저녁밥이란 건가요?"

"당연히 그렇지."

"한창 성장기인 남자 고등학생이 겨우 그것만 먹는다고요?"

"괜한 참견이야."

평소엔 편의점 도시락이나 슈퍼에서 파는 반찬을 먹고 있으므로 이렇게까지 간단히 먹지는 않는다. 오늘은 저녁 식사를 준비하는 게 귀찮았던 데다 컵라면을 먹고 싶은 기분도 아니었기 때문에 젤리 음료를 마시고 있을 뿐이다.

아마도 이걸로는 부족할 테니 나중에 스낵 같은 과자를 집어 먹게 될 것 같지만.

"요리는…… 물어볼 것도 없겠군요. 못 할 것 같으니까. 요리도 청소도 하지 못하는데, 용케도 혼자 살고 있네요……."

"시끄러워. 너랑 관계없잖아."

따끔하게 지적당한 내용이 사실이기에, 살짝 눈썹을 찌푸린 상태에서 마시다 만 젤리를 마저 빨았다.

청소 쪽은 며칠 전에 실감했으니까 나중에 어떻게든 할 예정이다. 잔소리를 들으면 오히려 의욕이 가시고 만다.

왜 이렇게까지 잔소리하는지 오히려 이상할 지경인데, 마히루는 그런 아마네를 지그시 바라보더니 슬쩍 한숨을 쉬었다.

"……잠깐 기다리세요."

마히루는 그렇게 말하자마자 베란다에서 방으로 돌아갔다.

아마네는 창문이 드르륵 닫히는 소리를 들으면서 "대체 뭐야?"라고 중얼거렸다.

기다리라곤 했지만 뭘 기다리란 말일까.

의아한 눈길로 마히루의 집 쪽을 봤지만, 당연히 아무런 반응이 없었다.

'슬슬 추워지니까 안으로 들어가고 싶은데.'

기다리라는 말을 듣고 일단 대기하고는 있었지만, 가을밤은 생각했던 것보다 추웠다. 스웨트 소재의 옷으로는 싸늘하게 느껴졌다.

애초에 왜 시킨 대로 착실하게 기다리고 있는 건지를 자신도 알 수가 없었다.

머지않아 숨결이 하얗게 변할 것 같은 기온 속에서 깊게 숨을 내뱉고 있으려니, 현관 쪽에서 전자음이 들렸다.

손님이 왔다는 걸 알려 주는 소리에 돌아섰다.

올 만한 손님은 한 명뿐이다.

정말로 왜 찾아온 것인지 알지 못한 채, 흐트러진 옷이랑 잡지를 피해 걸으면서 현관으로 나갔다.

문구멍으로 보지 않아도 누군지 알 수 있다. 샌들을 발에 걸치고 체인을 벗겨서 문을 열자── 예상대로 아마네의 시선보다 낮은 위치에서 황갈색의 머리카락이 출렁이고 있었다.

"……뭐 하는 거야, 너."

"당신이 너무나도 건강을 생각하지 않는 생활을 하는 걸 보다 못해 이러는 거예요. ……남은 음식이지만 드세요."

마히루는 쏘아붙이듯이 무뚝뚝한 목소리와 함께 손을 앞으로 내밀었다.

아마네보다 한층 더 작고 가녀린 손 위에는 밀폐 용기가 있다. 반투명한 뚜껑을 통해선 뭔가를 조린 듯한 요리가 희미하게 보였다.

아직 온기가 약간 남았는지 뚜껑이 살짝 흐려져 있어서 정확히 알 순 없었지만, 아마도 조림 같았다.

눈을 깜빡거리고 있으려니, 왜 이러는지를 묻고 싶은 아마네의 눈빛을 이해한 것으로 보이는 마히루의 입에서 대답 대신 깊은 한숨이 나왔다.

"당신이 잘 챙겨 먹지 않아서 그래요. 영양 보조 식품은 보조일 뿐이지, 그걸 주식으로 삼아선 안 돼요."

"네가 우리 엄마냐."

"상식적인 주장이라고 생각해요. 그리고 방은 정리 정돈을 좀 해야 하지 않겠어요? 발 디딜 곳도 없었는데 말이죠."

마히루는 아마네의 뒤를 힐끗 보면서 노골적으로 어이없다는 듯 눈을 가늘게 떴다. 아마네는 찍 소리도 못했다.

"……어느 정도는 있어."

"없어요. 애초에 옷은 바닥에 두는 게 아니에요."

"원래 바닥에 떨어지는 법이야."

"빨아서 널거나 개서 옷장에 넣어야 해요. 안 읽는 잡지는 한데 모아서 묶으세요. 밟고 미끄러지거나 넘어지면 큰일이니까요."

말에 조금 가시가 있는 것 같기도 하지만, 무슨 이유인지 자신을 순수하게 걱정해 주고 있다는 것도 알 수 있어서 무턱대고 반박할 수도 없었다.

애초에 간병을 받을 때도 방이 너무 너저분해서 함께 넘어질 뻔하기도 했으니 이런 소리를 들어도 할 말이 없었다.

끙. 인상을 구기면서도 반론할 수 없는 아마네는 입술을 꾹 다물고 마히루의 손에서 밀페 용기를 받아 들었다.

손바닥으로 잔잔하게 전해지는 온기는 쌀쌀해지는 이 시기에 정말로 반가운 것이었다.

"그런데, 이거 먹어도 되는 거야?"

"필요 없다면 처리하겠지만요."

"아니, 감사히 받을게. 천사님이 직접 만들어 준 요리는 쉽게 먹을 수 있는 게 아닐 테니까."

"……그렇게 부르지 마세요, 정말로."

앙갚음하듯 담고 놀리는 투로 학교에서 통하는 호칭을 쓰자, 하얀 볼이 알아보기 쉽게 붉은 기운을 띠었다.

본인은 천사라고 불리는 게 부끄러워서 어쩔 수 없는 모양이다. 아마네도 그런 입장이 되면 틀림없이 싫어할 것이므로 당연하다면 당연하겠지만,

볼을 붉히고 약간 눈물이 맺힌 눈으로 원망스럽게 쳐다보는 마히루의 모습을 보고, 아마네는 그만 웃음을 터트렸다.

"미안해. 이제는 그렇게 부르지 않을게."

더 언급하면 기분이 상할 게 명백하니, 너무 많이 놀리는 것도 바람직하지 않다. 애초에 그렇게까지 친하지도 않으므로 지나치면 좋지 않겠지.

마히루도 그 이상은 듣고 싶지 않은지, 어흠 하는 헛기침으로 기분이 풀렸음을 어필했다.

미묘하게 볼이 붉었기 때문에, 그다지 바뀐 것으로는 보이지

않았지만.

"뭐, 이건 고맙게 받겠지만 말이지. 그때 일은 딱히 마음에 두지 않아도 돼."

"그건 간병해 준 것으로 상쇄했어요. 이건 자기 만족이라고 할까…… 당신이 너무나도 한심한 생활을 하고 있는 게 눈에 보여서 신경이 쓰였을 뿐이에요."

"그러시겠죠."

한심한 모습밖에 보여주지 않았으니, 그렇게 판단하는 건 어떤 의미에선 당연할지도 모른다.

지금도 아마네 뒤에는 온갖 것들이 뒹구는 복도가 보이고 있을 테고, 간병하러 안에 들어왔을 때 모든 걸 다 봤으니까 더 이상 숨길 방법도 없었다.

"……식사도 잘 챙기고 규칙적인 생활을 하세요. 알았죠?"

"네가 우리 엄마냐?"

진지하게 타이르는 마히루에게 아마네는 조금 지친 표정으로 따졌다.

받은 음식을 손에 들고 돌아온 아마네는 슈퍼에서 받은 나무 젓가락을 가져와서 거실 소파에 앉았다.

마히루가 억지로 주는 거라 받긴 했지만, 과연 맛은 어떨까.

죽은 맛있었다고 생각한다. 감기로 혀가 약간 둔해지긴 했지만, 생쌀로 정성껏 끓인 것 같은 죽은 위장에 부드럽게 스며드는 맛이었다.

그걸 먹어본 바로, 아마 마히루는 요리도 잘할 것이란 생각이 들었지만 실제로는 어떨까.

약간의 기대와 망설임을 품은 채 밀폐 용기의 뚜껑을 열자 조림 요리의 향기가 화악 하고 풍겼다.

몇 가지 채소와 닭고기로 만든 것이다. 국물 색은 약간 묽었고, 선명한 당근의 색이랑 장식으로 추가된 강낭콩이 또렷하게 잘 보였다.

한입 사이즈에 맞춰서 자른 갖가지 색 조림이, 젤리밖에 먹지 않은 아마네의 식욕을 이래도 먹지 않겠냐는 듯이 자극했다.

곧장 일회용 나무젓가락을 쪼개고, 우선은 무를 입에 넣어 봤다.

"맛있어."

맛의 답은 바로 나왔다.

건강을 지향하는 마히루답게, 양념은 약간 싱거웠지만 국물의 맛을 잘 살리고 있었다. 그것도 시판 중인 조미료로 만든 게 아니라 가다랑어포랑 다시마로 직접 국물을 낸 것으로 보였다. 감칠맛이 전혀 달랐다.

씹어 보자 국물과 조미료, 그리고 채소 본래의 맛이 부드럽게 입안에 퍼졌다.

채소의 단맛을 살리면서도 맛을 잘 조절해 속까지 맛이 잘 배인 조림 요리는 그다지 채소를 잘 섭취하지 않는 아마네라도 아주 맛있게 먹을 수 있었다.

채소를 메인으로 먹으라는 듯, 닭고기는 약간 곁들이듯이 들어갔지만 퍽퍽함이라곤 전혀 없이 보들보들하게 익었다. 양이

적은 것 말고는 흠잡을 곳이 없었다.

여고생이 만든 것치고는 선택이 약간 수수하고 낡았지만, 만든 사람의 역량을 잘 알 수 있었다.

요리를 이제 막 배운 사람이 만든 것과는 상당히 차원이 다른 맛이라고 할 수 있을 것이다.

여기에 밥과 된장국 내지는 맑은국이 있으면 더 좋겠지만, 공교롭게도 밥은 안 했다. ……아니, 쌀조차 떨어진 상태였기 때문에, 그런 소소한 희망도 이룰 수가 없었다.

이제 와서 늦었지만, 즉석 밥이라도 사놓을 걸 그랬다는 후회가 들었다.

"대단한데, 천사는."

공부도 운동도 집안일도 완벽하단 말인가. 아마도 본인이 들었으면 싫어할 호칭으로 마히루를 칭찬한 아마네는 계속 손을 움직이면서 이상적으로 양념된 채소 조림을 잘 먹었다.

"이거 돌려줄게. 맛있었어."

다음 날 저녁, 아마네는 어제 받은 밀폐 용기를 들고 마히루의 집을 방문했다.

그야 아마네는 집안일을 잘하진 못하지만, 설거지도 못할 정도는 아니다. 정성껏 씻어서 말린 뒤에 돌려주는 것이 예의일 것이라고 생각해서 깔끔하게 씻어 가져왔다.

초인종이 울린 시점에서 아마네일 것이라고 예상했는지, 마히루는 누군지 묻지도 않고 밖으로 나왔다.

와인색 니트 원피스를 입은 마히루는 아마네의 모습을 확인하고는 살짝 눈을 가늘게 좁혔다.

밀폐 용기를 슬쩍 보면서 확인한 뒤에 "깨끗이 씻어서 돌려줬네요. 잘했어요."라고 말했다. 어린아이를 칭찬하는 듯한 어조에 아마네는 자신도 모르게 눈썹을 약간 찌푸렸다.

"일부러 이렇게 돌려주러 와 줘서 고마워요. 자, 이거요."

마히루가 밀폐 용기를 받아 들었다. 그때까지는 좋았지만, 이번에는 다른 밀폐 용기가 아마네의 손에 슬쩍 놓였다.

이것도 약간 따뜻했다.

아마도 돼지고기와 가지를 같이 볶은 것이 들어 있는 듯했다. 뚜껑에 김이 서리지는 않을 정도로 식힌 것 같았으며, 가지의 색과 잘 익은 돼지고기, 그 위에 뿌려진 참깨를 눈으로 확인할 수 있었다.

색을 보면 아마도 된장으로 볶았으리라. 약간 노릇하게 그을린 가지와 윤기가 나는 돼지고기가 식욕을 자극했다.

맛있겠다는 생각이 들었다.

그렇긴 한데, 왜 또 자신에게 주는 건지 이해가 되지 않았다.

"저기, 난 그릇을 돌려주었는데."

"오늘 저녁 식사예요."

"응, 그건 알겠는데 말이지."

"일단 묻겠는데, 알레르기는 없나요? 편식 요구는 받아들이지 않겠지만요."

"그런 건 없는데, 왜? 아니, 또 받는 건 역시……."

이틀 연속으로 음식을 받는 건 문제가 있지 않을까.

영양을 골고루 섭취하지 못하는 처지로선 고마운 일이다. 무엇보다 마히루의 요리 실력은 또래 여자들보다 월등히 뛰어났으며 맛도 확실할 것이다.

이 밀폐 용기 안에 든 것도 분명히 맛있으리라.

하지만 이런 모습을 같은 학교의 인간들이 본다면 대참사가 일어날 것 같다. 물론 아마네의 평온한 학창 생활이 말이다.

이 맨션은 독신자용이긴 해도 설비랑 입지적인 여건 때문에 집세가 비싼 편이다. 마히루 말고 같은 학교 학생은 본 적이 없기 때문에 이런 모습을 목격당할 걱정은 할 필요 없겠지만, 그래도 이런 식으로 가까워지는 것은 역시 망설여졌다.

"혼자서 먹을 때는 너무 많이 만드니까, 받아 주면 고맙겠어요."

"……그런 거라면 고맙게 받겠지만 말이지. 보통 이런 행동을 하면, 상대가 자신에게 호감이 있는 게 아닌가 하고 착각하게 된다고."

"당신은 그런가요?"

"아—니, 난 아니야."

'바보 아닌가요?' 하는 뜻이 담긴 눈으로 자신을 보면, 그런 착각을 할 수 있을 리가 없다.

애초에 마히루처럼 미모와 재능을 겸비한 여자가, 최근 들어 자신이 한심하다는 것을 통감하기 시작한 아마네 같은 남자에게 호의를 보인다니 상상할 수도 없었다.

그야 이 상황은 귀여운 옆집 사람이 음식을 나눠준다는 러브 코미디 만화 같은 전개일지도 모르지만, 서로에게 러브는 존재하지 않고 대화에도 코미디 요소라곤 전혀 없었다.

있는 것은 천사님의 말 속에 담긴 가시와 동정에서 나온 온정 정도가 전부였다.

"그럼 문제없겠네요. 어차피 당신은 편의점 도시락과 슈퍼에서 파는 반찬으로 끼니를 때울 것 같으니까요."

"그걸 어떻게 알아?"

"아무리 봐도 주방이 제대로 쓰였던 흔적이 없고, 편의점과 슈퍼에서 주는 일회용 나무젓가락이 식탁 위에 잔뜩 있었으니까요. 그리고 당신의 상태를 보면 깊게 생각하지 않아도 알아요. 얼굴도 건강해 보이지 않고요."

집에 딱 한 번 들어왔을 때 본 것만으로 그만큼 꿰뚫어 본 마히루에게 아마네도 얼굴이 굳어질 수밖에 없었지만, 정말로 정확하게 짚고 있어서 아무 말도 할 수가 없었다.

"그럼 저는 이만……."

할 말만 하고 줄 것만 준 뒤에, 마히루는 머리를 꾸벅 숙이고는 다시 자기 집으로 들어갔다.

잘그락. 문 안쪽에서 체인을 거는 소리를 들으면서, 아마네는 자신이 받은 밀폐 용기를 봤다.

손바닥 안에서 희미한 온기를 전하는 음식을 보면서, 슬쩍 한숨을 쉰 아마네도 자신의 집으로 돌아갔다.

마히루에게서 받은 가지와 돼지고기의 참깨 된장 볶음은 역시 맛있었으며, 몹시도 쌀밥이 먹고 싶어지는 맛이었다.

결국 매일 밀폐 용기를 씻어서 돌려줄 때마다 안에 음식이 든 다른 밀폐 용기를 또 받게 되면서, 아마네의 식생활은 극적으로 개선되고 있었다.

마히루의 요리는 간이 진하지 않아도 모두 밥을 생각나게 만들었기에, 저녁 식사는 즉석 밥을 준비하여 같이 먹게 되었다.

일식, 양식, 중식 전부 다 할 수 있는지 다양한 장르의 요리가 매일 다르게 담겨 있었지만, 그게 다 맛있었기 때문에 먹는 양이 너무 많이 늘어나는 것이 괴로웠다.

매일 받는 것을 기대하는 게 미안하고 송구스러웠지만, 먹는 것으로 길들여지는 것에 가까운 상태가 되어 먹지 못하게 되면 괜히 그리워질 정도였다.

천사의 요리는 의존성이 높은 건지도 모르겠다. 미안하다고 생각하면서도 순순히 밀폐 용기를 받고 자신도 모르게 입맛을 다시고 만다.

"……요새 안색이 좋아졌네. 식생활을 개선하기라도 했어?"

저녁 식사로 어느 정도는 영양을 보급한 덕분에 안색도 좋아졌는지, 점심시간에 이츠키가 아마네를 뚫어지게 바라보며 말했다.

학교 식당에서 주문한 우동을 먹고 있던 아마네는 여전히 예리한 이츠키의 말에 식은땀을 약간 흘렸다.

"이츠키, 난 네가 무서워."

"왜? 아니, 정곡을 찔린 거야?"

"아니…… 뭐, 개선할 수밖에 없었다고 할까."

마히루가 맨션에서 마주칠 때마다 똑바로 살라고 가볍게 잔소리를 하는 데다, 저녁 반찬을 나눠주고 있으니 자연스럽게 생활 자체의 질이 향상된 것이다.

'천사님 만세' 라고 외치고 싶은 심정이지만, 괜한 참견이라는 생각도 아주 조금은 들었다.

약간 말끝을 흐리면서 긍정한 아마네를 보고, 이츠키는 자못 유쾌한 표정으로 키득키득 웃고 있었다.

"그야 그렇겠지. 넌 얼굴만 봐도 건강하지 않아 보였고, 실제로 생활 습관도 더럽게 엉망이었으니까 말이야."

"시끄러워."

"그건 그렇고 왜 개선하게 된 거야?"

"……강제적으로?"

"아하, 어머니한테 들킨 건가."

"……맞다고도 할 수 있고, 아니라고도 할 수 있겠네."

마히루의 말투는 어머니 같다고 표현할 수도 있었다.

어머니라고 하기엔 너무 젊고 귀엽지만. 왠지 이것저것 챙기면서 돌봐 주는 마히루를 거절할 마음은 들지 않았다.

"저기 이츠키. 내가 그렇게 건강하지 않게 보여?"

"응. 원래부터 얼굴이 하얀 게 큰 원인이겠지. 키만 멀대 같고, 표정에는 의욕이 없어 보이고, 면상이 건강하지 않아."

"얼굴은 원래 이런 거야."

"나도 알아. 좀 더 생기 넘치는 표정을 지어 보는 건 어때?"

"너무 요구하지 마. 그렇군. 시체 같은 얼굴인가……."

자신의 얼굴은 거울로 자세히 안 보는 편이라서 잘 몰랐지만, 다른 사람에겐 그다지 생기가 없는 것처럼 보이는 모양이다.

어쩌면 평소 표정이 다 죽어 가는 사람처럼 보여서 마히루도 걱정이 된 것일지 모르겠다.

"넌 조금 더 주변 사람의 시선을 신경 써야겠어. 늘 시선이 밑으로 향하니까 말을 붙이기 어려운 분위기를 풍기고, 애초에 사람의 접근을 허용하지 않으려고 들잖아. 언뜻 보기엔 암울함 그 자체라고."

"은근슬쩍 사람을 까네."

"뭘. 꾸미질 않아서 촌스럽고 다 죽은 얼굴을 하고 있으니 당연한 일이잖아."

이츠키는 이번 일을 계기로 조금은 건강과 함께 몸단장에 신경을 쓰라고 잔소리를 했다. 아마네는 "괜한 참견이야."라고 대꾸하면서 고개를 돌렸다.

제4화 우연한 만남

"아."

맑고 고운 목소리가 뒤에서 들렸다.

최근에는 귀에 익숙해진 목소리이긴 했지만, 이곳은 맨션이 아니다. 동네 슈퍼마켓에 있는 과자 코너였다.

남들 눈이 있는 장소에서 이런 반응을 보일 것이라곤 생각하지 않았다. 아마네가 난감한 표정을 지으면서 돌아보니 마히루가 약간 동그랗게 눈을 뜨고 서 있었다.

손에 든 슈퍼의 장바구니 안에는 오늘 저녁에 쓸 재료인지 무 한 개와 두부, 닭다리살과 우유가 있었다.

과자 코너에 슬쩍 들렀을 때 아마네와 우연히 마주친 것으로 보였다.

"미리 말해 두겠지만, 이건 우연이야. 널 미행하고 있던 건 아니라고."

"알아요. 피차 가장 가까운 슈퍼가 여기라는 것쯤은 이해하고 있으니까요."

선수를 쳐서 말하자, 마히루는 오히려 어째서 그런 발상을 하느냐는 듯 어이없는 표정으로 푸념하면서 손에 들고 있던 메모로 시선을 돌렸다.

필요한 것을 빠짐없이 적어 놓은 모습이 성격이 꼼꼼한 마히루답다.

귀여운 꽃무늬 메모지에 적은 내용을 차근차근 살피는 것 같던 마히루는 과자 코너에는 눈길 한 번 주지 않은 채 맞은편에 있는 조미료 코너를 바라보고 있었다.

예쁜 목소리로 간장과 미림을 중얼거리며 실로 가정적인 물품을 찾고 있는 모습은 귀여우면서도 왠지 신기한 기분이 들게 만들었다.

"미림이라면 이쪽에 있어. 자."

"아, 그게 아니라 미림처럼 쓸 수 있는 다른 걸 찾는 거예요. 미성년자는 살 수가 없으니까요."

"이걸 술로 취급하는 거야?"

"단맛이 나는 술로 취급하니까요. 요리용 술은 소금을 첨가해서 마실 수 없으니까 미성년자라도 살 수는 있지만요."

미림을 건네주려고 했더니 그렇게 말하면서 고개를 저었고, 미림풍의 조미료를 바구니에 넣고 있었다.

집안일이라곤 거의 해 본 적이 없는 아마네로선 처음 듣는 이야기였기 때문에, 자신도 모르게 "헤에."라고 맞장구를 치면서 부지런히 움직이는 뒷모습을 눈으로 좇았다.

간장이 놓인 진열대를 살펴보던 마히루는 뒤늦게 가격표를 보고는 으음, 하고 눈썹을 찌푸렸다.

"대특가 상품, 1인 1병 한정……."

예비용으로 하나 더 사려던 모양인 마히루가 아쉽다는 표정으로 중얼거리며 아마네 쪽을 보았다.

"내가 하나 사면 되는 거야?"

"말귀를 빨리 알아듣는 사람이라 도움이 되네요."

마히루가 하고 싶은 말이 뭔지 알아차렸기 때문에 쓴웃음을 지으면서 간장병을 집었더니, 만족스러운 듯 입술이 약간 동그란 호를 그렸다.

"……의외로 절약 정신이 투철하네."

"절약한다기보다 싸게 살 수 있다면 사는 것뿐이에요. 낭비가 있으면 줄이는 법이잖아요."

"일본인다운 기질이라고 해야 하나. 뭐, 부모님이 부치는 돈으로 생활한다면 그렇게 살아야겠지."

아마네도 혼자 살곤 있지만 부모님의 보살핌을 받고 있다.

유복한 가정에 태어났기에 그렇게 깨끗하고 안전한 맨션에 살 수 있는 것이며, 생활비도 애써 줄일 필요가 없을 만큼 여유가 있다. 사실 부모님께 감사하고 있었다.

학비도 있고 송금해 주는 돈도 상당한 액수이니, 가능하다면 쓸데없는 낭비를 피하고자 했다.

"……그러네요. 부모님이 보살펴 주시는 거니까, 절약은 중요하죠."

마히루는 담담하게 대꾸하면서 바구니 안의 물건들을 정리하고 있었다. 열기를 빼앗긴 것 같은 차가운 목소리였다.

단번에 목소리에서 억양이 사라진 것을 보고 잠깐 주춤했지만, 고개를 든 마히루는 이미 평소의 표정으로 돌아와 있었다.

아주 잠깐 엿보였던 어두운 눈은 이제 보이지 않았다.

"……그런데 당신은 그걸 사는 건가요?"

화제를 바꾸려는 듯이, 마히루는 아마네가 들고 있는 바구니 안에 들어 있던 진공팩 쌀밥과 감자 샐러드를 보면서 물었다.

마히루가 주는 요리는 물론 맛있지만, 그것만으로는 부족해졌기 때문에 평소에는 이렇게 주식과 같이 먹을 샐러드를 준비해 두고 있었다.

"저녁밥이니까."

"건강에 안 좋아요."

"시끄러워. 샐러드를 샀잖아."

"감자 샐러드인데 말이죠. ……어떻게 그렇게 생활하면서 몸이 안 망가진 건지……."

"괜한 참견이야."

마히루가 좀 더 채소를 먹어야 하지 않느냐고 눈을 흘기고 무언의 압력을 가해서, 아마네는 고개를 돌려서 회피했다.

이러쿵저러쿵 떠들면서도 계산이 끝나 산 것을 슈퍼 봉투에 담았다. 마히루는 가방 안에서 에코백을 꺼내더니 부지런히 담고 있었다.

실로 친환경적이고 서민적인 천사님이다.

그러나 담는 건 좋지만 양이 너무 많은 것 같아서 조금 불안해졌다.

우유에 간장, 미림풍 조미료만으로도 4리터. 물과 비중은 다르더라도 4킬로그램은 거뜬히 될 것이다. 게다가 식재료들, 그것도 큰 무 하나를 통으로 샀으니 그 정도면 틀림없이 무거우리라.

깔끔하게 채워 넣긴 했지만, 이걸 들고 맨션까지 돌아가는 건 은근히 중노동이 아닐까.

'결과적으로 내가 있는 바람에 조미료와 식재료를 더 많이 소비한 셈이니까 말이지.'

아마도 평소보다 더 많이 만든 후 주는 것이겠지. 마히루가 나눠주는 몫은 일반적인 한 끼 분량에 가까웠으므로, 너무 많이 만들어서 주는 거라는 본인의 말과 달리 일부러 많이 만드는 게 틀림없으리라.

결과적으로 많이 보살핌을 받고 있는 셈이니까, 역시 여기서 아무 행동도 하지 않는 건 남자답지 않을 것 같다.

다 채운 에코백의 손잡이를 잡고 들어 보니, 아마네에게는 그리 무겁지 않지만 여자가 오래 들기엔 상당히 힘들 것 같은 중량이 느껴졌다.

마히루도 운동을 잘하는 것 같지만, 그건 순수한 완력과는 다른 문제다. 옷을 입어도 알 만큼 가는 팔에 그런 힘을 요구하는 건 무리 같았다.

아마네의 행동을 보고, 캐러멜색 눈이 한순간 깜박거렸다.

놀란 것 같기도, 감탄한 것 같기도 했다.

"……딱히 빼앗으려는 건 아니야."

"그런 걱정은 안 해요. ……그 정도는 들 수 있거든요?"

"이럴 때는 순순히 받아들이는 게 더 귀엽게 보일 거야."

"마치 제가 귀엽지 않다는 듯이 말하네요."

"학교에서 보이는 태도와 날 대할 때의 태도를 비교해 보고 그런 말을 하라고."

그건 본인도 아는지 마히루가 약간 주춤했다.

학교에서 보이는, 모두가 인정하는 자상하고 온화하며 겸허한 면은 아마네에게 보여주지 않는다.

솔직하게 말하자면 아마네에게도 자상하긴 하다. 하지만 말투가 너무 극단적이라고 해야 할까. 마히루는 아마네에게 하는 말을 부드럽게 포장할 여유가 없는 모양이다. 언제든지 솔직한 의견을 늘어놓았다.

거짓말을 하는 것보다는 낫기 때문에 아마네 자신은 별로 신경 쓰지 않았지만.

마히루가 입을 다무는 것을 본 아마네는 기회를 놓치지 않고 식료품이 가득 담긴 에코백과 자신의 짐을 손에 들고 터벅터벅 출구로 향했다.

뒤에서 허둥대는 듯한 낌새가 있었지만, 아마네는 상관하지 않았다. 거리가 벌어졌지만 상관하지 않고 걸어갔다.

마히루의 걸음에 맞춰서 기다리거나 하진 않았다.

그렇지 않아도 슈퍼에서는 곁에 있었다. 나란히 귀가하는 모습을 누가 보기라도 한다면 귀찮아질 것이다.

서로에게 이 거리가 가장 적당한 것이다.

모르는 사이처럼 가장하며 큰 짐을 들고 서둘러 걷는 아마네의 등 뒤에서 작게 "……고마워요."라는 목소리가 들린 것 같았다.

제5화 천사님과 청소 대작전

아마네는 집안일 전체가 취약이지만, 그중에서 가장 성가신 것이 청소다.

부상을 각오하고 겉모습과 맛만 무시하면 요리도 못할 건 아니었다.

가열해서 배를 채우면 된다는 생각으로, 정말 엉망으로 생기고 맛도 안쓰러운 수준이라면 어떻게든 만들 수야 있다.

빨래는 애초에 못 하면 생활이 불편하므로 문제가 아니다. 여차하면 코인 빨래방이라는 수단도 있고, 세탁기에 넣고 세제와 물과 함께 돌리기만 하면 되니까 별문제 없이 해낼 수 있다.

하지만 청소만큼은 아마네도 어쩔 수가 없었다.

"이걸 어쩐다."

마히루에게도 이츠키에게도 청소하라는 말을 자꾸 들어서 휴일을 맞아 겨우 무거운 몸을 일으켰지만, 뭐부터 손대야 할지 멍하니 서 있었다.

자기 잘못인 건 알지만, 일단 물건이 너무 많은지라 어떤 순서로 치워야 좋을지 통 모르겠다.

일단 시트는 빨고 이불은 밖에 널어놓았다.

다음엔 뭘 어떻게 청소하면 되는 걸까.

옷이랑 잡지 등이 흩어져 있었기 때문에, 의외로 발을 디딜 공간이 없었다.

불행 중 다행으로 놔두면 냄새가 나는 음식물 쓰레기는 바로 버렸기 때문에, 악취가 나거나 기름때 같은 게 심각하게 남진 않았다. 그저 엉망으로 너저분하게 널려 있을 뿐이다.

그 상태가 너무 난장판이라서 난감한 것이지만,

한숨을 슬쩍 흘렸을 때, 현관 초인종이 울렸다.

"아." 하고 목소리가 흘러나왔다.

이제는 익숙해진 방문자, 정확히는 줄 것만 주고 돌아가는 하늘의 은혜이자 배달부 같은 존재였지만, 지금 이때만큼은 구세주처럼 느껴졌다.

서둘러 현관으로 가려고 하다가 발 디딜 곳이 없는 바람에 넘어질 뻔했지만, 겨우 벽에 손을 대고 버티면서 문을 열었다.

"죄송해요, 밀폐 용기를 미리 좀 돌려받으려고…… 뭐 하는 건가요?"

"……청소를 하려고 했어."

균형을 잃은 자세로 마히루에게 얼굴을 보이자, 미묘하게 어이가 없다는 시선으로 아마네를 봤다.

"방금 엄청난 소리가 난 것 같은데요."

"……넘어질 뻔했어."

"그렇겠죠. 청소는 시작도 안 한 거죠?"

"멍 때리고 있었어."

"그렇겠죠."

이만큼 심하면 그럴 법도 하다는, 여전히 기탄없는 그 의견에 아마네도 얼굴을 실룩거렸다. 하지만 부정할 수는 없다.

그리고 여기서 삐쳐서 마히루를 돌려보냈다간, 청소를 어떻게 시작할지 상담조차 하지 못한다.

하지만 어떻게 물어보면 되는 걸까.

청소하는 요령을 물어볼 생각은 있었지만, 애초에 충고를 해주긴 할 것인가……. 약간 망설이면서 마히루를 봤더니, 마히루는 아마네 뒤쪽의 어지럽혀진 복도를 보고 있었다.

뒤에 펼쳐진 참상에 '우와아.' 라고 눈빛으로 대신 말하는 걸 보면, 마히루의 기준으로는 어지간히도 심각한 모양이다.

"나 참. ……저도 방 청소를 같이 하겠어요."

"뭐?"

아마네 자신은 도와달라는 부탁이 너무 뻔뻔할 것 같아서 조언만 받을 생각이었는데.

설마 마히루가 직접 도와주겠다고 나설 줄은 몰랐다.

"옆집이 쓰레기장이라고 생각하면 끔찍해요."

그 언동이 약간 신랄한 것은 이미 평소와 다를 게 없으니까 딱히 화는 나지 않았고, 애초에 사실밖에 말하지 않았으므로 반론할 여지가 없었다.

"집안일도 못하면서 혼자 산다니, 자취 생활을 너무 얕본 거 아닌가요. 시간이 지나면 익숙해질 거라고 낙관한 게 뻔히 보여요. 결과적으로 지금도 못하니까 조금은 반성하는 게 어때요?"

찍소리도 할 수가 없었다.

어머니한테 조금씩 자주 하면 편하다는 말을 듣고 방치한 결과가 이 모양이다. 완전히 자업자득이라는 것은 자각하고 있었다.

"애초에 말이죠. 평소에 조금씩 자주 하면 이렇게 되진 않았을 텐데요. 평소에 태만했던 생활이 다 드러나네요."

"……지당하신 말씀입니다."

이런 말까지 들었는데도 화가 나지 않는 건 기본적으로 마히루에겐 너무나 많은 신세를 지고 있어서 면목이 없고, 아마네의 심리와 과거의 행동을 정확하게 짚었기 때문이다.

어떻게든 되겠거니 하고 편히 생각하다가 이 지경이 된 것이니, 이제 아마네는 마히루의 말에 얌전히 고개를 끄덕이는 것밖에는 선택지가 없는 것이다.

"청소해도 될까요, 이 방?"

"……부탁드려도 되겠습니까."

"제가 먼저 이야기를 꺼낸 거니까 당연하죠. 그리고 저도 준비하고 올 테니까, 숨기고 싶은 거랑 귀중품은 그동안 창고 방에 넣고 문을 잠그세요."

"그런 걱정은 안 해."

대체 뭐가 아쉬워서 말은 험해도 친절하게 도와주려는 인간을 상대로 도난을 걱정해야 한단 말인가.

이렇게나 상식적이면서 남을 돌보길 좋아하는 마히루가 남에게 해를 끼칠 일은 없을 것이다.

"……당신은 걱정하지 않는단 말인가요?"

"네가 그런 짓을 할 리가 없잖아."

"아뇨, 그런 뜻이 아니라…… 그러니까 남자가 숨기고 싶은 걸 들킬 걱정은 하지 않는다는 건가요?"

"공교롭게도 그런 건 가지고 있지 않거든."

"어쩜, 그렇다면 다행이지만요. 그럼 옷을 갈아입고 청소 도구를 가져올게요. ……철저하게 청소할 거니까 그렇게 알아요."

마히루는 어깨를 으쓱하면서 자기 집으로 일단 돌아갔다. 아마네는 쓴웃음을 지으면서 그 뒷모습을 지켜봤다.

다시 아마네의 집으로 돌아온 마히루는 아까 만났을 때와 다르게, 흰색 긴팔 티셔츠에 카키색 카고 팬츠를 입었다.

몸에 딱 맞게 입은 티셔츠는 가냘프면서도 굴곡이 있는 몸매를 뚜렷하게 드러내고 있었다.

긴 머리는 재주껏 둥글게 모아서 묶었는데, 흰 목덜미가 보이는 것이 묘하게 어색했다.

평소에 원피스나 스커트만 입은 모습을 본 아마네로선 뭔가 신선했다.

이렇게 보이시한 복장은 별로 어울리지 않을 것 같다고 생각했지만, 그건 착각이었다. 미인은 뭘 입어도 잘 소화하고 잘 어울린다는 것을 통감하게 되었다.

다만 확실히 움직이기 편해 보이긴 해도, 평범하게 밖을 돌아다닐 수 있을 차림이다. 그게 더러워져도 되는 복장인지는 잘 모르겠다.

"그 옷은 더러워져도 돼?"

"어차피 머지않아 버릴 생각이었으니까, 딱히 더러워져도 상관없어요."

그렇게 말한 마히루는 한 번 더 아마네의 방의 참상을 바라보더니 슬쩍 탄식했다.

"미리 말하겠지만, 철저하게 할 거거든요?"

"……알았어."

"알았다면 바로 시작해 볼까요. 저는 허술하지 않아요. 타협은 절대로 하지 않을 거예요."

반론을 허용하지 않겠다는 듯한 목소리로 알겠느냐고 물었기 때문에, 아마네는 "네."라고 순순히 대답할 수밖에 없었다.

이리하여 천사의 청소 대작전이 막을 올렸다.

"일단 옷은 빨래 바구니에 넣어요. 원래 청소는 위에서 아래로 하는 거지만, 이건 청소기를 돌리기 이전의 문제예요. 마루 바닥을 물건들이 가리고 있으니까요. 옷을 빨려고 해도 좀 나누는 게 좋겠네요. 너무 많으니까요. 그리고 이거, 평소에 입는 것과 입지 않는 것을 구분할 수 있나요? 전부 빨아도 될까요?"

"그냥 네가 마음대로 해……."

당연하다면 당연하겠지만, 청소기를 돌리려고 해도 바닥이 물건으로 꽉 찼기 때문에 먼저 그것들을 치우는 것부터 시작해야 했다.

"……속옷 같은 게 떨어져 있진 않겠죠?"

"아무리 나라도 그건 옷장 안에 있어."

"그럼 됐어요. 일단 옷은 나중에 처리해도 괜찮겠죠. 빨아서 널려고 해도 청소 때문에 먼지를 뒤집어쓸 테고 널 공간도 없을 것 같으니까요. 서두를 필요가 없다면 청소를 끝난 뒤에 하는 게 좋겠어요."

"네."

"……그리고 잡지 말인데요, 기본적으로는 처분하겠어요. 수집하는 거라면 몰라도, 이렇게 다루는 걸 보면 그렇지도 않은 것 같으니까요. 필요한 거라면 그 페이지를 스크랩하고 나머지는 처리할게요. 한데 묶어서 재활용 쓰레기로 내놓죠."

곧바로 청소를 시작한 마히루는 아마네에게 떨어져 있는 옷을 빨래 바구니에 넣도록 지시하고는 잡지를 모조리 모으기 시작했다.

필요한 잡지가 있다면 지금 말하라고 하는데, 딱히 필요한 건 없어서 고개를 저었다. 그걸 확인한 마히루는 지참해 온 것으로 보이는 비닐 끈으로 능숙하게 묶었다.

"옷을 다 모았으면 다른 잡동사니도 버릴 것과 놔둘 것을 골라 주세요. 바닥에 떨어져 있는 것들도 마찬가지로 필요한 것과 아닌 것을 나눠서 쓰레기로 버리세요. 알았죠?"

"……응."

"제 지시에 불만이 있으면 바로 말하세요."

"아니, 그런 건 없는데…… 척척 처리한다는 생각이 들었을 뿐이야."

"안 그러면 시간이 없잖아요. 엉망진창이니까요."

"지당하신 말씀입니다."

휴일이라곤 하나 시간은 한정되어 있다. 이웃에게 폐를 끼치지 않고 청소기를 돌리려면 낮에 할 수밖에 없다.

그 청소기를 돌리기 전 단계에서 상당한 고생을 할 것이라는 걸 알기 때문에, 마히루는 최대한 서둘러 물건을 치우려는 것 같았다.

이렇게까지 청소를 돕게 만든 것이 미안하다고 생각하는 반면, 마히루의 지시에 따라 점점 발 디딜 곳이 생기는 걸 보고 진심으로 감탄도 하고 있었다.

"시이나 교관님……."

"스승으로 받들겠다면 일단은 보고 배우세요. 당신의 개인 물품 분류는 제가 할 수 없는 일이니까 꼭 필요한 물건만 따로 챙겨 놓으세요."

"옛서."

"절 남자로 만들지 마시고요."

여전히 진지한 표정으로 자연스럽게 지적한 천사님은 재빠른 손놀림으로 자신이 처리할 수 있는 범위에 있는 것들을 분류하거나 버리고 있었다.

물건을 잘 버리지 못하고 그냥 두는 습성이 있는 아마네는 마히루의 단호함이 고맙고도 부러웠다.

다른 사람의 방이지만 거침없이 치워 나가는 마히루는 실로 가정적이라서, 완전히 주부 못지않은 움직임을 보여주었다.

혼자서도 여유롭게 이 방을 치울 만큼 요령이 좋았다.

하지만 서두르느라 발밑을 미처 주의하지 못했는지도 모른다.

이건 백프로 아마네 탓이지만, 바닥에 놓인 옷을 밟고 미끄러졌는지 마히루가 그대로 밸런스를 잃었다.

"아."

마히루가 목소리를 흘린 순간, 아마네는 반사적으로 마히루가 넘어지려는 바닥에 미끄러지듯 파고들었다.

확 하고 퍼지는 달콤한 향기. 그리고 희미하게 섞인 먼지 냄새는 빠르게 움직이느라 먼지가 일어났기 때문일 것이다.

엉덩방아를 찧은 탓에 엉덩이가 은근히 통증을 호소하고 있었지만, 이 정도면 괜찮다. 자신에게 기대고 있는 마히루의 무게를 느끼면서 가볍게 신음하는 것으로 그쳤다.

잽싸게 받아낼 수 있어서 다행이리라.

"……후지미야 군."

고개를 든 마히루가 미묘하게 어이가 없다는 듯한 시선으로 아마네를 바라보았다. 화가 난 건 아닌 것 같지만, 여러 가지로 하고 싶은 말이 많은 표정이었다.

"넘어진 제가 잘못한 건 인정하겠지만, 이런 일이 안 생기라고 청소하는 거예요."

"정말로 죄송합니다. 반성할게요……. 다친 덴 없지?"

"괜찮아요. 애써서 다치지 않게 받아 줘서 고마워요. 저야말로 죄송해요."

"아니, 이건 내 탓이니까……."

그렇잖아도 먹을 것도 나눠주고 청소까지 도와주고 있는데, 그것 때문에 다치기라도 하면 정말 창피할 것이다.

미안한 마음이 너무 커서 고개도 들지 못할 것이다.

원한다면 엎드려 비는 것까지도 감수할 마음을 먹고 있었지만, 마히루는 넘어진 것에 책망할 마음이 없는 것 같았다.

"이런 일이 안 생기게 청소하는 거거든요?"

"알고 있습니다. 정말로 뭐라 드릴 말씀이 없습니다."

"……아뇨, 그렇게까지 말할 건 없어요. 제가 멋대로 나서서 돕는 거니까요."

아주 조금 당황한 표정으로 아마네를 쳐다보는 마히루.

의도치 않게 기대게 된 자세, 그것도 바로 곁에서 살짝 불안한 듯 올려다보는 바람에 아마네는 도저히 진정이 되질 않았다.

그렇잖아도 여자와 별로 인연이 없는 아마네에게 이 정도 거리는 심장에 좋지 않은데, 미소녀와 밀착 상태인 것이다.

아무리 양쪽 다 연애 감정이 없다곤 하나, 이건 도저히 바람직한 상황이 아니라는 기분이 들었다.

마히루는 이 자세를 의식하지 못한 것 같았기 때문에, 아마네는 슬쩍 어깨를 붙잡아 몸을 떼어놓고 얼굴에 부끄러운 감정이 드러나기 전에 일어섰다.

"……청소나 마저 할까."

"그러죠."

다행히 그 동요를 알아차리지 못한 듯한 마히루는 아마네가 내민 손을 순순히 붙잡고 일어섰다.

아마네와 밀착한 것은 전혀 의식하지 않는 듯, 마히루는 평소와 같은 표정을 보였다.

마히루처럼 수많은 남자들이 호의를 보이는 소녀라면 이 정도 일로 동요할 리가 없을 거라고 나름대로 납득할 수는 있었지만.

아마네는 태연한 눈치인 마히루를 보면서 쓴웃음을 짓고, 전부 맡길 순 없다고 생각하면서 기합을 넣고 청소를 재개했다.

"……깜짝 놀랐어."

아마네 자신은 익숙하지 않은 청소와 씨름하느라 정신이 없었기 때문일 것이다.

마히루가 작게 중얼거린 말, 색소가 옅은 머리카락에 가려진 귀가 아주 약간 붉어져 있었음은 미처 알아차리지 못했다.

"……휴, 이제 깔끔해졌네요."

결국 아마네의 집을 청소하는데 하루를 통으로 날렸다.

바닥에 있는 개인 물건을 정리하는데 몇 시간. 그 뒤에 옷을 빨고, 찬장 위랑 조명의 먼지를 털고, 창틀을 닦고, 세탁기를 돌렸더니 이미 해가 넘어가고 있었다.

마히루가 왔을 때 본 태양은 벌써 모습을 감추어 두 사람의 분투가 얼마나 오랫동안 이어졌는지를 증명했다.

그래도 덕분에 아마네의 집은 알아보지 못할 만큼 깨끗해졌다.

쓸모없는 것이 다 사라진 바닥에는 마루가 훤히 보였으며, 유리창과 창틀에는 얼룩 하나 남아 있지 않았다. 조명도 먼지를 털어내면서 이전보다 더 밝아졌다.

아마네의 방도 청소했으며, 바닥에 물건이 놓여 있지 않아서 편안하게 드러누울 수 있게 되었다.

"이렇게 치우는데 하루가 꼬박 걸릴 줄이야……."

"그야 그렇게 난장판이면 말이지……."

"당신이 어지른 건데요."

"그 말씀이 옳습니다."

천사님 겸 구세주님에겐 머리를 들 수가 없는지라, 완전히 넙죽 고개를 숙이고서는 이렇게까지 열심히 도와준 마히루를 힐끗 봤다.

일부러 귀중한 휴일을 소비해 준 마히루는 "정말이지……." 라고 말하면서 쓰레기봉투를 묶고 있었다.

말과는 달리 딱히 기분이 상한 것 같지는 않았고, 오히려 성취감을 느끼는 것 같았다. 하지만 약간 지친 기색이 표정에 드러나 있었다. 하루 종일 일하게 만들었으니 당연하다.

이러고 나서 저녁밥까지 만들게 하는 것은 역시 내키지 않았다.

자신에게 음식을 나눠주든 말든, 지친 상태에서 더 일을 시키는 것이 미안했다.

"이제는 장을 보러 나갈 마음도 들지 않으니까, 저녁은 피자라도 시켜서 먹을까. 오늘은 내가 사게 해 줘. 그동안 얻어먹은 것도 많으니까."

"네? 하지만……."

"나랑 먹는 게 싫다면, 따로 한 판 시킬 테니까 가져가서 먹어."

같이 먹는 게 싫다면, 그건 그것대로 어쩔 수 없는 일이니까 마히루가 가져갈 몫으로 따로 주문하면 된다.

같이 먹고 싶어서 이러는 게 아니다. 오늘 한 고생에 보답하려는 것이니 혼자 먹어도 상관없는 것이다.

"……그런 건 아니지만, 피자 같은 건 주문해 본 적이 없으니까 놀랐을 뿐이에요."

"어? 시켜 본 적 없어?"

"그야 혼자 사니까 피자를 주문할 일이 없잖아요……. 만들어 먹기는 하지만."

"만들어 먹는다는 발상이 더 대단한데."

일반적으로 피자를 먹고 싶으면 시판 중인 것을 사거나 배달을 시키거나, 혹은 외식한다는 세 가지 선택지 중 하나를 고르겠지. 일부러 도우 반죽부터 시작해서 만드는 귀찮은 짓을 할 인간은 얼마 되지 않으리라.

"딱히 배달을 시켜도 이상하진 않다고 생각하는데. 나도 혼자서 주문하니까. 아, 그런 타입인가. 패밀리 레스토랑도 혼자서 가는 건 무리인 사람."

"애초에 가 본 적이 없어요."

"그건 좀 신기하네. 나는 평소에도 혼자서 가고, 우리 부모님은 식사 준비가 귀찮을 때는 패밀리 레스토랑에 종종 갔는데. 네 부모님은 외식은 하지 않는 주의였어?"

"……우리 집은 가정부가 식사를 준비해 주셨으니까요."

"가정부라니, 부잣집이구나."

부잣집 사람이라면 납득이 된다.

유달리 행동거지가 바르고, 옷이나 소지품도 상당한 고가품이었다.

품격 있는 분위기와 교양이 있는 모습을 보면, 오히려 그렇지 않은 게 이상하다는 느낌이 들 정도다.

당사자는 아마네의 말에 희미하게 웃음을 띠었다.

"그러네요. 비교적 유복하다고 생각해요."

괜한 소리를 하고 말았다고 후회했다. 마히루의 미소가 기쁨이나 자긍심에서 나온 게 아니라 오히려 자조적인 것에 가까웠기 때문이다.

예전에도 부모님 이야기를 했을 때 어딘지 모르게 차가운 목소리로 반응했으니, 어쩌면 부모님과의 사이가 좋지 않은 것인지도 모른다.

괜히 건드려서는 안 되는 부분인 것 같았고, 아마네도 그 이상 알고 싶은 생각은 없었다.

인간은 누구나 알려지거나 언급당하고 싶지 않은 부분이 한둘쯤 있는 법이다. 그다지 친하지도 않은 상대라면 터치하지 않는 게 예의겠지.

"뭐, 좋은 경험이 되지 않겠어? 자, 좋아하는 거로 주문해 봐."

부모님 이야기는 더 하지 않고, 보관하고 있던 피자 광고지를 마히루에게 보여 줬다.

가끔 주문해서 먹는 가게로, 아마네가 아는 한 배달 서비스를 하고 있는 가게 중 가장 맛있는 곳이다.

가마로 피자를 굽는 본격적인 곳보다는 당연히 못하지만, 스탠다드한 토핑부터 아이들도 좋아하는 토핑까지 폭넓게 다루고 있으니 마히루의 입맛에 맞을 만한 것도 있겠지.

화제 전환에 응한 마히루는 광고지를 받아 들고 재빨리 훑어보았다.

투명하게 보이는 짙은 갈색의 눈은 갖가지 피자 사진에 못 박혀 있었다.

늘 그다지 감정을 보이지 않던 눈도, 지금은 왠지 생생하게 빛나는 것처럼 보였다.

'……어쩌면 진짜 기대하고 있는 걸까.'

왠지 모르게 들떠 보이던 마히루는 잠시 메뉴를 본 뒤에 "이게 좋겠어요."라며 네 가지 맛을 즐길 수 있는 파티용 피자를 조심스럽게 가리켰다.

눈치를 살피듯이 바라보는 마히루에게 알았다고 말하자 눈이 살짝 빛났다.

약간 기뻐하는 표정이었기에, 아마네는 희미하게 쓴웃음을 지으면서 스마트폰을 한 손에 들고 광고지에 실려 있는 전화번호를 눌렀다.

약 한 시간 후에 도착한 피자를, 마히루는 곧바로 먹기 시작했다.

네 종류의 맛을 즐길 수 있는 것이므로 어떤 것을 먼저 먹을지 잠시 고민했지만, 시작은 베이컨이랑 소시지를 듬뿍 얹은 것으로 정한 것 같았다.

놀랄 건 없지만 꽤 부잣집 아가씨라는 게 발각된 마히루가 작은 입으로 피자를 오물거린다.

손으로 들고 먹는 모습에도 어쩐지 품격이 있어 보이는 것은 아마도 오랫동안 그렇게 교육받았기 때문이겠지.

그러는 모습은 작은 동물처럼 자그마한 것을 볼 때의 사랑스러움을 느끼게 했다.

늘어나는 치즈를 보고 눈을 가늘게 뜨면서, 입가에 살짝 미소를 머금는 모습이 묘하게 귀여웠다.

평소에는 어른스럽게 보이고 실제로도 차분하지만, 지금의 마히루는 나이에 어울리는 분위기를 띠고 있었다.

작은 입으로 냠냠 피자를 즐기고 있는 마히루를 보자니, 자신도 모르게 머리를 쓰다듬고 싶다는 충동이 들었다.

"……무슨 문제가 있나요?"

"아니, 맛있게 먹는다 싶어서."

"너무 뚫어지게 보지 마세요."

다만 싫다는 표정으로 눈썹을 찌푸리는 모습에는 귀여운 면이 전혀 없었지만.

"……뭐랄까, 넌 정말로 귀염성이 없구나."

"없어도 괜찮아요. 오히려 이제 와서 평소에 학교에서 하던 것처럼 굴면 그게 더 기분 나쁠 것 같은데요."

"뭐, 그렇긴 하지. 학교에서의 너보다는 여기에서 보여주는 네가 더 익숙해졌으니까."

학교에서는 마히루와 거의 접점이 없고 말해 본 적도 없다.

그저 모두에게 평등하게 자상하며, 완벽하게 아름다운 미소를 지은 모습을 가끔 볼 뿐이었다.

그 대신, 지금 눈앞에선 애교가 없는 부분을 보고 있다.

마히루의 진짜 모습은 아마도 이쪽일 것이며, 학교에서는 대외용 모드를 발동하고 있는 것이겠지.

"나는 이쪽이 더 부담이 없어서 좋지만 말이지."

"귀염성이 없는 쪽 말인가요."

"은근히 속에 담아 두는구나, 너. ……뭐랄까, 학교에서 보는 넌 무슨 생각을 하는 건지 전혀 알 수가 없었거든."

"주로 오늘의 식단과 수업 내용이네요."

"그런 농담도 할 줄 아네."

마음속으로 뭔가 엉큼한 생각을 품고 있을 것 같다는 의미로 말했는데, 마히루는 말 그대로 받아들인 것 같았다.

본인은 농담으로 한 말이 아니었는지 미묘하게 불만스러운 표정으로 아마네를 보기 시작했다.

"그게 아니라 속마음이 보이지 않는다는 뜻이야. 그러니까 무슨 생각을 하는 건지 모르는 것보다야 다소 무뚝뚝해도 솔직하게 감정을 표현하는 게 더 대하기 편하다는 이야기지."

"……학교에서 하던 행동을 해선 안 된다는 뜻인가요?"

"처세술일 테니까 안 된다고는 생각하지 않아. 하지만, 지치지 않을까 하는 걱정은 들어."

"딱히 문제없어요. 어릴 적부터 이랬으니까요."

"어릴 적부터 철저히 익힌 거였단 말인가."

어릴 적부터의 버릇이라면 그런 태도가 몸에 익은 것도 수긍이 된다. 하지만 의도적으로 '이상적이고 착한 아이' 로 존재하려고 했다, 그렇게 해야만 했다는 이야기도 된다.

물론 대충 짐작이 가는 가정 환경만으로는 이러쿵저러쿵 떠들 수 없다.

"뭐, 맘 편히 있을 수 있는 장소가 있으면 괜찮지 않을까? 결과적으로 내가 그런 상대가 되기도 했고 말이지."

"……당신은 보고 있으면 여러모로 아슬아슬해서 맘 편히 있을 수가 없어요."

"거 미안하네요."

과장된 몸짓으로 어깨를 으쓱거리자, 마히루는 우습다는 듯이 아주 약간 웃었다.

제6화 친구의 방문

그날 청소 이후로 마히루와의 사이에 있던 벽이 아주 조금 얇아진 것 같지만, 딱히 거리가 가까워진 건 아니었다.

학교에서는 전혀 관계가 없는 사이였으며, 저녁거리를 나눠줄 때 가끔 잡담을 하는 수준.

며칠 전에도 방의 청결을 유지하라는 내용의 잔소리를 따끔하게 들었다. 이래저래 말투는 날카로웠지만, 역시 남을 돌보길 좋아하는 소녀라는 것을 통감했다.

신신당부하는 와중에 정리 방법을 조언해 주기도 해서, 아마네의 집은 깨끗한 상태를 계속 유지하고 있었다.

"오오, 깔끔해졌네."

깔끔해졌다는 소식을 듣고 이츠키가 휴일에 찾아왔는데, 좋은 방향으로 바뀐 방을 보고 감탄사를 내놓고 있었다.

"설마 이렇게까지 깨끗이 치웠을 줄이야. 그렇게나 더러웠는데 말이지. 이전에 내가 도와주면서 청소했는데도 바로 엉망이 되었잖아."

"시끄러워."

"아니, 하지만 사실인걸. 물건을 바닥에 놔두지 않은 상태를 최대 며칠이나 유지했어?"

"안심해. 신기록이야. 2주는 이어지고 있어."

"신기록이 2주라는 사실을 부끄러워하시지?"

대부분의 사람들은 바닥에 물건을 방치해 두지 않는다는 상식론에 미묘하게 얼굴을 찌푸렸지만, 이츠키는 친절한 마음에서 상식적인 소리를 하는 거니까 차마 거부할 수도 없었다.

애초에 마히루에게 도움을 받기 전에는 이츠키에게도 신세를 졌기 때문에, 이런 때는 강하게 나갈 수가 없다.

끄응. 입을 다물고 신음하는 아마네를 보면서 이츠키는 유쾌하게 웃었다.

"그래도 뭐, 이렇게 깨끗해졌으면 치이도 데려올 수 있겠네."

"그러지 마, 너희 닭살 행각을 왜 우리 집에서도 봐야 하는데."

"사양하지 마."

"우리 집을 만남의 장소로 이용하지 말라고."

뭐가 아쉬워서 친구 커플이 사이좋게 지내는 모습을 억지로 봐야 한단 말인가.

바보 커플로 잘 알려진 두 사람의 닭살 행각을 계속 봐야 하는 아마네의 처지도 좀 생각해 줬으면 좋겠다.

이츠키도 농담으로 하는 이야기라는 건 알지만, 두 사람의 뜨거운 모습을 늘 억지로 보고 있는 입장으로선 그다지 웃을 수 없었다.

"뭐, 농담이야. 이렇게까지 깨끗해졌으니 또 어지르거나 하진 말라고."

"노력은 할게."

"너란 녀석은 정말이지……. 뭐, 좋아. 꺼냈으면 다시 넣는 습관만이라도 익혀 두는 게 좋겠어."

"네가 우리 엄마냐……."

"아마네도 참, 방은 자주 청소해야 한다고 엄마가 그랬지?"

"징그럽고, 은근히 우리 어머니 말투랑 비슷해서 무서워."

일부러 연기하듯 가성으로 주의를 주는 이츠키를 보고, 아마네는 온몸을 떨었다.

이츠키와 어머니는 면식도 없을 텐데 왠지 비슷했기 때문에 오싹했다.

애초에 남자가 여자임을 강조하는 몸짓을 하는 게 기분이 나빴기 때문에 즉시 중지했으면 좋겠다.

우웩, 하고 혀를 내미는 아마네를 보고 이츠키가 유쾌한 표정으로 키득거렸다.

"아마네의 어머니는 이렇게 말한단 말이구나. 우리 어머니는 정말로 무뚝뚝한데 말이지—."

"차라리 너희 집이 부러워. 우리 어머니는 무슨 일이 있을 때마다 참견을 하려고 드니까 말이야."

"자식을 아끼는 좋은 어머니잖아."

"그냥 자식을 품에서 떼어놓질 못하는 거라고 생각하는데……."

"아니지. 네가 칠칠치 못하게 구니까 간섭할 수밖에 없는 거란 생각이 드는데."

"말이 많네. 그걸 빼놓고 생각해도 우리 어머니는 자식에게 너무 간섭한다고."

외동아들이라서 그런지, 아마네의 어머니는 틈만 나면 아마네를 보살피려고 든다.

응석을 다 들어주는 것과는 다르지만, 어쨌든 이래저래 돌봐주는 게 많고 괜히 마음을 써 주기도 했다. 싫은 건 아니지만 상대하기가 좀 곤란했다.

고등학교에 다니기 위해 고향을 떠나 자취 생활을 시작했을 때도 별별 소리를 들었으며, 종종 기습적으로 체크하려고 하는지라 제법 고생하기도 했다.

"뭐, 그만큼 너를 소중히 여긴다는 뜻 아닐까?"

"사랑이 너무 무거워."

"포기해. 언젠간 그게 얼마나 소중한 것인지 알게 될 테니까."

"경험자인 것처럼 말하지만, 넌 현재 진행형으로 반항 중이잖아."

"핫핫하. 치이와 관련된 일이니까 어쩔 수 없어."

아버지와 여친 문제로 다투고 있는 이츠키가 그런 말을 하니까 설득력이 별로 없지만, 하는 말 자체는 일리가 있었기 때문에 가능하면 얌전히 듣기로 했다.

이 자식도 나름대로 문제를 끌어안고 있단 말이지. 그런 생각을 하면서 살며시 한숨을 쉬었지만, 정작 이츠키는 그런 고생을 엿볼 수 없는 느긋한 표정을 짓고 있었다. 그저 "나와 치이 사이를 방해하겠다면 본때를 보여줄 생각이지만 말이지."라고 약간 살벌하게 들리는 발언을 하긴 했지만.

"어쨌든 아버지 문제는 내가 어떻게든 해결할 테니까 괜찮아. 일단 네 생활을 똑바로 챙기라고, 알았지—?"

히죽거리며 웃는 이츠키에게 미묘한 표정으로 "말하지 않아도 그렇게 할 거야."라고 대꾸했다. 그리고는 누군가와 같은 말을 한다는 생각이 들어서 슬쩍 쓴웃음을 지었다.

이츠키가 아마네의 집을 들른 이유는 사는 모습을 보기 위해서……가 아니라, 단순히 놀러 온 것이기 때문에, 집 청소 이야기는 금방 접고 둘이서 게임을 했다.

당초의 목적은 분명 일주일 후로 잡힌 시험 공부였을 텐데, 어느새 노는 것으로 바뀌어 있었다.

"너, 그렇게 회복 아이템을 낭비하다간 나중에 모자랄걸."

"어떻게든 될 거야. 어떻게든."

"아니, 어떻게든 되긴. 레벨도 안 올랐는데 그래도 괜찮을 리가 없……."

아마네는 스릴을 맛보는 걸 좋아하는 이츠키에게 뭘 어떻게 지적해야 좋을지 고민했지만, 집 안에 초인종 소리가 울렸기 때문에 곧바로 다른 고민이 생겨나고 말았다.

"응? 손님이 왔나?"

이츠키도 게임 메뉴 화면을 띄운 뒤에 고개를 들었다.

딱히 다른 사람에게 이 집을 가르쳐 줄 리가 없다는 걸 잘 알고 있는 데다, 집을 찾아올 친구도 그리 많지 않다. 애초에 손님이라면 공동 현관에서 먼저 출입이 제한되기 때문에 먼저 호출을 해야 할 것이다.

"뭔지 모르겠네. 옆집 사람 아닐까? 회람판을 가져온 걸지도 모르지."
"그렇겠네."
"잠깐 좀 보고 올게."
딱딱해지려는 표정을 어떻게든 숨긴 채로 이츠키에게 적당히 얼버무린 뒤에 서둘러 현관으로 향했다.
초인종을 누른 후에 목소리를 내지 않은 것이 다행이었다.
아마네도 상대를 확인하지 않고 빠르게 문을 열고 방문자의 모습이 보이지 않도록 좁은 틈새로 몸을 빼낸 뒤에 그대로 문을 닫았다.
예상대로 마히루가 있었다. 평소와는 다른 아마네의 반응에 눈을 깜박거리자 "쉬잇." 하면서 검지를 세워 보였다.
"……조용히 말해 줘. 이츠키가 와 있으니까."
"이츠키?"
"친구야. 지금 집에 놀러 와 있어."
"아, 그렇군요."
은밀하게 행동하는 아마네의 모습이 이해가 되었는지 마히루는 고개를 끄덕거렸고, 더 이상 따져 묻는 일 없이 평소처럼 밀폐 용기를 건네줬다.
아침부터 준비했던 것 같다. 안에 든 음식은 날씨가 추워진 지금 계절에 딱 어울리는 오뎅이었다.
고맙게 받아 든 아마네는 이제는 자연스럽게 요리를 건네주는 마히루를 보면서 슬쩍 한숨을 쉬었다.

“저기, 정말로, 네가 이렇게 챙겨 주는 것은 늘 고맙게 생각하고 있지만, 지금은 그런 말을 하기엔 시간이 모자라네. 미안해.”

“딱히 답례를 바라고 하는 건 아니니까요. ……다행이네요. 친구를 초대할 수 있을 정도로 집 안이 정리가 되었으니.”

“엎드려 절해서 고마워하면 될까?”

“그런 뜻이 아니에요. 그러지 마세요.”

어이가 없다는 듯 ‘제가 나쁜 여자 같잖아요.’ 같은 눈으로 자신을 보는 바람에 아마네도 쓴웃음을 지었다.

미묘하게 진심이 섞인 말을 해 버린 것은, 정말로 머리를 들 수가 없기 때문일 것이다. 엎드려 절해도 충분할 수준으로 자신을 돌봐 주고 있었다.

역시 이렇게 많은 양을 공짜로 계속 받는 것은 여러모로 미안하므로, 나중에 따로 자리를 마련해서 식사에 들어가는 비용 이야기를 하고 싶은 참이다.

“친구가 와 있다면 오래 이야기할 순 없을 테니까요. 그럼 이만 실례할게요.”

“……늘 고마워. 이츠키에겐 찾아온 사람이 누구인지 말하지 않을게.”

“그렇게 해 주세요.”

“뭐, 설령 말해 봤자 믿지 않겠지만 말이지.”

“그렇겠죠.”

순순히 긍정하면 그건 그것대로 기분이 복잡해지지만, 실제로 아마네가 이츠키라면 시이나가 식사를 만들어 주고 있다는 말을 들어도 영 믿으려 들지 않을 것이다. 망상하는 것 아니냐고 의심하겠지.

그만큼 천사님은 절벽에 핀 꽃 같은 존재인 셈이다.

잘생기고 우수한 남자라면 또 모를까 자신처럼 변변치 못하고 한심한 남자에게 직접 만든 요리를 대접하다니, 상식적으로 생각하면 천지가 뒤집혀도 있을 수 없는 일이겠지.

"……하나 물어봐도 될까?"

"뭔가요?"

"나에게 이렇게 계속 음식을 나눠줘서 무슨 득이 있어?"

보통 사람은 이렇게 노력과 돈을 쓰면서 공짜로 요리를 나눠주지 않을 것이다. 역지사지로 생각해도 하지 않을 것이다. 아마네 자신에게 호감이 있다고 만에 하나라도 없을 확률을 기대할 생각은 없지만, 역시 이상해서 물어볼 수밖에 없었다.

아마네의 질문을 받은 마히루는 잠시 생각하듯 시선을 위로 돌렸다가 아무런 표정의 변화도 없이 "저 자신의 자기만족이에요."라고 대답했다.

"특별한 이유는 없어요. 저는 1인분을 만드는 것보다 2인분을 만드는 게 더 즐겁고, 단순히 남에게 뭔가를 베푸는 걸 좋아하는 것 같으니까요."

"요리하는 걸 좋아한단 뜻이야?"

"뭐, 그 이유도 있겠네요. 당신은 귀찮은 착각을 하지 않고 그저 맛있다고만 말해 주니까 편하기도 하고, 당신의 식생활은 보고 있으면 불안하기 때문에 역시 자기만족이에요.”

“……그런 거야?”

“그런 거네요. 그러니까 너무 마음에 두지 말고 뜻밖에 마주친 행운이라고 생각하세요.”

“네네.”

더 이상은 마히루도 이야기를 나눌 생각이 없는지, 예절 바른 동작으로 허리를 굽혀 인사한 뒤에 “이만 실례할게요.”라고 말하면서 자신의 집으로 돌아갔다.

‘……그게 이유가 되나.’

공짜로 주는 것치고는 뭔가 이유가 부족하게 느껴진단 말이지. 그렇게 중얼거리면서 아마네도 자신의 집으로 돌아갔다.

“누구였어?”

“옆집 사람. 음식을 좀 나눠줬어. 냉장고에 넣고 올 테니까 먼저 게임 시작하고 있어.”

“아, 미안. 나 혼자 보스전을 끝내버렸어.”

“야, 무슨 짓거리야.”

제7화 천사님의 부상과 답례

아마네와 마히루가 처음 대화를 나눴던 공원은 집으로 오는 길에 있다.

아마네가 사는 맨션은 가족보다 적은 인원이 살기에 용이하도록 만들어진 곳이라서 어린아이가 적은데, 주변의 맨션도 대부분 비슷했다.

그곳에서 그리 멀지 않은 곳에 만들어진 공원은 아담하고, 어딘가 쓸쓸한 분위기를 자아내고 있었다.

어린아이들이 노는 일도 없어서 한산한 그곳에서── 학교에서 귀가 중으로 보이는 마히루를 발견했다.

"너, 여기서 뭐 하는 거야?"

"……아무것도 안 해요."

벤치에 단정하게 앉은 채 미동도 하지 않던 마히루는 아마네의 모습을 확인하고 눈을 가늘게 떴다.

이번에는 예전과 달리 얼굴을 아는 사이이며 말도 꺼낼 수 있는 사이가 되었기 때문에 보는 즉시 말을 걸었지만, 마히루의 목소리는 딱딱했다. 경계하는 건 아니나, 뭔가를 드러내지 않도록 조심하고 있는 것 같았다.

"아니, 아무것도 아니라면 그렇게 넋이 나간 표정으로 앉아 있지 말라고. 무슨 일이 있었어?"

"딱히……."

상당히 난감한 표정을 짓고 있는 것이 마음에 걸렸지만, 마히루는 그 이유를 밝히지 않았다.

밖에선 상관하지 않기로 암묵적인 약속을 했지만, 이번에는 마히루가 왠지 난감한 표정을 짓고 있었기에 자신도 모르게 말을 걸고 말았다.

마히루는 관심을 보이지 않기를 원할지도 모른다.

뭐, 말하고 싶지 않다면 상관없나. 그렇게 생각하면서 은근히 표정이 굳어진 마히루를 바라보다가 블레이저에 하얀 실, 아니, 털이 여러 개나 묻어 있는 걸 알아차렸다.

"그건 그렇고 교복에 털이 묻어 있는데, 개나 고양이랑 놀고 있었던 거야?"

"논 게 아니에요. 그냥 나무 위에서 오도 가도 못하는 고양이를 내려 줬을 뿐이에요."

"무슨 그런 뻔한 전개가 다 있담. 아하, 그런 거였나."

"네?"

"가만히 기다리고 있어. 절대로 움직이지 말라고."

마히루가 한 말을 듣고, 왜 벤치에 계속 앉아 있었는지를 뒤늦게 이해한 아마네는 한숨을 훅 쉰 뒤에 일단 그 자리를 떠났다.

마히루는 아마네가 당부한 대로 그 자리에서 움직이지 않을 것이다.

그보다는 움직일 수 없다는 표현이 더 정확하겠지.

이상한 구석에서 괜한 고집을 부리는 녀석이라니까. 그렇게 혼자 투덜거리면서 근처에 있는 드럭 스토어에서 파스와 테이프, 편의점에서 커피용으로 파는 얼음을 산 뒤에 마히루가 있는 곳으로 돌아왔다. 역시 그대로 가만히 앉아 있었다.

"시이나, 타이츠를 벗어."

"네?"

그렇게 짧게 말하자, 마히루가 극도의 한기를 담은 목소리로 되물었다.

"아니, 그렇게 차갑게 굴지 마……. 자, 돌아서 있을 테니까 타이츠를 벗고 내 블레이저로 가려. 일단 다친 부분을 식히고 파스를 붙일 테니까."

아무리 그래도 타이츠를 벗기면서 기뻐하는 취미는 없다. 변명의 의미를 겸해 구입한 물건이 담긴 봉투를 흔들어서 보여주자, 마히루의 얼굴이 알아보기 쉬울 정도로 굳어졌다.

"……어떻게 안 건가요?"

"로퍼를 한 짝만 벗은 데다 발목의 굵기가 미묘하게 다르잖아. 그리고 거기서 일어서려고 하지 않으니까. 고양이를 구해주려다가 발목을 다치다니, 정말 뻔한 전개네."

"시끄러워요."

"네네. 자, 어서 타이츠를 벗고 발을 보여줘."

조금만 살펴봐도 알 수 있는 일이지만 아마네에게 들킨 것이 예상외였는지, 떨떠름한 표정을 짓고 있었다.

그래도 순순히 블레이저를 받아 다리 위에 걸친 것을 보면 시키는 대로 따를 것 같았다.

아마네는 그대로 마히루에게 등을 돌리고는, 편의점에서 산 얼음을 비닐 봉투에 넣고 물을 부었다.

흘러넘치지 않도록 주둥이를 묶고, 가방 안에 넣어 두었던 수건으로 살짝 감싸서 즉석 얼음주머니를 만든 뒤에 천천히 돌아봤다.

마히루는 시킨 대로 타이츠를 벗고 맨발을 드러내고 있었다.

쓸데없는 지방이 없는, 탄탄하면서도 부드러움을 느낄 수 있는 매끄러운 다리 라인과 발목의 부자연스러운 붓기가 다 드러나 있었다.

"뭐, 심하게 붓진 않은 것 같지만, 너무 움직이면 악화되겠네. 춥겠지만 일단 조금은 식히는 게 좋겠어. 통증이 가시면 파스를 붙일 테니까 안정을 취하도록 해."

"……고마워요."

"다음부턴 처음부터 솔직하게 도움을 청해. 딱히 이런 기회를 틈타서 빚을 지게 하려는 건 아니니까."

오히려 자신이야말로 그동안 잔뜩 쌓인 빚을 조금씩이라도 갚고 싶은 심정이므로, 곤란한 일 한두 가지쯤은 해결해 주고 싶었다.

다리를 벤치 위에 놓고 발목을 식히고 있는 마히루의 표정은 여전했지만, 아마네의 배려를 거절하지 않고 얌전히 받아들이고 있었다.

"통증은 좀 가셨어?"

"……네, 어느 정도는요."

"그럼 파스를 붙일 테니까…… 변태니 치한이니 소리치면서 화내지 마."

"은인에게 그런 무례한 짓은 하지 않아요."

"그건 다행이네."

엉큼한 마음은 일절 없다는 것을 강조하고, 마히루의 다리 옆에 웅크려 앉아 벌겋게 부푼 발목에 파스를 붙였다.

일단 얼마나 아픈지를 물어보니, 설 수도 있고 걸을 수도 있지만 악화될 것 같아서 얌전히 앉아 있었다고 한다. 일단은 가벼운 부상이겠지.

파스를 붙이고 같이 사 온 테이프로 고정하다가, 지그시 내려다보는 마히루의 시선을 느꼈다.

"의외로 손재주가 있네요."

"뭐, 다쳤을 때의 처치 정도는 할 수 있어. 요리는 못하지만."

약간은 익살스럽게 어깨를 으쓱하자, 쿡 하는 작은 웃음소리가 흘러 나왔다.

아까부터 굳은 표정을 짓게 하고 있었으니, 조금이라도 마음이 풀렸다면 다행이라고 할 수 있을 것이다.

약간이지만 태도가 누그러진 마히루를 보고 내심 안도하면서, 가방에서 체육복 바지를 꺼냈다.

"자."

"네?"

"아니, 그러니까 그런 표정 짓지 말라고. 그대로 가면 다리가 보이잖아. 파스를 붙인 채로 타이츠를 신을 수도 없고. 오늘은 그 옷을 안 입었으니까 안심해."

테이핑으로 한층 커진 오른쪽 발목 위에 그대로 타이츠를 신기는 것도 좀 그렇고 위화감도 느껴지겠다. 추위와 속옷 노출을 막으려면 그거라도 입는 게 좋을 것이다.

별뜻은 없다는 건 알고 있는지 순순히 체육복을 입어 주었다.

다 입은 것을 확인하고서 빌려줬던 블레이저를 돌려받고, 그 대신 지금까지 셔츠 위에 입고 있었던 파카를 마히루에게 건네주었다.

"자, 이걸 입어."

"아뇨, 그러니까 이건 왜……."

"업혀 가는 모습을 보이고 싶어?"

부상자를 그냥 걸어가게 둘 수는 없으니까 처음부터 이럴 생각이었다.

어차피 돌아갈 장소는 거의 같으니까, 아마네가 데려가는 게 효율적으로도 좋고 부상에도 좋을 것이다.

"아, 미안하지만 내 가방만 좀 지고 있어 줄래? 아무리 그래도 가방을 뒤에 맨 채 널 앞으로 안고 갈 수는 없으니까."

"안 업는 선택지는 없나요?"

"있잖아, 발목을 다쳤으니까 얌전히 있어. 아무도 없다면 또 모를까, 지금 딱 적당한 다리가 있으니까 이용할 수 있으면 이용하라고."

"다리란 말인가요."

"뭐야, 팔이 더 좋은 거야? 두 손으로 안고 가는 걸 원해?"

"절 안고 집까지 돌아갈 근력은 있나요?"

"날 무시해? 뭐…… 자신은 없어."

마히루를 두 팔로 안을 순 있겠지만, 맨션까지 데려가는 건 아무래도 힘들겠지. 그리고 다른 사람들의 주목을 엄청나게 받을 것 같으니까 가능하면 그러고 싶지 않다.

마히루도 가벼운 농담으로 말한 것임을 아니까 놀렸다고 화낼 생각은 없다. 그만큼 여유롭게 말할 수 있으면 충분하다고 생각하면서 웃었다.

"자, 다 입었으면 후드를 쓰고 가방을 메 줘. 그리고 내 가방도 내가 업은 뒤에 챙겨 주고. 널 업어야 해서 들 수가 없거든."

"……죄송해요."

"괜찮아. 그래도 남자인데 부상자를 내버려 두고 돌아가거나 걷게 만들 정도로 썩진 않았어."

몸을 숙이고 등을 보이고 있으려니, 마히루가 조심스럽게 아마네의 등에 몸을 기댔다.

파카까지 입혔으니 그만큼 부피가 불어났어야 할 텐데, 그래도 아마네가 느낀 마히루의 몸은 가냘프고 미덥지 못했다.

목에 두른 손이 심하게 조르지 않는 정도의 힘으로 자신을 붙잡은 것을 확인하고 나서, 아마네는 천천히 마히루를 등에 업고 일어났다.

역시 생각대로 가벼웠다.

아마네에게 잔소리한 본인이야말로 식사를 잘 챙기고 있는지 걱정될 정도로 가냘픈데, 어쩌면 원래 몸집이 작아서 이럴지도 모른다.

은은하게 달콤한 향기가 나는 데다, 마히루가 불안한 표정으로 꼭 매달려 있는 상황이라 여러모로 머리가 복잡했다. 그래도 겉으로는 조금도 내색하지 않고 귀갓길에 들어섰다.

사람을 업고 있어서 사람들의 시선이 제법 쏠렸지만, 마히루가 얼굴을 숨기듯이 가리고 있었기 때문에 그리 큰 주목을 받지 않는 것이 그나마 다행이었다.

"그럼 난 이만……."

마히루의 집 현관 앞까지 옮긴 뒤, 아마네는 더 간섭할 필요가 없다고 생각하면서 그 자리를 떠났다.

벽에 기대야 하긴 했지만 제 발로 설 수 있었으니 그리 심하게 다친 건 아니겠지. 다행히 내일부턴 휴일이므로, 며칠 안정을 취하면 보행에 지장이 없는 수준까지 나을 것이다.

"오늘은 내 밥을 챙기지 않아도 되니까 안정을 취하면서 쉬어. 정 필요하면 영양 보조 식품이라도 줄까."

"괜찮아요. 만들어 둔 게 있으니까요."

"그건 다행이네. 그럼 나중에 봐."

끼니를 걱정하지 않아도 된다면 다행이다. 움직이지 않는 게 제일 좋으니까.

마히루가 현관문을 여는 걸 보고, 아마네도 자기 집의 열쇠를 꺼냈다.

"저기……."

"응?"

자신을 부르는 소리를 듣고 고개를 돌리자, 자신의 가방을 끌어안은 마히루가 조심스럽게 아마네를 쳐다보고 있었다.

살짝 일렁이는 눈동자를 보면서 고개를 갸웃거리고 있으려니, 조금 난감한 표정으로 시선을 이리저리 돌리다가 겨우 마음을 굳혔는지 아마네를 똑바로 바라봤다.

"……오늘은 정말 고마워요. 도움을 많이 받았어요."

"됐어. 내가 그러고 싶어서 한 일이니까. 그럼 몸조리 잘해."

너무 마음에 두고 있는 것도 좀 그러니까 대수롭지 않게 받아넘기고, 마히루가 머리를 꾸벅 숙이는 걸 본 뒤에 현관문을 열었다.

그러고 보니 파카랑 체육복을 빌려준 채로 그냥 왔다는 걸 깨달았지만, 나중에 다시 돌려받을 수 있겠지. 아마네는 그대로 문 안으로 들어갔다.

"뭐야, 너, 1년 내내 반바지만 입는 건강 캐릭터였어?"

월요일 체육 시간이 우울했던 것은 아마네가 운동을 잘 못하는 데다가, 쌀쌀한 이 계절에 무릎길이의 체육복을 입어야 하게 되었기 때문이었다.

이 계절이면 이미 긴바지 체육복이 주류라서 무릎 아래로 맨살을 드러내고 있는 아마네는 주위 사람들과 약간 동떨어져 있었다.

"아니야. 잊어버렸을 뿐이라고."

"멍청하긴."

"시끄러워."

주말 동안 마히루를 만나지 않아 미처 돌려받지 못하는 바람에 이렇게 되었지만, 이츠키에겐 딱히 변명할 거리도 없는지라 잊어버렸다고밖에 말할 수 없었다.

놀림을 받는 건 달게 받아들였지만, 낄낄 웃으면서 등을 탁탁 때리는 건 참을 수 없어서 그대로 되갚았다.

이츠키가 조용히 신음하는 걸 보면서 슬쩍 한숨을 쉰 뒤에 시선을 돌렸다.

지금 운동장에선 높이뛰기를 하고 있는데, 여자들도 체육 시간에 운동장을 쓰는지 여자들도 보였다. 게다가 두 반이 합동 수업을 하고 있어서 그런지 인원이 제법 많이 모였다.

저쪽은 저쪽대로 육상경기를 하고 있는데, 대기 시간에는 아마네의 반 체육 수업을 구경하고 있는 분위기였다.

"카도와키, 파이팅—!"

기본적으론 남녀가 다른 장소에서 수업을 하니까 여자가 있으면 남자들이 술렁거리는 건 당연했지만…… 여자들이 보는 곳에는 아마네와 같은 반이자 꽃미남으로 유명한 카도와키 유타가 있었다.

아마네가 말을 걸 일은 거의 없지만, 붙임성이 좋고 공부도 잘하는 데다가 1학년이면서 육상부의 에이스였기 때문에 여자들로부터 인기가 높다는 건 알고 있었다.

아마네는 하늘은 참 공평하지 않다고 생각하는 선에서 그쳤지만, 그 사실이 못마땅한지 미묘하게 떨떠름한 표정을 짓고 있는 남자들도 많았다.

"오오, 여전히 인기 쩌네, 유타는."

"그러게."

"흥미가 없는 것 같네."

"아니, 실제로 나랑 관계가 없잖아. 같은 반이라고 하지만 제대로 이야기해 본 적도 없고. 어찌 됐든 상관없는 일이야."

딱히 상대가 해를 끼치는 것도 아니며, 이렇다 할 관계가 없으므로 솔직히 어떻게 되든 상관없었다.

그런 사람이 소수라는 건 알아도, 역시 다른 남자들처럼 시샘하는 지경까지는 가지 않았다.

오히려 상대가 너무 완벽하니 질투조차 넌센스라는 생각을 하고 있었다.

"질투하지 않는 게 너답긴 하네."

"뭐야, 인기 폭발이라서 부럽기 그지없소이다, 같은 말이라도 해?"

"너하곤 안 어울려."

낄낄 웃는 이츠키를 흘겨보다가, 여자들의 성원을 받으며 상큼한 미소를 짓고 있는 유타에게로 시선을 돌렸다.

남자가 봐도 균형이 잘 잡힌 체격에 훈훈하게 생긴 얼굴은 그야말로 왕자님이라 할 수 있다. 실제로 별명 중에 왕자님도 있고, 딱 봐선 이렇다 할 결점이 보이지 않는 남자였다.

여자들의 뜨거운 눈빛과 새된 목소리에 생글거리는 미소를 지으면서 손을 흔드는 모습을 보니, 정말로 붙임성이 좋은 남자라는 생각이 들어서 감탄까지 나왔다.

"뭐랄까, 정말 인기가 대단하네."

"그러게. 남자들의 질투는 확정 사항이군."

"하하. 그건 그렇고, 여자들도 기운이 넘치는걸."

이츠키에게는 끔찍하게 사랑하는 여친 치토세가 있어서 다른 여자에게 관심이 없으므로, 마치 남 일처럼 군다.

치토세도 유타에겐 조금도 관심이 없으므로, 이츠키가 유타에게 뭔가 감정이 생길 일은 없을 것이다.

'왕자님이니 천사니, 우리 학교엔 부끄러운 별명이 붙는 사람들이 많네.'

그러고 보니 천사님, 즉 마히루는 결국 안정을 취하면서 잘 쉬었을까.

휴일에 외출하는 낌새는 없었으니까 얌전히 지냈을 테지만, 다친 데는 얼마나 나았을까.

마침 마히루의 반과 합동 수업이었기 때문에 몰래 주변으로 시선을 돌려 찾아보니, 사람이 잔뜩 있어도 바로 눈에 띄는 용모를 지닌 소녀가 운동장 가장자리에 있었다.

체육복으로 갈아입지 않고 수업에도 참가하지 않은 걸 보면 견학 중인 것 같다.

조용히 앉아 있는 마히루에게 시선이 저절로 끌리는 남자들도 많이 있었다.

먼 거리였지만 눈이 딱 마주쳤다. 멋쩍어서 시선을 이리저리 돌리자 입가에 슬쩍 웃음이 떠올랐다.

그 얼굴이 아마네, 그 이전에 남자들 집단을 향하고 있었기 때문에, 그 미소를 본 같은 반 아이들이 "지금 날 보고 웃은 건가?!" "아냐, 나일 거야."라고 술렁거리고 있었다.

"이건 찬스야. 멋진 모습을 보여서 시이나에게 어필해야지."

"왕자만 멋진 모습을 보이도록 양보할 순 없지."

자그마한 미소 하나로 이렇게까지 흥분시킬 수 있다니 정말 대단하다고 해야 할까, 남자들이 너무 단순하다고 해야 할까.

"……참 단순하네."

같은 생각을 했는지 이츠키가 그렇게 나지막이 말했고, 아마네도 그만 웃고 말았다.

"뭐, 내신 점수도 있으니까 우리도 어느 정도는 노력해야겠지."

"뭐야, 아마네 너도 천사님이 보고 있다는 이유로 기운이 샘솟는 거야?"

"아니, 그건 아닌데. 관심 없다고 말했잖아."

"뭐, 그건 그런가. 넌 정말로 관심이 없으니까 말이지."

그리고 "여친이 있으면 좋거든?" 하고 커플 자랑이 시작될 것 같았기에 아마네는 "그래, 알았어."라고 말하면서 대충 흘려 넘기고, 다시 마히루 쪽을 보면서 쓴웃음을 지었다.

"지난번에는 정말 고마웠어요. 후지미야 군이 빌려줬던 파카랑 체육복이에요."

그날, 평소와 마찬가지로 음식을 나눠주러 온 마히루는 밀폐 용기 외에 종이 봉투도 들고 있었다.

언뜻 보기에 아마네가 금요일에 빌려준 바로 그 파카와 체육복 같았다. 단정하게 갠 상태로 들어 있었다.

"응. 다친 데는 어때?"

"이제 통증은 거의 없어요. 다 나을 때까지 운동은 하지 않으려고 해요."

"그럼 됐어. 체육 시간에도 견학만 하는 것 같았으니까."

"네."

혹시 몰라서 마히루는 체육 시간에 견학만 했다는데, 그게 정답일 것이다. 아파 보이진 않지만, 약간 조심하면서 걷는 모양으로 보아 아직 완치되진 않았으리라.

현명한 판단이라고 고개를 끄덕이다가, 체육 시간 때 일을 떠올리며 잠시 웃었다.

"그건 그렇고 천사님은 인기가 정말 대단하던걸. 미소 한 번에 남자들의 의욕이 치솟았으니까 말이야."

"그러니까 그렇게 부르지 말아 달라고 했는데……. 저도 곤혹스럽긴 했지만, 그렇게 기쁜가요?"

"뭐, 미인이 웃어 주면 의욕이 생기지 않을까. 그 왜, 여자들도 오늘 카도와키가 손을 흔들어 주니까 꺅꺅 소리를 지르고 좋아했잖아."

"카도와키……. 아, 그 엄청 인기가 많은 사람 말인가요."

마히루는 그다지 관심이 없는 기색이다. 아니, 실제로 관심이 없는지 이름만으론 감을 잡지 못하다가 아마네의 설명을 듣고서야 겨우 누군지 짚인 것 같다.

천사님 정도는 아니지만 유타도 같은 학년에선 나름대로 유명한 남자인데, 이름만 듣고는 누구인지 떠올리지 못한다는 건 의외였다.

"넌 관심이 없어?"

"딱히요. 반도 다르고, 별로 접할 일이 없었으니까요."

"흐응. 다른 여자들은 야단법석인데 말이지. 멋있다고."

"뭐, 얼굴이 곱상하긴 하네요. 저는 이야기해 본 적도 없고 관계도 없으니까 아무래도 상관없어요."

"그런 점은 담백하게 반응하는구나, 넌."

"외모의 미추만으로 호감을 가지는 게 당연하다면, 당신이 저에게 아무런 감정을 품지 않는다는 것도 이상하지 않나요?"

"오, 자신이 귀엽다는 건 아나 보네."

마히루의 말은 지당했다.

아름답다는 요인이 호감을 가지는 이유는 될 수 있지만, 아름답다고 해서 반드시 호감을 가지는 것도 아니다. 그 말에는 동의하며, 마히루가 미소녀라는 것도 인정했다. 본인도 그걸 자각하고 수긍하고 있었다는 것이 의외이긴 했지만.

"주위에서 그렇게 난리를 치면 싫어도 알게 돼요. 그리고 저 자신이 객관적으로 반반하게 생긴 건 알고, 노력을 게을리한 적도 없어요."

마히루는 그게 당연하다는 듯이 말하지만, 자신의 외모를 자랑스럽게 여기는 분위기는 전혀 느껴지지 않았다.
실제로 마히루는 아마 그 미모를 유지하는 데 노력을 아끼지 않았을 것이다.
원래 곱게 생겼지만, 그것만 믿고 안주하진 않는다.
천사라는 별명에 걸맞게 광택 있는 머릿결은 천사의 고리를 떠올리게 했고, 피부도 완벽해서 여드름이나 기미는 하나도 없다. 집안일을 하는데도 손이 튼 데가 없으며, 손톱도 깔끔하게 잘 정리되어 있었다. 나올 곳은 나오고 들어갈 곳은 들어간 균형 잡힌 몸매는 하루아침의 노력으로 만들어진 것이 아닐 것이다.
“어련하시겠어. 담담하게 사실을 말하고 있으니까 싫은 내색을 안 하지만, 칭찬받고 쑥스러워할 일도 아니라는 것 같네.”
“너무 끈질기게 들으면 질리기부터 할걸요.”
“미인은 힘들겠구나.”
“그만큼 득도 보니까 무조건 나쁘다고만 할 순 없지만요.”
“정말 남 일처럼 말하네…….”
“뭔가요. 수줍어하면서 ‘그렇지 않아요~.’ 라고 말하길 바라는 건가요?”
“아니, 네 본성을 알고 있는 나로선 그런 반응을 보여도 위화감이…….”
“그렇겠죠. 저도 당신에게 그런 행동을 해 봤자 의미가 없다고 생각하고 있으니까요.”
“그렇겠지.”

마히루가 솔직한 모습을 보이는 건 새삼스러운 일도 아니므로 태도를 바꿔 봤자 난감할 뿐이다. 학교의 마히루처럼 자신을 대하면 이상하게 닭살이 돋을 것 같으니까, 제발 이 모습을 그대로 유지했으면 좋겠다.

익숙해진다는 것은 참으로 무섭다. 학교의 천사님이 천사님답게 행동하고 있으면 자신도 모르게 위화감이 들고 만다.

아마네에게 진짜 마히루는 지금 보는 모습이지 학교에서 보게 되는 모습이 아닌 것이다.

결론적으로 지금 그대로가 좋다는 것에 합의한 셈이라 생각하면서, 아마네는 자신이 받은 밀폐 용기를 봤다.

평소보다 많이 담긴 것 같은 그 용기 안에는 여러 반찬이 담겨 있었으며, 품목도 다양했다. 이 정도면 음식을 나눠준 게 아니라 아예 도시락을 만들어 준 것 같은 느낌이었다.

"오늘은 메뉴가 호화롭네."

"신세를 졌으니까요."

"신경 쓰지 않아도 된다고 했는데…… 오오, 고로케도 있어."

겨우 고로케냐고 얕보지 마라.

반찬 가게에서 흔히 팔지만, 직접 만들려면 정말 귀찮은 가정 요리의 으뜸 격이다.

감자를 삶아서 으깬 뒤에 볶은 소고기랑 양파 등 재료를 섞어서 모양을 잡고, 잘 식힌 뒤에 튀김옷을 입혀서 튀겨야 하는 등…… 은근히 손이 많이 가는 요리인 것이다.

요리를 거의 하지 않는 아마네조차 어머니가 만드는 것을 보고는 귀찮으니까 절대로 만들지 않겠다고 생각했을 정도였다.

"뭐, 미리 만들어서 냉동한 걸 튀겼을 뿐이지만요."

"그래서 닭 튀김도 덤으로 같이 있는 건가."

"그런 셈이에요."

혼자 살게 되면 튀김 요리도 반찬 가게를 통하지 않으면 먹을 일이 없으니, 손수 만든 요리라면 너무나 고마울 따름이다.

좀 더 욕심을 부리자면, 막 튀겨서 튀김옷이 바삭바삭할 때 밥과 함께 먹고 싶지만.

"……가끔은 갓 만든 요리를 먹고 싶어진단 말이지."

위생 문제 때문인지, 마히루는 어느 정도 식힌 뒤 밀폐 용기에 넣기 때문에 역시 다시 데워서 먹어야 할 필요가 있었다. 튀김류도 오븐 토스터로 튀김옷의 바삭한 느낌을 다시 살릴 수 있지만, 갓 튀긴 것에는 미치지 못한다.

물론 그래도 아주 맛있었지만, 역시 갓 만든 음식은 각별할 것이다.

별뜻 없이 단순한 바람이 입 밖으로 샜을 뿐인데, 꽤 뚜렷한 혼잣말이 되는 바람에 마히루가 살짝 눈썹을 찌푸렸다.

"집에 들여 달라는 뜻인가요?"

"그런 뜻으로 말한 게 아니야. 아무리 그래도 얻어먹는 신세인데, 분수도 모르고 그럴 수는 없지."

억울한 의심을 받는 바람에 어깨를 움츠리고 단호하게 부정했지만, 마히루는 입가에 손을 댄 채 시선을 아래로 향하고 있었다.

무슨 생각을 하는 듯 아마네와 눈을 마주치려 들지 않는다.

"……반반."

"응?"

"식비를 반반씩 부담하고, 당신의 집에서 만든다면 생각해 보겠어요."

겨우 입을 연 마히루가 꺼낸 말은 아마네의 입이 떡 벌어지도록 만들 만큼의 위력이 있었다.

농담이라고 할까, 무심코 떠오른 것을 말로 흘린 건데 .그걸 진지하게 검토한 끝에 승낙할 줄은 몰라서 당혹스러울 뿐이다.

보통, 별로 친하지도 않은 남자의 집에 와서 음식을 하려고 생각할까?

그쪽이 더 효율적이라고 해도, 상대는 남자이고 속을 터놓는 관계도 아니다. 보통은 불안하지 않을까.

"반반씩 부담하는 것은 내가 원하던 바고, 너무 많이 받아서 바라 마지않은 일이지만…… 넌 위기감이 없는 거야?"

"이상한 짓을 했다간 깨부수겠어요. 물리적으로. 재기 불능이 되도록."

"우와, 무서워. 오싹해졌어."

"애초에 그러지 않아도, 당신은 리스크를 생각해서 아무 짓도 하지 않을 거라고 생각하니까요. 학교에서 제가 어떤 위치에 있는지 잘 알고 있겠죠?"

"만약 무슨 짓을 했다간 내가 파멸하겠지."

아마네와 마히루 사이에는 압도적인 인망의 차이가 존재하는 데다가, 마히루는 연약한 여자이기도 하다. 아마네에게 위험한 짓을 당할 뻔했다고 말하는 순간 아마네는 학교에 다닐 수 없어진다.

사회적으로 죽을 것을 알면서도 사고를 칠 만큼, 아마네는 멍청하거나 생각이 없지는 않다.

그보다 그럴 마음이 들지 않는다는 쪽이 진심에 가깝지만.

"그리고."

"그리고?"

"당신에게 저 같은 사람은 취향이 아닐 거 같으니까요."

정색하고 단언하는 바람에 그만 쓴웃음이 나오고 말았다.

"만약 내 취향이라고 하면?"

"처음부터 끈질기게 절 쫓아다녔겠죠. 그랬으면 전 당신한테 간섭하지 않았을 테지만요."

"마음에 드셨는지?"

"뭐, 안전한 사람이라고는 인식하고 있어요."

"그거 정말 고맙네."

그래도 되는 건가 생각했지만, 마히루에게 무슨 짓을 할 생각은 전혀 없으므로 굳이 부정은 하지 않았다.

그리고 극상의 저녁밥을 완성된 상태에서 바로 먹을 수 있는 절호의 기회를 놓칠 생각도 없었다. 그렇기에 아마네는 무해한 남자라는 칭호를 받아들이고, 마히루와 식사를 함께할 권리를 얻은 것이다.

제8화 시작되는 저녁 공유

마히루가 아마네의 집에서 요리하게 되면서, 몇 가지 조건을 제시했다.

· 비용은 재료비를 반반씩 부담하고, 인건비를 아마네가 추가로 낸다.
· 일이 생겨서 식사를 함께하지 않을 때는 그 전날까지 연락한다.
· 장보기와 뒷정리는 분담한다.

맨 처음에 있는 인건비는 시간을 빼앗는 것을 미안하게 여긴 나머지 아마네가 먼저 말해서 마히루가 받아들이게 한 것인데, 그 밖에는 딱히 다투는 일 없이 바로바로 정해졌다.

만들어 주는 걸 받아먹는 입장에선 당연히 받아들여야 할 조건이라 고민할 것도 없었다.

그런고로 위 사항들을 정한 다음 날 마히루가 곧장 슈퍼 봉투를 한 손, 아니 두 손에 들고 찾아와서 요리 준비를 시작했는데.

"정말로 거의 쓴 흔적이 없는 새것이네요……."

"시끄러워."

집에 앞치마를 입은 여자가 있다는 남자의 로망이 구현된 것 같은 상황 속에서, 아마네는 좀처럼 안절부절못하고 있었다.

익숙하지 않은 탓도 있으나, 거의 미사용 상태인 주방을 새삼스럽게 지적받자 민망해진 것이 더 컸다.

"다 좋은 걸로 받았으면서, 돼지 목에 진주네요."

"네가 쓸 거니까 진주도 가치를 찾겠지."

"결과론이네요. 모처럼 마련해 놓은 조리 도구가 눈물을 흘리고 있어요."

"그럼 네 특기인 요리로 그 눈물을 그치게 만들어 줘."

아마네가 나는 못하겠다고 깔끔하게 인정하자 마히루는 어이가 없다는 표정을 보였지만, 그것도 이미 예상한 것이었는지 한숨만 쉬었을 뿐 더는 뭐라고 하지 않는 눈치다.

"만들어 보겠는데, 조미료는 있나요?"

"있거든, 나를 무시하는 거야? 보존 방법과 유통 기한도 잘 지켰어."

"어머나, 의외네요."

"뚜껑을 열지 않았으니까 말이지."

"으스댈 일이 아니거든요. 뭐, 부족하면 일단은 우리 집에서 가져와 사용하겠지만요."

"고마워."

"일단은 기본적인 조미료가 있으면 어떻게든 되겠죠. 그리고 오늘 메뉴는 독단으로 정했는데 괜찮겠어요?"

"나는 잘 알지도 못하고 먹을 수만 있으면 되니까 뭐든 좋아. 가리는 것도 없고."

"그런가요. 그럼 바로 만들겠지만…… 조미료가 있는 곳을 가르쳐 주세요."

"이 바구니에 있어."

"정말로 미개봉 상태로군요……."

마히루는 조미료를 모아 놓은 바구니를 보면서 어이가 없다는 듯이 눈썹을 늘어트렸다. 그래도 미리 들은 게 있다 보니 평소 표정으로 돌아와서 수돗물로 손을 씻기 시작했다.

"그럼 만들기 시작할 테니까, 당신은 거실에서 기다리든지 방에서 기다리든지 하세요."

"그럴게. 도울 수 있는 일도 없으니까."

"정말로 깔끔하게 인정하네요. 뭐, 요리도 할 줄 모르는데 괜히 어슬렁거리면 곤란하지만요."

"너도 너무 솔직해."

"사실이니까요. 꾸밀 필요도 없잖아요."

마히루의 말대로 명백하게 방해가 될 테니까, 아마네는 순순히 거실로 돌아가서 마히루를 뒤에서 관찰하기로 했다.

손을 다 씻은 마히루가 재빨리 요리를 시작하고 있었다.

뭘 만드는지는 모르겠지만, 준비되어 있는 재료를 보면 일식일 것이다.

그렇게 맛있는 요리를 자기 집에서 만들어 준다니 참으로 신기하고 꿈만 같았다. 하지만 실제로 마히루가 하나로 묶은 머리

© SB Creative Corp.

카락을 찰랑이면서 재료를 다듬고 있으므로 이건 현실이었다.

'……뭐랄까, 아내가 생긴 기분인데.'

서로 그런 감정은 없지만, 이 상황이 가정을 꾸린 듯한 느낌이라서 무심코 상상하고 말았다.

딱히 마히루와 그렇고 그런 관계와 되고 싶다는 생각은 눈곱만큼도 하지 않았지만, 미소녀가 자기 집 주방에 서 있는 상황 자체는 많은 생각을 하게 만들었다.

역시 호의의 유무를 떠나, 귀여운 소녀가 직접 만든 요리를 차려 준다는 시추에이션은 아마네의 가슴을 자극했다.

"……뭔가 이상한 생각하는 건 아니죠?"

"이상한 억측은 하지 마."

마히루가 돌아서지도 않고 날린 지적에 얼굴이 굳어질 뻔했지만, 돌아보지 않았기 때문에 들키진 않았다.

얜 묘하게 예리하다니까. 그렇게 감탄함과 동시에 마음을 졸이면서, 아마네는 사념도 못 되는 남자의 감상을 지워 버리고 마히루의 뒷모습을 관찰했다.

한 시간쯤 지나자, 식탁에 요리가 놓이기 시작했다.

마히루가 메뉴를 정했으니 당연하지만, 건강을 지향하는 마히루다운 일식으로 통일되어 있었다.

"의외로 조리 도구랑 조미료가 있어서, 우리 집에서 가져올 필요는 없을 것 같네요. 내일부턴 좀 더 공을 들인 메뉴도 만들게요."

"아니, 이젠 만들어 주기만 해도 고마워."

조리 도구나 조미료를 얼마나 갖추고 있는지 몰랐기 때문인지 조리 과정이 복잡한 것보다는 간단한 것이 많았지만, 색채나 접시에 담긴 모습은 완벽하다고 할 수 있었다.

아마네라면 일단 만들려는 생각조차 하지 않을 생선 조림과 푸성귀 무침, 달걀말이에 된장국 등등 이것이야말로 일식이라는 생각이 드는 것들이 놓여 있었다.

가리는 음식은 없지만 기본적으로 일식을 좋아하는 아마네로선, 살짝 미안한 표정을 짓는 마히루에게 이런 것을 바라고 있었다는 말을 해 주고 싶을 정도였다.

"……엄청 맛있어 보여."

"그렇게 말해 주니 고마워요. 식기 전에 어서 드세요."

마히루가 그렇게 말하면서 의자에 앉았기 때문에, 아마네도 맞은편 의자에 앉았다.

혼자 사는 데다가 주방용 테이블이 작아서 어쩔 수 없이 거리가 가까워질 수밖에 없다.

일단 손님용으로 의자가 두 개 있다는 건 다행이었지만, 눈앞에 미소녀가 있는 상황은 뭐라고도 표현할 수 없는 감각을 불러일으켰다.

하지만 요리에 손을 대기 시작하자, 마히루의 미모를 운운할 마음은 싹 가셨다.

잘 먹겠다고 말하자마자, 우선은 된장국에 입을 대 봤다.

그릇에 입을 댄 순간 풍겨오는 된장과 국물의 향기를 만끽하면서 천천히 마시자 향기와 똑같이 퍼지는 된장과 국물의 풍미.

인스턴트 된장국과는 완전히 다른 그 부드러운 맛은 완벽하게 계산된 것이리라.

된장의 맛은 너무 진하지 않고, 국물의 풍미를 느낄 수 있을 만큼 간이 잘되어 있었다.

처음 먹었을 때 아주 약간 싱겁다고 느낀 건 다른 요리와 함께 먹을 것을 생각해서이고, 국물을 다 마셨을 때 적절하게 짭짤한 맛을 느낄 수 있도록 간을 했기 때문이란 생각이 들었다.

싱겁다기보다는 기분이 편안해지고, 밥이랑 다른 반찬을 먹도록 유도하는 맛이었다.

"맛있어."

"고마워요."

솔직한 감상을 말하자, 마히루의 눈이 희미한 안도감과 함께 살짝 가늘어졌다.

평소에도 맛있다고 말해 주긴 했지만, 눈앞에서 직접 그런 말을 듣는 것은 또 다른 긴장감이 느껴지는 모양이다.

자신의 반응을 살피던 마히루도 식사에 손을 대기 시작하는 것을 보고, 아마네도 반찬을 향해 젓가락을 뻗었다.

차려진 것들을 하나씩 먹어 보고, 역시 마히루는 요리를 정말 잘한다는 생각이 들었다.

생선 조림은 맛이 잘 배어 있으면서도 생선살의 수분이 잘 보존되어 있었다.

맛이 배도록 오래 가열하면 당연히 수분이 빠져나가면서 푸석

한 식감이 되기 마련인데, 이 생선은 살이 탱탱하고 식감도 좋았다.

달걀말이는 아마네의 취향을 완전히 직격하는 맛이었다.

표면의 선명한 노란색에 이끌려 입에 넣어 봤는데, 역시 같이 들어간 육수의 부드러운 풍미가 느껴졌다.

달걀말이에는 설탕을 넣는 파나 소금만 넣는 파 등 다양한 취향이 있지만, 이건 육수를 섞어서 만든 달걀말이였기 때문에 육수의 맛에 약간의 단맛이 가미되어 있었다.

은은하게, 그러면서도 부드럽게 느껴지는 이 단맛은 벌꿀일까.

양은 많이 넣지 않았겠지만, 감칠맛이 느껴지는 단맛이 맛의 깊이를 더해 주고 있었다.

단맛이 나는 달걀말이도 짠맛이 나는 달걀말이도 싫어하진 않지만, 가장 좋은 것은 우려낸 국물 속에서 단맛을 느끼게 하는 기품 있는 맛. 그렇게 생각하는 아마네는 이 이상적인 달걀말이에 감동까지 느끼고 있었다.

맛있다. 누가 들으랄 것도 없이 중얼거리고 또 입으로 옮겼다.

익힌 상태도 완벽했다. 육수를 포함하고 있어서 탄력이 있게 느껴지는 식감을 천천히 씹고 즐기면서 조용히 맛을 감상했다.

어머니보다 월등히 요리 실력이 좋다. 여기엔 없는 어머니에게 실례가 되는 생각을 몰래 하면서 행복하게 맛보다가, 마히루가 자신을 빤히 바라보고 있음을 알아차렸다.

"……맛있게 먹네요."

"실제로도 맛있으니까. 맛있는 것에는 경의를 표해야지."

"네, 그건 그렇죠."

"그리고 무표정하게 먹는 것보다 솔직하게 맛있다고 말하는 게 둘 다 기분이 좋지 않겠어?"

맛있다고 생각해도 표정으로 드러내지 않으면 만드는 사람은 불안하고 괜히 신경이 쓰일 것이다. 무표정하게 맛있다고 하면 정말로 맛있는지 확신을 가지지 못할 수도 있다.

그럴 바에는 솔직한 감상을 표정으로 드러내서 말하는 게 서로에게 더 좋겠지. 감사하는 사람도, 감사를 받는 사람도 기분이 좋은 게 더 바람직하니까.

"……그러네요."

아마네의 말을 듣고 납득했는지 마히루가 아주 약간 미소를 지었다.

긴장이 풀린 것 같은, 안도감이 포함된 부드러운 미소는 한순간 아마네의 모든 생각을 멈추게 만들 정도로 귀여웠다.

"후지미야 군?"

"아……아니, 아무것도 아냐."

정신이 팔렸다고는 말할 수 없으므로, 아마네는 슬며시 느껴지는 부끄러움을 억지로 숨기려는 듯이 저녁밥을 계속 입으로 옮겼다.

"……잘 먹었습니다."

"차린 게 별로 없어서 죄송하네요."

식탁에 놓인 요리를 깨끗이 비운 아마네가 만족스러운 표정으로 인사하자, 마히루는 담담하게 대꾸했다.

그러나 그 표정은 온화했으며, 이렇게 밥알 하나 남기지 않고 먹어 준 것을 기뻐하는 것 같았다.

"맛있었어."

"보면 알아요."

"우리 어머니 밥보다 더 맛있었어."

"여자가 차린 요리를 어머니의 것과 비교하는 건 금기라고 들었는데요."

"그건 나무랄 때만 그런 거 아니야? 근데, 마음에 걸려?"

"마음에 걸리진 않지만요."

"그럼 상관없잖아. 맛있다는 사실은 변하지 않으니까."

마히루의 요리 솜씨는 짧은 요리 경험으로는 절대로 배양될 수 없는 수준이었다.

아마도 요리 경험만 따지자면 아마네의 어머니가 더 오래됐겠지만, 간의 취향이 다르거나 엉성할 때가 많았기 때문에, 완벽하게 계산된 마히루의 맛에는 대적할 수 없었다.

애초에 어머니보다 오히려 아버지가 더 요리를 잘했기 때문에, 어머니랑 비교해 봤자 소용이 없는 일이었지만.

"……아, 지금의 난 너무 행복한 사람이 아닌가 모르겠네. 매일 이런 걸 먹을 수 있단 말이지."

"양쪽 다 다른 일이 없는 한은 그렇게 되겠죠."

"……이거, 정말로 매일 이렇게 같이 식사해도 되는 거야?"

"싫었다면 제안도 안 했어요."

"뭐, 그건 그렇겠지만."

솔직한 마히루의 성격을 볼 때, 싫으면 애초에 말을 꺼내지 않았을 것임을 잘 안다. 그래도 정말로 이렇게 만들어 주는 걸 먹어도 되는 건지 고민이 되었다.

재료비 절반에 인건비도 지불하고 있지만, 그래도 마히루의 부담이 너무 큰 것 같다는 생각을 지울 수가 없었다.

"……그런데 좋아하지도 않는 남자에게 요리를 만들어 주는 게 보편적인 일이야?"

"당신이 너무 건강을 챙기지 않으니까요. 그리고 저는 만드는 것 자체를 좋아하고, 당신이 맛있게 먹는 모습을 보는 건 싫지 않아요."

"그래도 말이지."

"그렇게까지 마음에 걸린다면, 저는 딱히 만들지 않아도 되는데요?"

"아뇨, 만들어 주세요. 제발 부탁합니다."

자신도 모르게 즉답하고 만 것은, 그만큼 마히루의 요리가 아마네에겐 필요하며 취향에 맞았기 때문이었다.

지금의 아마네에게 마히루의 요리를 빼앗기는 것은 의외로 사활이 걸린 문제로 발전한다.

위장을 인질로 잡혔다는 것은 자각하고 있지만, 마히루의 요리가 너무 맛있는 게 문제였다. 이러다가 반찬 가게에서 파는 반찬으로 때우는 일상으로 돌아가는 순간, 아무 맛도 못 느끼는 시시한 매일이 될 것 같아서 두려웠다.

알기 쉽게 대답하는 아마네에게 어이없어하던 마히루가 쓴웃음과도 비슷한 표정을 지었다.

"그럼 얌전히 드세요."

"……응."

참으로 자비로운 천사님과 한자리에서 식사하는 나날은 아직 더 이어질 것 같아서, 아마네는 기쁨과 죄책감과 기대감 때문에 한숨을 쉴 수밖에 없었다.

제9화 천사님의 생일

"아마네~ 시험 어땠어?"

기말고사 일정이 겨우 끝나면서 지옥 같은 시험에서 해방된 학생들은 평소보다 활기가 넘치는 모습으로 교실에 옹기종기 모여 있었다.

아마네와 이츠키 역시 시험이 끝난 것에 안도하면서 이번 결과를 평가하고 있었다.

"응? 보통이야. 좋지도 나쁘지도 않아."

물어보니까 대답은 했지만, 특별히 할 말은 없다. 시험 범위에서 그대로 나왔기 때문에 평소에 복습을 했다면 그렇게 어려운 것도 아니었다.

이번에도 시험 결과는 지금까지와 같았기 때문에, 아마네로선 딱히 이렇다 할 감상이 없었다.

아마네는 매사를 귀찮아하는 경향이 있지만, 기본적으로 복습을 빼먹진 않았다. 수업에서 배운 건 대개 머릿속에 들어 있어서 만점은 어려워도 80~90점은 확보하는 수준이었다.

"그렇게 말하면서도 대체로 30등 안에는 든단 말이지……. 범생이 녀석."

"평소의 행실이 좋은 거지."

"평소의 네 행실이 좋다고?!"

"적어도 연애에 정신이 팔려서 공부를 소홀히 하는 녀석이 나에게 뭐라고 하지 마."

아마네와 이츠키의 차이는 머리가 좋고 나쁨이 아니라 여자 친구인 치토세랑 같이 보내는 시간이 있느냐 없느냐의 차이일 것이다.

이츠키도 이해력은 좋았기 때문에 성실하게 공부하면 나름대로 높은 등수에 올라갈 수 있지만, 애석하게도 치토세와의 시간을 우선시하고 있기 때문에 아마네보다는 등수가 낮았다.

"……여친이 있으면 좋거든?"

"그러시겠죠."

"아마네도 말이지, 여친 만들어 봐."

"원한다고 해서 사귈 수 있으면 이 세상 남자들이 피눈물을 흘릴 일은 없을 거야."

원해도 가질 수 없는 인간은 산더미처럼 많으므로, 이츠키의 부주의한 발언은 듣는 사람에 따라선 매우 짜증 날 것이다.

아마네는 딱히 눈총을 줄 생각도 없고, 애초에 현재로선 애인을 바라지 않으므로 대수롭지 않게 흘려 넘기지만.

"애초에 사귀어서 뭘 어쩌자는 건데?"

"더블 데이트."

"그래 봤자 나랑 가공의 여친만 닭살이 돋고 끝날 텐데."

"우리한테도 해 보라고!"

"내 성격으로 그게 될 것 같아?"

"……못 하겠지."

"그렇지?"

아마네는 자신이 담백한 성격임을 알고 있다.

귀찮은 것을 싫어해서 사람에 따라선 차갑게 받아들일 수도 있는 성격과 담백한 말투는 사람들에게 호감을 사지 않는다. 애초에 성격부터가 애인이 생길 수 없다.

만일 여친이 생긴다고 해도, 정말 싱거운 관계가 될 것이다. 적어도 이츠키처럼 남들 눈도 의식하지 않고 러브러브하게 구는 관계가 될 리는 없다.

"아니, 그래도 좋아하는 사람 정도는 찾아보라고. 너는 앞머리만 조금 치고 시원하게 세팅하면 여자들이 보는 눈이 달라질 테니까."

아마네는 자기 자신을 정확하게 평가한다고 생각한다. 유타 같은 꽃미남도, 이츠키처럼 약간 가볍게 보이면서도 단정한 용모도 아니지만, 결코 못생긴 건 아니라고도 생각하고 있었다.

몸단장을 제대로 하고 멋을 부린다면, 웬만한 남자 고등학생과도 손색없을 정도는 된다.

하지만 자신을 꾸미고 상대를 서글서글하게 대할 만큼 융통성이 있진 않았다.

"외모만 보고 다가오는 사람 중에 괜찮은 사람은 없어."

"그렇긴 하지만, 우선 그 사람의 성격부터 알고 흥미를 가질 수는 없잖아?"

"……그렇다고 해도 지금은 딱히 여친을 사귀고 싶진 않아."

설령 여친이 생겨도 아마네의 본모습을 본다면 틀림없이 실망할 것이다.

아마네는 흐리터분한 성격에 생활 능력이 없는 인간이며, 게다가 무뚝뚝하다. 오히려 자신에게 끌리는 여자가 있다면 한번 보고 싶다며 스스로 쓴웃음을 지을 정도였다.

아마네는 남에게 일일이 간섭하기 귀찮다는 식으로 사교성과는 거리가 먼 성격이다. 여친이 있으면 좋겠다고는 생각하지 않았다.

그리고 지금은 마히루가 저녁 식사를 만들어 주고 있기 때문에, 만일 여친이 생긴다면 대참사가 일어날 수도 있다. 누군가를 사귈 예정은 눈곱만큼도 없으므로 불안하진 않지만, 그런 이유 때문에라도 누군가를 사귈 생각은 없었다.

아마네의 머릿속 우선도에 따르면 '마히루의 요리 〉 아직 모르는 여친' 이다. 이건 아마도 그리 쉽게는 뒤집히지 않을 것이다.

"담백한 녀석이라니까……. 치이의 친구를 소개해 줄 수도 있거든?"

"괜한 참견이야, 멍청아. 애초에 치토세의 친구라면 틀림없이 하이텐션인 사람일 텐데, 나는 누군가를 친구로 사귀는 것조차도 힘들다고."

"아마네 넌 음침하니까 말이지."

"시끄러워."

"뭐, 네가 그렇다면 나도 당장은 더 말하지 않겠지만. 그래도 화려한 고등학교 생활 중에 여친도 없이 혼자 지내는 건 괴롭지 않아?"

"됐어. 귀찮아."

학교생활을 뭐라고 생각하는 거냐고 따질 만큼 성실하게 생각한 것은 아니지만, 딱히 필요성을 느끼지 않으니 사귀고 싶다는 생각도 없다.

애초에 좋아하는 상대는 그리 쉽게 나타나지 않고, 쉽게 맺어질 수도 없는 법이다.

"……아깝게시리."

"그래, 그렇다고 쳐."

"하지만 뭐, 너도 좋아하는 사람이 생기면 바뀔걸?"

"왜 그렇게 단언하는 건데?"

"너 같은 인간일수록 여친을 무지 아끼는 법이거든."

"멋대로들 말하세요."

자신이 그렇게 애교가 넘치는 인간이 되다니 상상도 할 수 없다. 아마네는 말도 안 되는 일이라 생각하며 이츠키의 말을 적당히 흘려들었다.

이츠키는 그런 아마네를 어이가 없다는 눈으로 보고 있었지만…… 갑자기 시선을 돌리더니 얼굴에 웃음꽃이 피었다.

"잇군, 같이 가자."

"오, 치이구나."

마침 치토세가 온 모양이었다. 귀가 약속을 잡았는지, 아마네는 그때까지 시간을 때우기 위한 이야기 상대가 되었던 것이다.

돌아보니 붉은 기가 감도는 밝은 갈색 머리를 중간 길이로 자른 보이시한 소녀가 활짝 웃으면서 이쪽, 정확히는 이츠키를 향해 손을 흔들고 있었다.

발랄한 분위기랑 밝은 미소는 보고 있는 사람이 눈부실 정도였다. 성격도 외모 그대로 붙임성이 좋아서, 좋든 나쁘든 시끌벅적한 분위기를 담당하는 소녀였다.

마히루와는 다른 타입의 미인인 치토세는 이쪽으로 뛰어오면서 생글생글 웃고 있었다.

그대로 입을 다물고 있길 바랐던 것은, 치토세가 말을 하기 시작하면 대부분은 아마네가 놀림감이 되기 때문이다.

"치이도 그렇게 생각하지? 아마네 같은 타입이 실은 여친을 무지 아낄 거라고."

"쓸데없는 이야기를 꺼내지 말라니까."

"응? 뭐야, 아마네한테 여친 있어?!"

"없어."

"에이, 뭐야. 있으면 사이좋게 지내고 싶었는데~."

입술을 삐죽거리면서 "체엣." 하고 아쉬워하는 치토세.

"네가 말하는 사이좋게 지낸다는 건 과격한 스킨십을 뜻하잖아. 가공의 여친이 불쌍하게 느껴질 지경이야."

"뭐, 이매지너리 걸프렌드가 있었어?"

"만약 생겼을 경우를 이야기하던 거였잖아?!"

"농담이야. 농담."

"널 상대하면 피곤해……."

"아마네가 체력이 부족한 것뿐이야."

"기력까지 다 뺏기거든……."

체력을 운운하기 전에 정신적으로 지친다. 안 그래도 평소 친한 사람들이 아니면 잘 대화하지 않고, 눈에 띄지 않게 무기력한 생활을 보내기에, 치토세처럼 한없이 텐션이 높은 인종과 대화하는 건 정말 힘든 노릇이다.

다소 차갑게 굴어도 아랑곳하지 않는 치토세는 진이 빠진 모습을 보이는 아마네에게 "변변치 못하네."라고 말하면서 실로 유쾌하게 웃고 있었다.

마찬가지로 이츠키도 웃으며 "빨리 익숙해져."라며 성의 없는 충고만 하는지라, 아마네는 그저 지쳐서 한숨을 푹푹 쉴 수밖에 없었다.

"……뭐 하고 있는 거야?"

집에 돌아온 아마네는 마히루가 직접 만들어 준 요리를 깨끗이 비웠다. 설거지를 끝내고 돌아와 보니 마히루가 거실에서 시험지를 펼쳐 놓고 있었다.

설거지는 교대제이지만 되도록 부담을 주고 싶지 않다는 이유로 아마네가 솔선해서 맡고 있기 때문에, 그동안 마히루는 거실에 앉아 있다. 듣자니 일을 시켜 놓고 바로 돌아가는 건 뭔가 미안하기 때문이란다.

"채점이에요."

“뭐, 그건 보면 알겠지만.”

재검토하는 건가. 교과서를 꺼내서 틀린 부분이 없는지 확인하고 있는 것 같았다.

“그래서? 결과는 어때?”

“답안지에 잘못 적은 곳이 없다면 만점이네요.”

“역시 대단하다고 말할 수밖에 없군.”

너무나도 깔끔하게 만점이라고 밝히는 바람에, 아마네도 딱히 거창한 반응은 보이지 않았다.

딱히 놀라지 않은 것은 정기 고사 때 맨 위에서 이름이 빠진 적이 없기 때문이다.

마히루라면 그렇겠거니 해서, 만점 소리를 들어도 역시 그렇구나 하는 감정밖에 떠오르지 않았다.

“공부는 싫어하지 않으니까요. 애초에 다음 학년 분의 이수 내용 전체를 먼저 공부해 놓고 있으니까 복습으로도 충분해요.”

“우와, 무서워. 용케도 그렇게 할 수 있구나…….”

“후지미야 군도 어지간히 공부를 잘하잖아요.”

“내 성적을 알고 있었어?”

“학교에 게시되는 등수표에 들어가는 사람은 대충 기억하고 있어요.”

듣자니 말을 걸기 전에도 어느 정도는 알고 있었던 모양이다.

전교 10등 안에 들지 않으면 안중에도 없을 거라고 생각했는데, 의외로 잘 챙겨 보고 있었는지 아마네의 저번 등수를 바로 말했다.

아마네가 그럭저럭 공부하는 것은 학생의 본분은 공부……이라는 성실한 사상 때문이 아니라, 가족과 한 약속이 있었기 때문이다.

"뭐, 성적 유지가 자취 생활의 조건이었으니까."

혼자 살려면 성적은 유지하라. 그렇게 정했다.

그 밖에도 반년에 한 번은 얼굴을 보이라는 등의 조건도 있지만, 그건 방학 기간을 이용하면 어떻게든 된다. 그러니 기본적으론 성적만 잘 유지하면 잔소리를 듣지 않는 것이다.

"곤란해지지 않을 정도로는 공부하고 있지만 너 정도는 아니야. 용케도 그렇게 노력할 수 있구나."

"……노력하지 않으면, 안 되니까요."

작은 목소리로 중얼거린 마히루가 고개를 숙였다.

앞머리에 가려서 잘 알 수는 없었지만 밝은 표정이 아닌 건 분명하리라.

하지만 바로 고개를 들고 평소 표정으로 돌아왔기 때문에 지적할 순 없었다.

지적할 수 있다 해도 하지 않았으리라. 아픔을 애써 참는 분위기였으니까.

마히루는 때때로 그런 표정을 보였다.

뭔가 힘들거나 싫은 일이 있어도 결코 입 밖으로 꺼내진 않지만, 뭔가에 붙잡혀 발버둥 치는 듯한 느낌이 들었다.

그 원인이 가정 환경임은 상상하기 어렵지 않았다.

따라서 언급하기도 쉽지 않았다.

타인인 자신이 건드려서는 안 되는 영역임을 잘 알기에, 아마네는 그 부분을 애써 건드리지 않고 어디까지나 옆집 사람의 적당한 거리감을 유지하려 했다.

아마네도 다른 사람이 건드리지 않기를 바라는 부분은 있다. 무단으로 침범하는 것이 실례이며, 아무것도 모르는 척해 주는 것이 더 고맙게 느껴지는 일도 자주 있었다.

조금 전의 분위기를 감춘 마히루는 "슬슬 갈게요."라고 평소의 차분한 목소리로 말한 뒤에, 가방에 교과서와 시험지를 다시 집어넣고 있었다.

말릴 생각은 들지 않았기에 "그래."라고만 대답하고, 돌아갈 준비를 하는 마히루를 바라봤다.

마히루가 가방을 챙겨 일어난 후, 아마네는 빈 컵 뒤에 자신의 물건이 아닌 것이 놓여 있음을 알아차렸다.

손으로 집어 보니, 학생이라면 누구나 가지고 있을 학생증이 든 케이스였다.

필시 교과서를 꺼낼 때 같이 꺼냈다가 도로 챙기는 것을 잊은 것이리라.

증명 사진에 성명, 학생 번호, 생년월일, 혈액형 같은 간단한 정보들이 적혀 있는 그걸 바라본 뒤에, 돌아가려고 현관에서 신발을 신던 마히루에게 말을 걸었다.

"이걸 놓고 갔어."

"아아, 번거롭게 해서 죄송해요. 그럼 잘 자요."

"잘 자."

정중하게 허리를 꾸벅 굽혀 인사한 뒤에 집을 나간 마히루를 배웅하고, 아마네는 한숨을 쉬었다.

조금 전에 본 학생증에 적혀 있던 생년월일…… 특히 월일 부분을 떠올리면서 이마를 짚었다.

"……나흘 후잖아."

학생증을 보지 않았으면 모른 채로 넘어갔을 마히루의 생일. 아마네는 좀 더 빨리 알았으면 좋았을 것이라고 생각하면서 또다시 한숨을 깊게 쉬었다.

"그러고 보니 너, 뭔가 갖고 싶은 건 없어?"

다음 날, 쇠뿔도 단김에 빼라는 말대로 저녁 식사 시간에 마히루에게 바로 이야기를 꺼내 봤다.

생일에 선물을 주는 것은 딱히 흑심이 있어서가 아니다. 평소에 신세를 지는 사람에게 감사의 의미도 겸해서 주는 게 좋겠다는 판단하에 선물을 주기로 결심한 것이다.

하지만 방금 그 질문은 틀림없이 이상하게 느껴졌으리라.

스스로 생각해도 너무 직접적으로 물었다고 후회하는 동안, 마히루가 의아한 눈으로 아마네를 바라봤다.

"갑자기 무슨 말을 하는 건가요."

"너는 그다지 물욕이 없는 것 같아서 호기심에 한번 물어본 거야."

"참 갑작스럽네요……."

좀 더 잘 둘러댈 방법이 있었을 거라고 스스로도 생각했지만,

이미 말을 꺼내 버렸으니 취소할 수는 없다.
다행이라고 할까, 생일 생각은 하지 않은 눈치다.
마히루의 입장에선 아마네가 생일을 알 리가 없으므로, 애초에 염두하지 않은 것일지도 모른다.
"그러네요, 필요한 거라. 지금 가지고 싶은 건……."
"가지고 싶은 건?"
"숫돌이네요."
"……숫돌?"
자신도 모르게 되묻고 만 것은, 전혀 예상하지 못했던 대답이었기 때문이다.
애초에 여고생에게 갖고 싶은 걸 물었을 때 이런 대답을 들을 것이라곤 아무도 상상하지 못할 것이다.
평범한 여고생이라면 화장품이나 액세서리나 가방 같은 걸 원할 것이다. 설마 금속을 연마하는 도구를 원할 줄이야. 아마네는 미처 예상하지 못했다.
"그래요, 숫돌. 몇 개 있긴 하지만, 입자가 더 가는 연마석을 가지고 싶어요."
"이봐, 현역 여고생."
"저에게 일반적인 여고생을 요구하지 마세요."
그렇게 말한다면 아마네도 반론하기 힘들다.
빈말로도 마히루를 평범한 여고생이라고 하기는 힘들다.
천사라는 별명이 붙은 시점에서도 터무니없지만, 문무를 겸비한 재녀에다 요리를 잘하고 집안일도 완벽. 칠칠치 못한 아마네를 이래저래 돌봐 주는 것만 봐도 어느 집안 며느리냐 싶을 정도로 바지런하고 가정적인 소녀였다.

'아무리 그래도 숫돌을 예상할 수 있겠어?'

숫돌을 원하는 여고생은 마히루 말고 없을 것 같다.

"스스로 사진 않는 거야?"

"딱히 사지 못하는 건 아니에요. 하지만 그다지 쓸 기회가 없는 데다, 비싸니까 선뜻 손이 가지 않는 것뿐이죠. 기본적으로 칼을 갈 수 있는 건 가지고 있으니까, 딱히 더 살 필요는 없다고 생각하기도 하고요."

아무렇지 않게 몇 개나 가지고 있다고 말하는 시점에서 이미 무섭다.

"부엌칼을 가는 여고생이라니, 그건 좀……."

"의외로 많이 있는데요."

"있다곤 해도 내가 아는 사람들 중엔 너밖에 없고, 숫돌을 원하는 사람도 너뿐이야."

"레어하다는 뜻이니 다행이네요."

"뭐가 다행인데……."

너무 레어해서 취향이나 원하는 게 뭔지를 전혀 모르겠다.

도저히 짐작이 가질 않아서 망연자실한 반응을 보일 수밖에 없는 아마네를 보고, 마히루는 이상하다는 표정으로 고개를 갸웃거리고 있었다.

"있잖아, 이츠키."

마히루가 원할 만한 걸 전혀 알 수가 없었기 때문에, 하는 수 없이 이츠키에게 물어보기로 했다.

치토세라는 여친이 있고, 여자 마음도 잘 안다. 일반적인 여자가 원할 만한 것은 얼추 파악하고 있을 거라는 생각에서다.

과연 마히루를 보편적인 기준에 맞춰도 되는 건지는 모르겠지만, 여자가 기뻐하는 거라면 싫어하진 않을 거라고 예상한다.

"왜?"

"이츠키 넌 치토세에게 선물로 뭘 주고 있어?"

여친에게 뭘 주는지를 물어보는 게 가장 적당할 것이라고 생각했는데, 질문을 받은 이츠키는 동그랗게 뜬 눈으로 아마네를 바라봤다.

"뭐? 너, 마음에 둔 여자에게 선물이라도 하려는 거야?"

"내가 그런 짓을 할 사람으로 보여?"

"아니지."

"그렇지?"

"그럼 왜 묻는 건데?"

"아는 사람의 생일이 가까워서 참고삼아 묻는 거야."

참고로 삼는 게 아니라 아예 그걸로 선택할 생각이었지만, 거기까지 밝힐 생각은 없었다.

"흐응. 그야 원하는 걸 주는 게 제일 좋겠지. 하지만 이런 건 평소부터 미리 조사해 두는 게 중요하면서도 원만하게 끝나는 비결이야."

"딱히 사귀는 사람이 아닌걸."

마히루가 여친이면 여러모로 위험이 느껴질 것이고(주로 주위의 살기 때문에), 애초에 너무나도 송구한 노릇이다.

확실히 곁에 있으면 마음이 편하고 담백한 사람들끼리 서로 마음이 맞는다. 그래도 연애 감정은 전혀 없었다.

당연히 귀엽다고는 생각하지만, 그 이상의 수준까지는 발전되지 않는 그런 감정이었다.

"원하는 거라…… 만약 그게 뭔지 모른다면?"

"얼마나 친하냐에 따라서 다르겠지. 친하다면 액세서리 같은 것도 좋지만, 친하지 않다면 부담스럽지 않은 작은 물건이나 시간이 지나면 사라지는 것이 무난할 거야. 꽃 같은 건 기쁘지만 받아도 곤란한 경우가 제법 많아."

"……자세히도 아네."

"뭐, 나름대로 공부했으니까 말이지."

이츠키와 치토세는 처음부터 서로를 좋아한 것은 아니었으며, 중학생 시절부터 천천히 거리를 좁혀 갔다고 한다. 다른 중학교를 다녔던 아마네는 몰랐지만, 많은 장벽을 돌파하면서 교제하는 사이로 발전했다며 지금도 애인 자랑과 함께 그런 이야기를 하곤 했다.

치토세에게 선물할 때도 상당히 고민했다고 하니, 그 선택이 신중히 생각한 끝에 나온 결론이라는 걸 알 수 있었다.

"그리고 핸드크림은 대부분 싫어하지 않아."

"핸드크림?"

의외의 선택지를 듣고 아마네가 되묻자, 이츠키가 씨익 웃으면서 득의양양하게 이야기했다.

“어떤 연령대든 비교적 많이 사용하잖아? 학생이라면 수업에서 노트랑 교과서를 만지다 보면 손이 쉽게 건조해지고, 사회인이라면 키보드나 환기 문제 때문에 건조해지는 경향이 있고, 주부라면 집안일로 물을 많이 접하니까 피부가 거칠어지기 쉬워. 선물로서는 무난해.”

“흐응. 너무 자세히 알고 있어서 오히려 식겁한데.”

“네가 먼저 물어봤잖아.”

이츠키가 등을 찰싹 때렸지만, 진심을 담은 게 아니므로 서로 웃으면서 넘겼다.

‘핸드크림이라.’

확실히 그거라면 있어도 난감하진 않을 것 같다.

저녁 식사 후 설거지는 아마네가 주도적으로 하고 있지만, 마히루도 자신의 집에서 할 때가 있을 테니까 손이 거칠어지지 않는다고 장담할 순 없었다.

아니, 평소에도 관리하고 있으니까 그렇게 손이 매끄러운 것일 테지. 피부 트러블을 예방하는 물건을 선물하는 것도 나쁘진 않을 터이다.

“뭐, 참고는 됐어.”

“나중에 치이한테도 물어봐. 같은 여자라면 우리와는 다른 아이디어가 있겠지.”

“……으엑.”

“이제 그만 좀 익숙해져.”

물론 치토세를 싫어하진 않지만 대하기 껄끄러운 타입이다. 만나러 가는 건 미묘하게 내키지 않아서 떨떠름한 표정을 짓고 있으려니, 이츠키가 유쾌한 표정으로 웃으면서 이번에는 다정하게 등을 두들겨 주었다.

"뭐어? 아마네가 여자에게 생일 선물?"

별일이 다 있다면서 생글생글, 아니 히죽히죽 웃고 있는지라, 아마네는 안면이 떨리지 않게 유지하는 것만으로도 이미 한계였다.

방과 후에 치토세의 교실로 찾아가 물어봤는데, 예상대로 하이텐션으로 반응을 보였다. 참고로 이츠키는 아마네라면 걱정할 필요가 전혀 없다는 듯이 치토세에게 문자를 보내고는 먼저 돌아가 버렸다.

정말 들뜬 듯이 웃는 치토세를 보면서, 아마네는 슬쩍 한숨을 쉬었다.

'이래서 싫었다고, 치토세에게 부탁하는 건.'

이런저런 질문을 받거나 놀림을 당할 것이 뻔한데 부탁하고 싶은 마음이 들 리가 없었다. 물론 본인을 싫어하는 것은 아니지만, 역시 대하기 껄끄러운 점이 어느 정도 있다는 건 부정할 수 없었다.

"그래서 잇군이 '아마네가 치이에게 부탁할 게 있대' 라고 문자를 보낸 거구나. 오호라. 내 힘을 빌리고 싶다는 말이지."

"부탁할 수 있는 여자가 치토세 너밖에 없어."

"그렇게 딱 잘라 말하는 것도 좀 그런데 말이지."

이건 좀 질렸다, 아니 이건 좀 불쌍하다는 시선을 아마네는 그냥 넘겨 버렸다.

실제로 아마네의 지인 중에서 여자라곤 치토세밖에 없다. 같은 반 여자들과는 어디까지나 얼굴을 아는 사이일 뿐이며, 뭔가를 부탁할 수 있을 만큼 친하지도 않았다.

애초에 같은 반 여자들도 평소에 눈에 잘 띄지 않고 얌전한 인간이라고 여기던 아마네가 갑자기 말을 걸어 봤자 난감한 반응밖에 보이지 않을 것이다.

"뭐, 아마네가 여자의 마음을 알 리는 없을 테니까 좋아. 이 치토세가 상담을 받아 줄게."

"……조금은 믿고 있어."

"조금이 뭐야, 조금이. 이렇게 보여도 여자의 마음은 꽉 잡고 있거든!"

"그야 너도 조금은 여자니까."

"이럴 때 조금을 붙이면 안 되잖아! 내 어디가 남자로 보인다는 건데."

치토세는 "어흠." 하고 가슴을 당당히 폈지만, 슬프게도 마히루를 매일 보는 아마네의 기준으로는 몹시 부족해 보였다. 시선이 바로 툭 떨어질 정도다.

하지만 남자들에겐 인기가 많다.

성격이 밝고 붙임성이 좋아서, 누구와도 가리지 않고 이야기할 수 있는 치토세는 마히루와는 또 다른 인기가 있었다. 남녀

모두와 사이가 좋은 무드 메이커 같은 존재였다.

중학생이었을 때는 육상부에 있었다고 하는데, 슬렌더한 체형과 탄탄한 다리가 보여 주는 각선미가 상당히 인기가 있는 것 같았다. 이츠키가 "내 여친 몸을 빤히 봤다간 혼날 줄 알아."라고 남자들에게 충고할 정도로 다리가 예쁘다는 것은 인정한다.

"아아, 네네. 귀여운 여자애네요."

실제로 성격이 약간 지나치게 사근사근할 뿐이지, 귀여운 건 확실하다. 인기가 있는 이유도 알 것 같다.

"너도 참…… 태도가 그러니까 남들에게 오해를 사는 거라고."

"괜한 참견이거든."

"그래, 그러세요. 그건 그렇고 여자애에게 주려는 거지? 어떤 애야?"

그걸 듣지 않으면 아무것도 시작할 수가 없다는 듯이 질문하는 치토세. 아마네는 섣불리 잘못 말했다간 끝장이며, 놀림을 받을 수도 있다는 걸 알고 있기 때문에 신중하게 말을 골랐다.

"아는 여자, 비교적 젊어. 그 이상은 묵비권을 행사하겠어."

"저기 말이야……. 성격이나 취향을 모르면 아무리 나라도 제안해 줄 수가 없어."

"네 감성을 바탕으로 받으면 기쁠 것 같은 걸 말해 줄래? 그중에서 고를게."

"말할 마음이 없다는 건 알았어. 어쩔 수 없네."

치토세가 하는 말은 지당했지만, 이야기했다간 아마네가 젊은 여자와 친하게 지낸다는 엉뚱한 방향으로 이야기가 엇나가면서 큰일이 일어날 수도 있고, 자칫하면 진상을 확인하려고 들지도 모른다.

가급적 그런 일은 피하고 싶었기 때문에 쓸데없는 말은 하지 않기로 했다. 치토세도 더 이상은 말하지 않으리라는 걸 알았는지 얌전히 물러났다.

"음음, 그렇단 말이지…… 어떤 사이인지 모르겠지만 그런대로 대화는 하는 지인…… 뭐, 이런 경우 내가 아마네 정도로 친한 사람에게 받고 기쁠 만한 것을 가정한다면 말이지. 그렇다면 기본적으로는 그다지 비싸지 않은 소모품이나 일용품이려나."

"이츠키도 비슷한 말을 했어."

"역시 잇군은 여자 마음을 잘 아는 남자라니까. 그래서 말인데, 부담 없이 줄 거라면 과자라든가 손수건이랑 파우치 같은 작은 것들이 적당하려나. 내가 아마네한테 액세서리 같은 걸 받으면 '왜 이러지?! 뇌물인가?!' 라는 생각이 들 것 같으니까."

"너에게 뇌물을 줘도 아무 소용이 없잖아."

무슨 득이 있겠냐는 뜻이 담긴 시선을 주자 "뭐, 그건 맞는 말이네." 라고 말하면서 미소를 지었다.

"그러니까 소품류가 무난하겠어."

"……그렇군."

"그런 결론 불만이야?"

"불만스럽진 않지만……."

물론 불만스럽진 않지만, 정말로 기뻐할지 걱정이다.

방금 언급한 소품류로 선물을 주려면 센스가 필요할 것이다. 마히루는 아마도 상당히 취향이 고급일 것이며, 질과 기능성을 둘 다 만족하는 것을 골라서 사용할 타입으로 보였다. 아마네가 고른 것이 마히루의 마음에 들지를 알 수가 없었다.

치토세는 아마네가 미묘하게 납득하지 못하는 분위기를 감지한 듯 "음음." 하고 나지막이 읊조리다가 입을 열었다.

"……그러네. 그럼 귀여운 것은 어떨까."

"……귀여운 것?"

"그 사람의 취향에 따라 달라지지만, 귀여운 것…… 예를 들어서 동물 인형이나 마스코트 키홀더, 그런 것들을 주는 것도 좋은 선택일 거야."

아마네는 생각지도 못한 제안이라서 눈을 연신 깜박이고 있으려니, 치토세가 의미심장한 표정으로 웃었다.

"여자애는 대부분 아무리 나이를 먹어도 귀여운 것을 좋아하니까 말이지. 동물 인형은 어른이 된 뒤에도 모으는 사람이 있고, 좋아하는 여자애도 많을 거라고 생각해."

"……동물 인형이라."

마히루가 그렇게 풋풋한 취향을 가지고 있을지는 모르겠다. 하지만 귀여운 프릴이 달린 옷이나 딱 봐도 여자애답게 하늘거리는 옷을 입고 있었던 적도 있으니까, 귀여운 것을 싫어하진 않을 것이다.

만약 아마네가 인형을 준다면 마히루는 기뻐할까.

"오, 흥미가 좀 동하신 것 같은데?"

치토세가 아마네의 변화를 기민하게 알아차린 듯 웃었다. 아마네는 미묘하게 복잡한 기분을 느끼면서도 고개를 끄덕이며 작게 한숨을 쉬었다.

"……하지만 내가 그런 인형을 사면 징그러울 텐데."

"선물을 주겠다면서 그런 걸로 망설이는 거야?"

"역시 이 나이의 남자가 동물 인형을 안고 계산대까지 걸어가는 건 부끄럽다고."

"겁쟁이."

"윽."

그 말이 전적으로 옳았지만, 지적을 받으니 괜히 더 뜨끔했다.

수치심 같은 건 버려야 하겠지만, 애초에 혼자서 인형을 취급하는 가게에 가는 것 자체가 부끄러웠다.

다행히 이 자리에는 치토세가 있으니, 돌아가는 길에 같이 가 달라고 부탁하는 건 가능할 것이다.

가능하긴, 하겠지만.

"치토세, 나랑 같이……."

"같이……?"

"……팬시 용품점에 좀 가 줘."

"어떡할까~."

이렇게 사람 애간장을 태우는 것이 바로 치토세라는 여자다.

물론 정말로 거절할 생각은 없겠지만, 다분히 의도적으로 고민하는 척하는 것은 틀림없이 아마네를 놀리기 위해서, 그리고 결심하도록 만들기 위해서다.

"부탁이야. 진심으로 부탁할게."

"음음, 가 줄 수도 있는데 말이지? ……그러고 보니 아마네, 나 말이지, 갑자기 단 게 먹고 싶어졌어~. 역 앞에 있는 크레이프 가게에 기간한정으로 파는 엄청 맛있어 보이는 메뉴가 있던데 말이지~."

"……사드리겠습니다."

"야─호!"

능글맞게 요구하는 치토세를 보고 얼굴을 떨면서, 그래도 그 정도면 싼값이라고 생각하고 고개를 끄덕였다.

기껏해야 크레이프 1인분, 혼자서 팬시 용품점에 들어가는 것보다는 훨씬 낫다.

싱글벙글 웃으면서 한껏 기분이 좋다는 걸 드러내는 치토세를 보고 아마네는 한숨을 크게 쉬고, 좌우지간 지갑 안에 있는 예산을 머릿속으로 떠올려 보았다.

이츠키와 치토세의 조언을 통해 선물할 것을 고른 아마네는 생일 당일에 은근히 긴장한 표정으로 마히루의 뒷모습을 보고 있었다.

역 앞에 있는 크레이프 가게의 특제 크레이프(계절 한정 베리베리 스페셜)를 대가로 바쳐 치토세에게 부탁한 게 있어서, 그것도 선물에 추가하긴 했지만…… 언제 주면 좋을지 몰라서 끙끙대고 있었다.

생일을 맞은 당사자인 마히루는 정작 평소와 다름없이 저녁을 만들고 있었다.

메뉴가 뭔지는 모르겠지만 분위기상 일식인 것 같았고, 역시 특별한 느낌은 없었다. 어디까지나 자연스럽게 지내고 있었다.

본인에게선 생일 느낌이 전혀 나지 않았다. 애초에 그런 인식이 머릿속에 없는 게 아닐까 하는 생각이 들 정도로 평소와 다름없는 모습이었다.

그건 식사 준비가 끝난 후에도 마찬가지였으며, 대화를 나누며 평소처럼 식사를 했다.

어느 타이밍에 건네줘야 좋을지 도무지 알 수 없어서, 소파 뒤에 숨겨둔 선물을 담은 종이 봉투 쪽을 보면서 눈꼬리를 축 늘어트렸다.

하여튼 설거지를 끝내고 거실로 돌아와 보니, 마히루는 마침 2인용 소파에 앉아서 지참해 온 걸로 보이는 책을 읽는 중이었다.

독서하고 있는 모습도 한 폭의 그림처럼 보이니 역시 천사답다고 해야 할까.

왠지 모르게 옆에 앉기가 미묘하게 망설여졌지만…… 그 자리를 피해 봤자 마땅히 앉을 자리가 있는 것도 아니다. 놓아둔 종이 봉투의 손잡이를 잡고 옆에 앉았다.

마히루가 문득 고개를 들었다.

아마네의 기척과 종이가 바스락거리는 소리를 감지한 것이리라. 캐러멜색 눈이 아마네 쪽을 향하고, 그런 뒤에 아마네가 손에 들고 있던 종이 봉투 쪽으로 이동했다.

뭔지 모르겠다는 듯한 표정의 마히루. 이 상황에 이르러서도 아직 생일 선물임을 알아차리지 못한 것 같았다.

"이거, 줄게."

툭 던지듯이 마히루의 무릎 위에 놓자, 한층 더 눈이 동그래졌다.

"뭔가요, 이게?"

"생일이잖아."

"그렇긴 한데요……. 어떻게 그걸 알고 있는지가 더 궁금한데요? 전 아무한테도 말한 기억이 없는데."

재빨리 경계의 빛을 살짝 보였지만 "학생증을 우리 집에 놓고 그냥 갈 뻔한 적이 있었잖아."라고 밝히자, 납득했는지 원래 표정으로 돌아왔다.

"딱히 신경을 쓰지 않아도 되는데. 전 생일을 챙기지 않으니까요."

어딘지 모르게 무뚝뚝하게 내뱉는 듯한 목소리로 들렸다. 착각은 아니리라.

생일이라는 말 자체에 왠지 모를 기피감을 가지고 있는 것 같은, 그런 눈빛이었다.

과연. 그렇게 생각하면서 납득했다.

왜 생일인데도 태도가 전혀 변함이 없는가. 생일을 기억하지 못했기 때문이 아니었다.

생일을 의식하면 마음이 불편하니까 잊어버리고 있었다. 그런 것이리라.

안 그러면 그런 식으로 말하지 않았을 것이다.

"아, 그렇군. 그럼 평소 느끼는 감사의 표현으로 받아들이면 돼. 내가 멋대로 고마움을 느껴서 주는 것뿐이니까."

하지만 생일을 축하하지 않아도 된다는 것과 평소에 느낀 감사한 마음을 표시하는 건 또 다른 문제다. 생일 선물이 아니라 감사의 표현이라는 구실로, 마히루에게 억지로 떠넘겼다.

매일 맛있는 요리를 차려 주고, 때로는 청소도 도와주며, 소소하게 자신을 돌봐 준다. 그 은혜를 조금이나마 이렇게 갚고 싶었다.

바로 물러서면서도 선물만큼은 넘겨주는 아마네의 모습에 마히루는 혼란스러워 보였다. 그래도 선물만은 어떻게든 주겠다는 태도에 눈썹을 늘어트리고 난감한 표정으로 받아들었다.

시선이 종이 봉투 안에 든 것, 한 번 더 꾸러미로 포장된 것에 집중되어 있었다.

"……열어 봐도 될까요?"

"응."

고개를 끄덕이자, 마히루는 조심스럽게 종이 봉투 안에 들어 있던 상자를 꺼냈고, 정성 어린 손길로 포장지를 열고 리본을 풀었다.

뭐랄까, 자신이 준 선물이 자신의 눈앞에서 천천히 개봉되고 있는 모습을 보자니 묘하게 긴장되었다.

내용물은 이츠키가 추천해 준 핸드크림이다. 큼직한 상자에 과자가 소소하게 딸린 것은 세트로 샀기 때문이다.

참고로 향이 좋거나 하는 세련된 것은 아니었다. 집안일에 곤란하지 않게 냄새가 없으면서도 피부에 자극을 주지 않고 촉촉함을 유지해 준다는 선전 문구로 팔리고 있는 것이었다.

인터넷 평판도 확인했기 때문에 효과를 걱정할 필요는 없을 것이다.

"뭐, 대단한 게 아니라서 미안하지만 말이야. 집안일을 도와주고 있는데, 그러다 보면 피부도 건조해질 거 아냐. 향기가 나는 것도 있었지만 그런 건 네가 가지고 있을 것 같았어. 피부에 자극이 없고 효과도 좋은 거래."

"실용적이네요."

"굳이 말하자면, 너는 실용성을 더 중시할 것 같아서."

"그러네요. 고마워요."

잘 아시네요. 그렇게 말하면서 살짝 웃는 마히루를 보니, 아마네도 입꼬리에 약간 미소가 맺혔다.

반응을 보면 나쁘진 않은 것 같았다.

그리고 하나가 더 있지만…… 눈앞에서 개봉하는 것은 왠지 모르게 쑥스러웠기 때문에, 가능하면 집에 돌아가서 열어 주길 바랐다.

그러나 종이 봉투 안에 하나가 더 있다는 걸 이미 알아차렸는지, 마히루는 종이 봉투 속을 봤다.

"왜 두 개나……?"

"아……. 아니, 그게 말이지. 독단과 편견이 낳은 덤이야."

"덤이요?"

"……덤이야."

시선을 돌리면서 그렇게만 대답했다. 마히루는 영문을 모르겠다는 표정으로 고개를 한 번 갸웃거렸지만, 열어 보는 게 더 빠르겠다고 생각했는지 종이 봉투에서 그것을 꺼냈다.

최대한 눈에 띄지 않게 종이 봉투 안쪽과 같은 색으로 포장해 달라고 부탁했고, 바닥에 눕혀 두었지만 역시 크기가 눈에 띌 정도로 컸다. 알아차리지 못할 리가 없었다.

상자가 아니라 비닐 주머니에 들어 있던 물건. 크기는 딱 마히루의 품에 들어갈 정도였다.

진한 푸른색 리본으로 묶여 있는 걸 마히루가 정성 어린 손길로 푸는 모습을 지켜보면서 '난 자리를 떠도 되지 않으려나.' 하는 생각을 하는 동안—— 때마침 마히루가 안에 들어 있던 것을 꺼냈다.

마히루가 두 손으로 그 안에 든 것을 조심스럽게 들어 올렸다. 정말 의외라는 표정으로 커다란 눈을 깜박였다.

"……곰?"

마히루가 중얼거린 것은 선물의 바탕이 된 동물의 이름이다.

너무 크지도 않고, 초등학생 정도가 끌어안고 다니기 좋을 정도의 곰 인형.

마히루의 머리카락처럼 연한색 부드러운 털이 특징이며, 목에는 목줄처럼 연푸른색 리본이 묶여 있었다.

어딘가 천진난만하게 보이는 얼굴, 단추로 만들어 광택이 있는 검고 동그란 눈이 마히루를 비추고 있었다.

고등학생이나 되었는데 무슨 인형이냐고 생각했을지도 모른다.

그러나 여자애는 아무리 나이를 먹어도 귀여운 것을 좋아한다는 치토세의 조언을 근거로 이걸 선택했다.

역시 남자 혼자 가서 사는 건 너무 부끄러웠기 때문에, 역 앞 크레이프 가게에서 크레이프를 대가로 바친 뒤에 치토세와 함께 가서 사 온 것이었다.

결국 고르는 시간부터 점원에게 부탁하여 포장하는 시간까지 시종일관 치토세가 히죽히죽 웃으면서 지켜봤기 때문에, 혼자 가는 게 차라리 덜 부끄러웠을 것이란 생각이 들기도 했다. 이미 지나간 일은 어쩔 수 없지만.

"여자라면 좋아할 것 같아서……."

누구에게 변명하는 건지도 모르게 중얼거리면서 머리를 긁적였다.

이런 건 긴장된다.

애초에 여자에게 뭔가 선물한 것은 어릴 적에 어머니에게 선물했던 이후로 처음이라서, 설마 이렇게 선물하게 될 일이 생기리라곤 생각도 하지 않았다.

이렇게 귀여운 인형을 남자에게 선물로 받는 것은 역시 징그럽지 않을까……. 그런 생각을 하면서 반응을 슬쩍 살폈더니, 마히루는 한참 동안 곰 인형의 얼굴을 지그시 보고 있었다.

표정을 봐선 기쁜 건지 기쁘지 않은 건지 전혀 알 수가 없었으며, 그저 계속 곰 인형을 바라볼 뿐이다.

“뭐, 마음에 들지 않으면 그냥 버려도 돼.”

마음에 들지 않는다면 어쩔 수 없는 일이라고 판단하면서 가벼운 농담조로 그리 말하자, 마히루는 고개를 아마네 쪽으로 휙 돌리면서 눈살을 한껏 찡그렸다.

“그러지 않아요!”

“으, 응, 시이나의 성격상 그러지는 않을 거라 생각하지만.”

생각했던 것보다 강하게 부정하는 바람에 쩔쩔매면서 고개를 끄덕이자, 마히루는 다시 한번 손에 들고 있던 곰 인형을 바라봤다.

“……그런 심한 짓은 못해요. 소중히 간직할 거예요.”

가녀린 팔이 마치 감싸듯이 곰 인형을 끌어안았다.

어린아이가 마음에 드는 장난감을 뺏기지 않으려는 몸짓처럼도, 아이를 자상하게 감싸 주는 어머니의 몸짓처럼도 보였다.

확실히 말할 수 있는 것은 한없이 소중하게 그걸 끌어안았다는 사실뿐.

마히루는 ‘꼬옥’ 이라는 효과음이 어울릴 것처럼 끌어안고, 살짝 시선을 숙여 품에 있는 곰 인형을 내려다보고 있었다.

얼굴에 드러난 표정은, 평소의 무뚝뚝한 표정이나 어이가 없을 때 보여주는 표정이 아니었다. 온화하고 부드러우면서, 어딘가 자애로운 듯한.

그러면서도 풋풋함조차 느껴지는, 그 순진한 미소는 무심코 숨을 죽일 정도로 아름답고 귀여웠다.

‘——보는 게 아니었어.’

이런 표정을 짓는 걸 보면, 어쩔 수 없이 의식할 수밖에 없어진다.

연애의 의미로 좋아하진 않더라도, 극상의 미소녀가 저런 표정을 짓게 만들었다는 사실이, 저런 표정을 보고 말았다는 사실이 심장을 쿵쿵 뛰게 했다.

곰 인형을 소중히 끌어안고 희미하게 웃는 그 모습은, 누구라도 넋을 잃고 바라볼 정도로 귀여웠다. 자신이 담백한 성격인 걸 자각하고 있는 아마네조차 홀려 버릴 것만 같았다.

얼굴에 얼마나 열기가 몰린 건지, 손바닥으로 가리듯이 만져 보니 평소보다 확실하게 뜨거웠다.

참 알기 쉽게 쑥스러워하고 있는 자신. 마히루에게 들리지 않을 정도의 목소리로 "젠장……."이라고 자신에게 투덜대고 말았다.

다행히 마히루는 아마네의 반응을 알아채지 못한 듯, 소중하게 끌어안은 곰 인형에 얼굴을 반쯤 파묻고 있었다.

그 모습이 또 너무나 귀여워서, 아마네는 자신도 모르게 이상한 목소리가 튀어나오려는 것을 애써 참아야 하는 상황에 처하게 되었다.

"……그렇게 기뻐해 주니 나도 더 이상 바랄 것이 없네."

그 말만을 겨우 입 밖에 냈더니, 마히루가 힐끔 아마네 쪽으로 시선을 돌렸다.

"이런 걸 받아 본 적은 처음이에요."

"뭐, 너 정도로 인기가 많으면 자주 받을 줄 알았는데……."

"절 뭐라고 생각하는 건가요……?"

약간 어이가 없는 듯한 목소리와 표정으로 바뀌는 걸 보고 안도한 것은, 그 표정을 직시하지 않고 넘어갈 수 있었기 때문이라 할 수 있겠다.

"……다른 사람한테 생일을 가르쳐 준 적은 없어요. 전 생일을 싫어해서 남들에게 말하지 않으니까요."

싫어한다고 딱 잘라 말한 마히루가 곰 인형 쪽으로 시선을 돌렸다.

곰 인형을 향한 눈빛은 방금 했던 말과는 달리 온화했기 때문에, 왠지 아마네의 마음이 불편했다.

"평소에 모르는 사람이나 잘 알지 못하는 사람이 선물을 주려고 해도, 무서우니까 받지 않고 있거든요."

"그런데 이건 받았네."

"……후지미야 군은 모르는 사람이 아니니까요."

작은 목소리로 슬며시 그렇게 말하면서 곰 인형에게 얼굴을 파묻은 채로 쳐다보는 마히루를 직시하고 만 것을 후회했다.

의도한 건 아니겠지만 이쪽을 올려다보는 마히루는 약간 풀어진 듯 그 나이에 어울리는 천진난만함이 그대로 드러난 표정이어서, 쉽게 말하자면 너무나도 사랑스러웠다.

자신도 모르게 충동적으로 머리를 쓰다듬어 주고 싶어질 정도로 귀여웠다. 자칫 머리를 향해 움직일 뻔한 손을 허둥지둥 힘껏 되돌리는 지경에 처했다.

'……위험해어.'

방심하고 있었다간 그대로 마히루의 머리를 쓰다듬었을 것이다. 그런 짓을 저질렀다간, 모처럼 기뻐해 준 이번 일이 물거품이 되어버린다.

"……왜 그러죠?"

"아냐, 딱히 아무것도……."

한순간 팔이 움직인 것을 알아차렸는지, 이러지도 저러지도 못하는 아마네의 감정이 폭발할 뻔한 것을 눈치챈 것인지, 마히루가 고개를 살짝 갸웃거렸다.

그런 작은 동작만으로도 눈길을 빼앗길 것만 같으니, 미소녀란 존재는 정말 두렵다.

귀여워서 넋을 놓고 보고 있었다고 대놓고 말하는 건 역시 부끄럽고, 말해도 '네?' 라는 소리밖에 듣지 않을 자신이 있었다.

그리고 아마네가 여러 의미로 죽을 것 같으니 이 충동은 속에 감춰 두기로 결심했다.

"……정말 고마워요, 후지미야 군."

고개를 홱 돌린 아마네에게, 마히루의 가느다란 목소리가 한 번 더 들렸다.

"있잖아, 아마네, 선물을 준 상대와는 그 뒤로 잘됐어?"

선물을 살 때 같이 갔으니 그야 당연하지만, 다음 날 치토세의 히죽거리는 웃음과 질문이 맞이해 주었다.

다른 반인 치토세가 방과 후에 반에 찾아온 거야 아무래도 좋지만, 상대하고 싶지 않은 부류의 미소를 짓고 있었기 때문에 지금 당장 그들과 헤어지고 싶은 기분이다.

"절대로 네가 상상하고 있는 그런 사이가 아니고, 그런 전개도 없었거든."

적어도 연애 감정을 품었던 것은 아니며, 특별한 사이가 되고 싶다는 생각으로 선물을 준 것도 아니다.

기뻐해 준 건 틀림없지만, 치토세가 기대하는 듯한 전개는 결코 없었다.

"아니, 그게 있지. 네가 신경을 쓰고 있다는 것 자체가 드문 일이잖아. 어지간히 친밀한 지인이라는 뜻이니까. 그리고 여자. 그 정도면 억측을 받을 만도 하다고."

"그런 수상한 관계는 아니야."

이츠키도 치토세의 편을 들었지만, 아마네는 그런 시도를 단칼에 끊을 수밖에 없었다.

마히루가 기뻐해 준 것은 좋지만, 이렇게 귀찮은 일이 뒤따르기 때문에 가급적 다른 사람에겐 의논하고 싶지 않았던 것이다.

두 사람의 호기심을 채우는 건 사양하고 싶어서 무뚝뚝하게 대꾸하자, 이츠키가 잠시 생각에 잠긴 듯이 입가에 손을 댔다.

"……음음. 저기, 아마네."

"왜?"

"혹시 선물을 준 상대가 옆집 사람이야?"

정말이지, 이츠키는 정말로 눈치가 빠르고 머리가 좋다. 이럴 때는 성가실 정도로.

"……왜 그런 생각을 한 건데."

"너와 관계가 있는 범위 안에서 아는 사람, 신세를 지는 범위에서 따져 보면 이웃 사람이겠지. 넌 이곳 출신도 아닌 데다 여자를 사귄 적도 없고. 얼마 전에 음식을 나눠주었으니까 고마움을 느끼고 있는 게 아닐까 하는 생각이 들었어."

"글쎄."

"흐응. ……아마네, 요새 안색이 좋아졌단 말이지."

"아, 나도 그런 생각은 들었어."

"음식을 나눠주는 일이 상당히 자주 있었던 것 아냐? 그러니까 감사의 표시로 생일에 선물을 줬다거나?"

정말이지 지나칠 정도로 정확하게 맞추는 바람에 아마네는 얼굴이 실룩거리지 않게 유지하느라 필사적이었다.

마치 현장에서 보고 있었던 게 아닐까 싶을 정도로 적중하는 바람에, 때로는 이츠키가 두려워진다. 촐랑거리는 듯하면서도 가끔 사려 깊은 모습을 보이는지라 실은 의외로 인기가 많지만, 그런 부분은 치토세에게만 발휘해 주면 좋겠다.

"용케도 억측으로 그렇게까지 말할 수 있구나."

"사실을 모르니까 상상할 수밖에 없는 거지~. 그래서? 진실은 뭐야?"

"글쎄."

"쩨쩨한 녀석."

"쪼잔해~."

"시끄러워."

그들이 무슨 말을 해도 입을 열 생각은 없다.

무심코 입 밖으로 나왔다간 그걸로 끝장이다. 자신이 전부 실토할 때까지 추궁을 그치지 않을 것이다. 이츠키라면 그나마 모르겠지만, 사랑 이야기를 가장 좋아하는 생물인 현역 여고생은.

사랑이 전혀 없어도 사랑으로 이으려는 불가사의한 생물이 있기 때문에, 참으로 귀찮기 그지없다.

"거참." 그렇게 한숨을 쉬면서 집에 갈 준비를 끝내고 가방을 멨다.

전략적 후퇴이자, 커플의 닭살 공격을 피하기 위해서였다.

"난 간다. 너희는 남의 사정에 간섭하지 말고 너희끼리 러브러브하게 놀고 있어."

"말 안 해도 그렇게 할 건데?"

"잇군, 미행해서 그 여자를 만나는 장면을……."

"그런 말은 타깃이 있는 앞에서 할 것도 아니고, 네가 생각하는 그런 일은 일절 없는 데다, 미행해 봤자 우리 맨션 공동 현관에서 막힐 거야."

"쳇."

귀엽게 입술을 삐죽 내밀고 있었지만, 눈빛에는 의외로 진심이 담겨 있었다.

농담이 아니라 진지하게 자신의 말을 실행할 것 같은 치토세에게 전율을 느끼면서, 아마네는 두 사람을 놔두고 빠른 걸음으로 교실을 나섰다.

"……위험했어."

"뭐가 말인가요?"

집에 돌아와서 자신도 모르게 그렇게 중얼거렸더니, 마히루가 이상하다는 표정으로 물었다.

저녁을 만들기에도 아직 이른 시간에 장을 보고 귀가했기에 함께 조금 느긋하게 있었는데, 그러다 혼잣말을 들어 버린 모양이다.

참고로 오늘의 마히루는 평소와 똑같다.

어제의 그 미소는 흔적도 보이지 않았다. 꿈이 아니었나 싶을 정도로 평소와 똑같은 표정이었다. 이것이 평소 모습이고, 제발 그래 주길 바랐다. 그때의 그 표정을 보여주면, 자신의 심장이 저릴 것만 같다.

"뭐, 그게 있지. 선물에 관해서 이츠키랑 치토세가 이상한 억측을 했거든."

이츠키와 치토세에게 상담했었다고 추가로 설명하면서 한숨을 내쉬었다. 마히루도 이츠키의 이름을 기억하고 있었는지 "아아, 그렇군요."라고 말하면서 이해한 듯한 표정으로 한숨을 쉬었다.

"뭐, 후지미야 군이 살 법한 물건이 아니었으니까 말이죠."

"그런 뜻으로 한 말은 아닌데."

아마네가 여자에게 선물을 주려고 한다. 그 사실 자체가 두 사람이 생각하는 아마네에게는 있을 수 없는 일이라서, 연애 관련으로 심하게 의심하고 있는 것이리라.

실제로는 딱히 양자 모두 사랑에 수반되는 달달함이나 쌉쌀함, 쓰라림 같은 감각이나 감정이 생기지 않는데도.

"그냥 내 사정이야. 거참. 이상한 상상이나 하고 말이야."

확실히 마히루는 귀여우며, 그때는 쓰다듬고 싶다는 욕구도 느꼈다. 그건 부정하지 않겠다.

하지만 그런 충동은 청소년이라면 누구에게나 일어날 수 있는 것이라고 생각하고, 애초에 마히루가 터무니없는 미소녀라는 것을 새삼 실감해서 가슴이 두근거렸을 뿐이니까, 이게 연애 감정일 리가 없다.

인간적으로 호감이 간다고 생각하지만, 마히루와 그렇고 그런 사이가 되고 싶다는 가당치 않은 생각은 하지 않았다.

힐끗 보니, 여전히 곱게 생겼다.

그러나 어젯밤처럼 심장이 마구 뛰지는 않았다. 자신은 마히루를 좋아하는 것이 아님을 다시 확인하고, 슬쩍 한숨을 쉬었다.

자신을 보고 있었다는 걸 안다면 무슨 소리를 들을지 모르므로 스마트폰으로 시선을 돌렸더니, 문득 채팅 앱의 아이콘에 읽지 않은 메시지가 몇 개 쌓여 있었다.

아마도 이츠키일 것이라고 생각하면서 앱을 열어 보니, 새로운 메시지에 뜬 이름은 아마네의 상상을 벗어났다.

'시호코' 라는 이름을 보고, 아마네는 눈살을 찡그렸다.

아마네의 스마트폰에 있는 여자 연락처는 세 개. 그중 한 명이다.

그 내역은 치토세, 마히루, 그리고── 어머니.

뭘 보낸 걸까 생각하면서 전용 대화창 화면을 열자, 아마네가 부담스럽게 여기는 하이텐션의 문자로 시험은 잘 봤냐느니 생활에 불편함은 없냐느니 하는 내용이 적혀 있었다.

치토세를 대하기 어려운 것은 가족 중에도 치토세와 닮은…… 그 이전에 치토세가 나이를 먹으면 그렇게 될 것이라는 생각이 드는 사람이 있기 때문이다. 싫어하진 않고 미워할 수도 없지만, 친어머니라도 그런 성격은 부담스러울 때가 있다.

'할아버지가 과일을 보내 주셨으니까 너한테도 좀 줄게. 너희 집으로 보낼 테니까 토요일 오후에는 집에 있으렴! 수취 거부나 부재중이 뜨면 절대로 용서하지 않을 거야!'

"멋대로 내 스케줄을 정한단 말이지……."

토요일은 딱히 예정이 없어서 상관없지만, 좀 더 빨리 연락했어야 하지 않았을까.

"왜 그러죠?"

중얼거린 말이 들렸는지, 마히루가 평소와 다르지 않은 표정으로 아마네를 봤다.

"어머니가 토요일 오후에 할아버지 집에서 수확한 과일을 보내겠대. 아마 사과일 것 같은데."

"깎아 먹을 수 있나요?"

"……필러로 깎일까?"

"그야 깎이긴 하지만…… 두껍게 깎이니까 영양분이 좀 아까울 것 같네요."

우리 어머니도 그런 말을 할 것 같다는 감상은 속으로 삼켰다.

"여차하면 그냥 씹어 먹지, 뭐."

"와일드하네요."

"귀찮으니까."

"게으르네요."

여전히 의견이 솔직한 마히루에겐 쓴웃음밖에 나오지 않았기 때문에, 그저 어깨를 으쓱하면서 넘겼다.

잠시 어이가 없다는 표정을 짓던 마히루도 "뭐, 위장에 들어가면 별차이가 없을 테니까요."라고 말하면서 납득하는 자세를 보였다.

"아, 맞다. 상하기 전에 다 먹을 수 있을지 모르니까 시이나도 필요하면 가져가겠어?"

"그럼 좀 받아 갈게요. 과일은 단가가 높으니까요."

왠지 주부 같은 발언을 하고 있지만, 이것도 마히루답다고 할 수 있을 것이다.

"토요일이란 말이죠. 그러면 답례의 의미도 겸해서 미리 점심이라도 만들도록 할게요."

"신세는 늘 내가 지는데 말이지."

"후지미야 군에게 만들어 주는 건 딱히 싫어하지 않으니까 괜찮아요."

쿡, 하고 정말로 자그맣게 미소를 지은 마히루.

그 모습이 어제 일을 떠올리게 만드는지라 왠지 민망해서, 아마네는 미묘하게 시선을 돌리면서 "……그럼 부탁할게."라고 무뚝뚝하게 대꾸했다.

제10화 어머니, 습격

어머니가 보내준 걸 받는 즉시 나눠주려고 했던 것이 잘못이었는지도 모르겠다.

인터폰 소리와 함께 "아~마네."라는 톤이 높고 장난기 어린 목소리가 들렸을 때, 아마네는 모든 것을 파악하고 머리를 감싸 안았다.

토요일 점심을 만들어 주겠다던 마히루의 제안은 너무나 고마웠다. 하늘의 은총으로 생각했을 정도였다.

실제로 만들어 준 카르보나라는 맛있었다. 진한 소스와 후추의 자극이 잘 맞아떨어져서 너무나도 맛있었다.

딱히 마히루가 잘못한 건 없다. 그렇다. 마히루가 잘못한 게 아니다.

잘못은 사전에 끈질기게 집에 있으라는 분부를 받고도 눈치채지 못했던 아마네 자신과── 서프라이즈를 좋아하여 황당한 짓을 벌이는, 피가 이어진 이 아줌마에게 있을 것이다.

"……저기, 후지미야 군? 택배가 온 게……."

"아니야. 여벌 열쇠로 공동 현관을 통과해서 직통으로 왔어, 어머니가……."

잘 생각해 보면, 어떻게든 시찰하러 오려고 했던 어머니의 말을 의심 없이 받아들인 것이 잘못이었다.

그 어머니가 장난을 치지 않고 이런 기회를 그냥 놓칠 리가 없었던 것이다.

"……어, 어머님?"

"아마 우리 어머니가 내가 어떻게 사는지 보러 왔을 거야……. 사전에 말하지 않은 건, 미리 말했다간 내가 어떻게든 눈속임을 하려고 들 테니까 그런 거겠지."

"아아……."

"그 부분에서 납득하는 건 좀 복잡한 기분이지만, 지금은 그게 문제가 아니야."

문제는 지금 여기 있는 마히루를 어떻게 하느냐다.

어머니가 아직 입구에 있다면 바로 집으로 돌려보내면 되지만, 이미 집의 문 앞에 있기 때문에 집으로 돌려보낼 수는 없다. 그렇다고 해서 이대로 어머니를 안으로 들이면 마히루와 마주치면서 엉뚱한 착각을 할 것이다. 그건 마히루도 바라는 바가 아닐 게 분명하다.

어떻게 할지를 놓고 고민했지만, 인터폰 소리의 간격은 점점 좁아지고만 있었다.

'——아아, 정말이지…….'

"……미안해, 시이나, 내 방에 잠시 좀 들어가 있어 줘. 부탁이야."

"네, 네?"

"이걸 줄 테니까, 내가 어떻게든 어머니를 밖으로 끌어내서 나간 뒤에 집으로 돌아가 줘. 정말 미안하지만 부탁할게."

아마네는 정말로 어쩔 수 없이 은폐하는 것으로 방향을 잡았다.

마히루가 점심을 만들어 주었지만 설거지는 끝낸 상태니까 문제될 것은 없다.

신발은 신발장에 숨기면 들키지 않을 것이고, 지금 가져온 담요 같은 마히루의 개인적 물건은 본인과 함께 방 안에 넣어 놓으면 된다.

방에 있게 하고, 시찰이 끝났을 때 어머니가 만들어 준 요리가 먹고 싶다고 애원하면 아마 그 요구에 응해 주리라. 방의 시찰은 최선을 다해 거부해서 어떻게든 그냥 넘길 생각이었다.

일부러 냉장고에 없는 식재료를 써야 하는 메뉴를 희망하여 같이 장을 보러 나간다. 그사이 마히루는 탈출한다——. 이게 계획의 내용이었다.

이제는 이 방법밖에 없다고 생각하여 여벌 열쇠를 주고 아주 진지하게 부탁하자, 마히루는 난감해하면서도 "네, 네." 하고 고개를 끄덕여 주었다.

참고로 창고 방을 숨길 장소로 고르지 않은 것은, 아무리 그래도 지금 이 계절에는 난방이 없으면 춥기 때문이다.

아마네의 방이라면 난방도 되고 부드러운 쿠션이 있다. 아무것도 없는 바닥에 앉느라 허리가 아파서 고생하거나 추위에 떨지 않아도 될 것이다.

"그럼 잘 부탁할게. 나는 지금부터 어머니를 상대하러 갈 테니까……."

얼굴을 마주치기 전부터 이미 핼쑥해진 아마네가 현관으로 향하자, 마히루도 조용히 아마네의 방으로 들어갔다.

아마네는 그걸 지켜본 뒤 떨떠름한 표정으로 현관문을 열었다.

"어머나 아마네, 늦었구나. 건강해 보여서 다행이야. 자고 있는 줄 알았는데."

바로 시야에 들어온 것은 여름 방학 이후로 처음 만나는 어머니의 얼굴이었다.

자신의 어머니이면서도 나이가 느껴지지 않는 얼굴이, 집에 있을 때 자주 봤던 환한 미소를 짓고 있었다. 나이가 느껴지지 않는 데는 얼굴만이 아니라 언동도 한몫했지만.

"네네, 건강하게 잘 지내니까 그만 돌아가 주시겠어요?"

"어머나, 엄마에게 그게 무슨 말버릇이니. 일부러 몇 시간을 들여서 여기까지 왔단다? 고생했단 말 한마디도 없는 거야?"

"멀리서 이렇게 찾아와 주셔서 정말 감사합니다. 이제 그만 돌아가세요."

"어머나, 그런 식으로 말한단 말이지? 그렇게 귀염성이 없는 부분은 슈토 씨랑 정말 하나도 안 닮았다니까."

"귀염성은 남자에겐 필요가 없잖아."

툭 내뱉듯이 말했지만, 어머니—— 시호코는 기분이 상한 모습을 보이기는커녕 깔깔 웃으면서 "반항기가 왔구나."라고 납득하고 있었다.

"그럼 들어갈게."

"잠깐, 들어와도 된다고는……."

"여긴 나와 슈토 씨가 번 돈으로 빌린 곳인데?"

그렇게 말하면 반론도 거절도 할 수가 없는지라, 아마네는 정말로 떨떠름한 표정을 지으면서 문을 열고 시호코를 안으로 들였다.

물론, 침실로 가지 못하도록 자연스럽게 침실 쪽에 붙으면서 거실로 유도했지만.

"저기, 어머니, 올 거라면 온다고 미리 연락해. 어른이잖아."

"어머나, 우리 아들이 똑바로 생활하는지 아닌지는 기습적으로 방문하지 않으면 볼 수가 없잖니?"

"윽. ……하지만 문제없잖아. 청소도 잘했고."

"그러네, 깜짝 놀랐어. 아마네는 집에선 아무것도 하지 못했는데, 의외로 제대로 치우면서 살 수 있었구나. 생각하지도 못했어."

거실에 도착하자마자 주변을 둘러본 시호코는 감탄했다는 듯이 고개를 깊이 끄덕이고 있었다.

물론 깔끔하게 정리된 것은 마히루와의 공동 작업 덕분이며, 그 상태를 유지하고 있는 것은 마히루의 충고와 주의 덕분이다. 결국 대부분 마히루의 공적이지만, 그 사실을 시호코가 알 리가 없었다.

"피부도 좋아 보이는 것이, 잘 챙겨 먹고 사는 것 같구나."

"……응."

약간 시선을 돌리고 만 것은, 이것도 마히루 덕분이기 때문이었다.

"요리도 제대로 해서 먹고 있네. ……어머나, 하지만 2인분인 것 같은데?"

매니큐어가 칠해진 손가락이 식기가 놓인 부분을 가리키고 있었다.

점심은 둘이서 먹었기 때문에 당연히 접시도 2인분이었다. 그걸 아마네가 알아차리지 못한 것은 주의가 부족했기 때문이지만, 시호코도 눈이 날카로웠다.

"친구가 왔었으니까."

거짓말은 하지 않았다.

아마도, 라고 전제를 붙여야 하지만 친구 관계와 비슷한 사이를 구축했으니 틀린 말은 아닐 것이다. 성별을 숨기고 있긴 하지만.

최대한 동요를 참으면서 담담히 대답한 아마네를 보고 시호코는 "흐응." 하고 그다지 납득이 되지 않는 것 같은 목소리로 대꾸했고, 다시 거실 쪽으로 시선을 돌리기 시작했다.

겨우 아슬아슬하게 얼버무려 넘기긴 했지만, 식은땀이 나올 것만 같았다.

"뭐, 합격점……이랄까, 남자 혼자 사는 것으로 생각되지 않을 정도로 잘 사는구나."

시호코는 한동안 관찰하며 질의응답을 반복한 뒤에 총평을 내렸다.

어떤 의미에선 당연할 것이다. 대부분 마히루의 손길이 닿았으니까.

"어머니가 걱정할 일은 없어."

"그러네, 정말 놀랐어. 집에선 거의 아무것도 하지 못했는데, 성장했구나."

"……아무리 나라도 성장은 해."

잘도 그런 소릴 한다. 속으로 그렇게 자조하면서 대꾸하자, 시호코도 방긋 웃으면서 "그래, 노력했구나."라고 칭찬해 주었다.

역시 자신이 해낸 게 아니기 때문에, 미묘하게 마음이 불편했다.

하지만 일단 진실을 입 밖으로 꺼낼 수 없으니까, 이대로 참으면서 어서 돌아가 주길 바랐다.

기본적인 생활 체크는 끝났을 것이다.

어쩌면 어머니의 요리를 먹고 싶다는 말을 하지 않아도 이 집을 나가 주지 않을까——. 아마네는 그런 생각까지 했지만.

"이제 방 체크만 하면 되겠구나."

마지막으로 떨어진 폭탄에, 아마네는 자신도 모르게 눈을 번쩍 떴다.

방 체크. 즉 아마네의 방…… 침실을 체크하겠다는 뜻이다.

방에는 당연히 마히루가 있다. 들켰다간 당초에 예상했던 접촉 상황보다 더 나쁜 대참사가 일어날 게 뻔했다.

"잠깐, 말도 안 되는 소리 하지 마. 아무리 어머니라고 해도 내 방에는 들이고 싶지 않다고."

"어머나, 뭔가 보이면 안 될 거라도 있는 거니?"

"보편적으로 생각해 봐도 남자 고등학생 방에 그런 게 한두 가지는 있을 거 아니야."

"그건 인정하는구나."

"그래, 인정하니까 들어가지 마."

지금은 전력으로 저지해야만 한다. 약간의 창피는 감수하더라도, 마히루의 존재는 끝까지 숨겨야만 한다.

지금 아마네의 방에 있는 마히루를 보면, 시호코는 틀림없이 자신이 좋을 대로 받아들이면서 즐거운 방향으로 망상을 폭주시키고 말 것이다. 그것만큼은 어떻게든 막아야 한다.

시호코의 시선을 차단하듯이 문 앞에 서서 절대로 들이지 않겠다는 의지를 담아서 안 된다고 거절했다. 뭔가를 숨기고 있다는 걸 바로 간파한 시호코가 "부모에게 뭔가를 숨기다니 너도 많이 컸구나."라고 방긋 웃으면서 압박을 가해 왔다.

미안하지만 여차하면 완력으로라도 거부할 마음을 먹고 시호코와 대치했지만.

퉁, 하고 방에서 소리가 났다.

"아마네."

"네."

"뭘 숨기고 있는 거니."

"……어머니하곤 관계없어."

"그렇게 말한단 말이지, 알았어."

싱긋. 웃음이 더 뚜렷해졌다.

그것은 거부를 용납하지 않겠다는 압력의 미소. 매번 이 미소를 지으면 아마네는 정말 마음이 약해지고, 거역할 기력이 대부분 사라지고 만다.

이미 몸에 뱄기 때문에 어쩔 도리가 없었다.

"크윽." 하고 낮게 신음한 아마네의 빈틈을 놓치지 않고, 시호코는 문 손잡이를 잡았다.

아뿔싸, 하고 후회해도 이미 늦은 뒤였다.

무슨 소리인지 확인하기 위해서 아마네의 옆을 통과해 문을 연 시호코.

문 너머에 펼쳐진 것은—— 침대 가장자리에 등을 기대고 무릎 위의 쿠션을 끌어안은 미소녀의 모습.

그것도 눈을 감은 채 일정한 리듬으로 자그마한 호흡을 반복하고 있는…… 있는 그대로 말하자면 졸고 있는 마히루의 모습이었다.

조는 것 자체는 있을 수 있는 일이다.

난방이 되는 따뜻한 방, 점심을 먹은 후의 식곤증, 이것만으로도 이미 졸음이 오기에 충분한 환경이다.

솔직히 생각해서 남자 방에서 잠이 오냐 하는 의문은 있지만, 일단 아마네를 해가 없는 존재로 인식하고 있기 때문에 잠이 든 것일지도 모른다.

그걸 꾸짖을 수는 없을 것이다. 아무 소리도 내지 않도록 잠자코 있다 보면 지루할 것이니, 어쩔 수 없는 일이긴 하다.

아마네가 머리를 붙잡은 원인은 어머니인 시호코가 와 있는 타이밍에서, 그것도 이 상태를 어머니가 목격했다는 것이다.

확실하게 오해를 살 것이다.

아마네가 다른 사람이었다면 자기 자신도 착각했을 것이다. 방에 들일 정도로, 그리고 방심하고 졸 정도로 친한 사이라고 말이다.

얼굴을 실룩이면서 어머니의 얼굴을 힐끗 봤더니, 마히루를 본 눈이 빛나고 있었다. '어머나, 어쩜 좋아!' 하는 마음의 목소리가 들려온 것은 기분 탓일까.

"어머나, 아마네도 참, 이렇게 귀여운 여자 친구를 사귀다니! 너도 여간내기가 아니었구나!"

나이에 어울리지도 않게 "꺄악" 하고 소리를 지르는 시호코를 보면서, 아마네는 머리가 지끈거리기 시작했다.

완전히 오해를 사고 말았다. 게다가 잔뜩 흥분한 상태.

아들이 여친을 데리고 왔다고 해도, 보통 이렇게까지 기뻐하지는 않을 것이다.

그런데 이렇게 기뻐하고 있는 것은 시호코가 귀여운 것을 좋아하기 때문이 틀림없다.

확실히 마히루는 누구라도 미소녀임을 인정할 미모를 지니고 있다.

무방비하게 자는 중이라 무표정한 가면도 쓰지 않고 있었으며, 무엇보다 표정이나 몸짓으로 속일 수 없는 그 이목구비가 뚜렷하게 보였다.

한없이 고운 얼굴은 현재 편안하게 풀려 있다.

익숙한 모습이긴 했지만, 다시 봐도 마히루는 극상의 미모를 지닌 너무나도 매력적인 소녀였다. 자는 얼굴은 순진했으며, 자신도 모르게 만지고 싶을 정도로 무방비하고 귀여웠다.

쿠션을 끌어안고 새근새근 자는 마히루는, 공공연하게는 말하고 싶지 않은 부류의 욕구를 너무나도 자극했다.

이제는 익숙해진 아마네도 인정할 수밖에 없는 그런 미소녀가, 시호코의 입장에서 봤을 때 아들의 여친(가정).

흥분하지 않을 수 없었으리라.

"혹시 엄마를 오지 못하게 한 건 여자 친구가 있었기 때문이니? 세상에, 못 본 사이에 남자가 다 되었구나."

"아니거든! 전체적으로 여러모로 착각했어! 여친도 뭐도 아니야!"

"어머나, 변명은 하지 않아도 된단다. 이 엄마는 네가 고른 사람이라면 반대할 생각이 없으니까."

"아니, 그러니까 그런 문제가 아니래도! 사귀는 사이가 아니야! 절대로 아니라고!"

"아무리 아니라고 해도 방에 들인 시점에서 이미……."

"어머니가 갑자기 쳐들어와서 그런 거잖아! 그냥 거실에 있기만 했어도 괜한 오해를 했을 거면서!"

"하지만 그 이전에 일단 네가 호감이 없었다면 여자애를 집에 들이지 않았을 테고, 여자애도 호감이 없으면 상대의 집에 들어오지 않는단다?"

그런 말을 들으니 어떻게 해도 부정할 수 있는 요소를 찾기가 힘들었다.

시호코의 말대로, 아마네에게 집은 자신의 영역이므로 타인을 들이려고 하지 않는다.

마히루를 맨 처음 들인 것은 그 기세에 밀렸기 때문이다. 하지만 그다음부터는 요리라는 요인을 빼고서도 마히루의 성격에 호감을 느끼고 있기에 이렇게 집에 들이고 있는 것이다.

'그야, 좋아하냐고 묻는다면 좋아하긴 하지만.'

아마네에게 마히루라는 소녀는 외모를 제외해도 호감이 가는 사람이었다.

학교에서는 보여주지 않는 신랄함과 성실함도, 그런데도 솔직하지는 않은 모순된 성격도, 무뚝뚝하게 보이지만 남을 돌보길 좋아하는 점도, 어딘가 달관한 듯한 태도도, 허를 찔리면 허둥대면서 그 나이에 어울리는 모습을 보이는 면도, 아주 드물게 보여주는 순진한 미소도, 전부 마히루의 매력이라는 생각이 들게 되었다.

그게 연애 감정이냐고 묻는다면 아니라고 말할 수 있지만, 적어도 매력적인 소녀이긴 했다.

"친구로서 호감은 있지만, 이성에 대한 호감을 전부 연애 감정으로 만들지 마. 애초에 얘도 그런 의도는 가지고 있지 않으니까."

순순히 시호코의 말을 긍정할 정도로 달달한 감정은 없다. 애초에 마히루의 입장에서 보면, 자기가 호감을 갖고 있다고 아마네가 착각하면 달갑지 않을 것이다.

"어머나, 그건 모르지. 아마네야말로 여자애의 복잡한 마음을 이해할 수 있게 되었다고 자만하고 있는 것 아닐까?"

"어떻게 말해야 그런 관계가 아니라는 걸 알아줄 거야…….
시이나, 부탁이니까 그만 일어나 줘……."

아무리 말해도 연애 쪽으로 이야기를 끌고가려고 하는 시호코를 보고, 아마네는 난처해하면서 이마를 짚었다.

빨리 일어나 주길 바랐다. 절실하게.

"응……."

기도가 통했는지, 혹은 주위가 시끄러워서 잠에서 깬 것인지.

마히루는 감고 있던 눈꺼풀을 천천히 떴고, 달콤한 신음 소리를 내면서 고개를 들었다.

사라락. 황갈색의 머리카락이 어깨에서 흘러 떨어졌다.

캐러멜 같은 빛깔을 띤 눈동자가 촉촉하게 젖어서 일렁이고 있는 모습은, 뭐랄까 똑바로 보기가 미안해질 정도로 무방비했다.

미묘하게 아직 의식이 완전히 깨어나지 못한 것이리라. 잠기운이 아직 남은 채 초점 없는 눈빛으로 멍하게 아마네를 쳐다보아서, 아마네는 시선을 미묘하게 돌리고 말았다.

"시이나, 잠든 건 나중에 설명해도 되지만, 오해를 샀으니까 일단 해명하는 걸 좀 도와줘."

"오해……?"

"안녕, 아가씨, 이름은 뭐니?"

잠에서 덜 깬 상태로 힘없이 되묻는 마히루에게, 시호코가 사람 좋아 보이는 미소를 지으며 대뜸 다가갔다.

그런 구김살 없는 미소랑 친근한 눈빛으로 자신을 바라보는 바람에, 막 일어나서 아직 머리가 멍할 마히루는 혼란에 빠졌는지 눈에 보일 정도로 당황하고 있었다.

"어, 저, 저기……."

"역시 처음 만나면 서로 이름을 밝히는 게 중요하겠지?!"

"어, 시, 시이나 마히루예요……."

"어머나, 마히루, 귀여운 이름이네! 나는 시호코라고 해. 사양하지 말고 이름으로 부르려무나."

기세에 밀려서 자신도 모르게 이름을 밝힌 마히루가 '도와줘요, 후지미야 군.' 이라고 구원을 청하는 듯한 눈으로 아마네를 바라보았다. 하지만 아마네 자신은 오히려 도움을 바라고 싶은 상황이었고, 솔직히 아무런 방법이 없는지라 고개를 저었다.

자신의 어머니라서 잘 알고 있지만, 한번 폭주하기 시작하면 멈추질 않는다.

마히루를 보고 잔뜩 흥분하고 있는 상황인지라, 아마도 끝도 없이 커뮤니케이션을 시도할 것이다.

정작 그 대상인 마히루가 곤혹스러워하는 걸 아는지 모르는지.

"저, 저기, 어머님."

"어머나! 벌써 어머님이라고 날 인정해 주는구나!"

"후지미야 씨!"

"후지미야라고 부르면 날 부르는 건지 아마네를 부르는 건지 알 수가 없잖니. 그렇지? 아마네."

"어머니, 시이나가 곤란해하잖아."

"아마네, 여자 친구라면 제대로 이름으로 불러 줘야 하지 않을까?"

도저히 이야기를 들으려 하지 않는 어머니 때문에 아마네의 미간에 주름이 생겼지만, 시호코는 개의치 않는 기색이다. 여전히 웃고 있는 그 모습을 보면 대담하다고 해야 할지, 신경이 무디다고 해야 할지.

"저, 저기, 시호코 씨."

"왜애?"

"저, 저랑 후지미야는……."

"어떤 후지미야를 말하는 건지 모르겠는데에."

"……아, 아마네 군과는 그런 관계가 아니고요."

의도적으로 그렇게 말하는 시호코의 말을 듣고, 마히루가 알아보기 쉽게 당황하면서도 어떻게든 부정하고 있었다.

시호코의 재촉을 받았기 때문이겠지만 주저주저 아마네의 이름을 부르면서 반응을 살피는지라, 아들의 이름을 부르도록 만드는 것에 성공한 시호코가 얼굴 가득 미소를 짓고 있었다.

"어머나, 그럼 지금부터 그런 관계가 될 거라는 말일까?"

"어, 저, 저기, 그게 아니고요……."

"어머나, 내가 그만 오붓한 분위기를 방해한 것 아닌가 모르겠네."

"저, 저기, 차분히 설명할 기회를 주시면 좋겠어요! 아마네, 군과는, 그런 사이가 아니라, 밥을 같이 먹을 뿐이라고 할까요. 아마네 군이 요리를 할 줄 모르니까."

"좋은 색시가 되겠구나, 마히루는. 우리 아마네는 집안일은 전혀 할 줄 모르는데 혼자 살게 되었거든. 그런 거라면 저 아이를 네가 잘 보살펴 주면 좋겠어."

"아뇨, 그게……."

마히루는 나름대로 노력했다고 생각한다.

그러나 시호코의 기세에 밀린 상태에서 제대로 된 설명을 한다는 건은 무리일 것이다.

정기적으로 집에 방문하고, 직접 만든 요리를 차려 주고 있으며, 한 식탁에서 같이 밥을 먹는다는 말을 들은 시점에서 시호코의 눈빛이 바뀌더니 한층 더 기세가 더해지고 말았다.

이렇게 되면 아마네의 힘으론 도저히 시호코를 말릴 수 없다. 그나마 가능한 사람은 아버지인 슈토 정도일 것이다.

"……시이나, 포기해. 어머니가 흥분 상태에 빠지면 누가 뭐라 해도 듣질 않으니까."

"그럴 수가아……."

아예 달관의 상태에 이른 상태인 아마네는 빠르게 해명을 포기했고, 그저 어머니의 폭주를 지켜볼 수밖에 없었다.

"그건 그렇고, 아마네가 용케도 이런 미인을 붙잡았네. 이 엄마는 깜짝 놀랐어."

부정하는 것도 지친 아마네와 어쩔 줄 모르는 마히루는 함께 입을 다물었다.

그걸 긍정하는 것으로 받아들였다……기보다 무슨 말을 해도 쑥스러워서 아닌 척하는 것뿐이라고 받아들인 시호코는 호기심을 숨기려 들지 않는 눈으로 마히루를 응시하고 있었다.

"어떠니? 마히루가 보기엔 아마네는 제대로 된 생활을 하고 있는 것 같아?"

"네? ……그건 그러니까…… 죽지 않을 정도로는……."

"그럴 때는 잘 살고 있다고 말하라고."

"하지만 처음 봤을 때 방이 엉망이었으니까요."

"시끄러워. 지금은 깨끗한 상태를 유지하고 있잖아."

"제가 청소를 도와줬기 때문이잖아요."

"그건 뭐, 고맙게 생각하고 있지만. 식사나 청소나 그런 부분은 정말로."

그런 점에선 마히루에게 고개를 들 수가 없다.

그 덕택에 지금처럼 쾌적한 생활을 할 수가 있으므로, 엎드려서 감사의 절을 올리는 것쯤은 망설이지 않고 할 수 있다. 마히루가 싫어할 것 같으니 실제로 하지는 않지만, 자신도 최대한 마히루를 위해 뭔가를 해 줄 수 있도록 노력할 생각이었다.

하지만 이 발언을 그다지 좋지 않은 방향으로 받아들인 것은 시호코였다.

"어머나 아마네도 참, 이번만이 아니라 평소에도 마히루가 늘 돌봐 줬단 말이네. 정말 어쩔 수 없는 아이라니까. ……이렇게 말하는 걸 보면 혹시 동거 중이라거나……?"

"아니야! 왜 그렇게 보는데! 옆집에 산다고!"

"어머나, 그럼 운명적인 만남이란 이야기네! 잘됐구나, 아마네. 이렇게 미인에다 바지런한 아가씨가 돌봐 주고 있으니까."

"미인이고 기량이 좋다는 건 부정하지 않겠지만, 운명적인 만남 운운하는 것에는 이견이 있어."

"로맨틱해서 좋잖니."

"그런 의미로 말한 게 아니거든! 전혀 사귀는 사이가 아니라는 말이라고!"

"어머나, 어머나."

틀림없이 쑥스러움을 감추려고 하는 말로 인식하고 있는 시호코의 반응에, 아마네의 얼굴은 슬슬 떨리는 참이다.

자신이 원하는 대로, 정확히는 자신이 멋지다고 생각하는 망상대로 해석하는 어머니 때문에 몇 번이나 고생했는지 모른다. 아마네는 최근 몇 개월 중에서 가장 무거운 한숨을 쉬었다.

완전히 기세에 밀리고 있던 마히루는 어땠는가 하면, 아마네와 시호코를 번갈아 보면서 딱 봐도 당황해서 어쩔 줄 모르고 있었다.

"마히루, 마히루, 이건 부모라서 객관적인 평가가 아닐지도 모르지만, 아마네 애는 말도 무뚝뚝하게 하고 솔직하진 않아도, 의외로 성실하고 신사적인 성격이니까 좋은 사람을 잡았다고 생각해도 돼. 뭐, 여자 경험은 전무하니까 그 점은 마히루가 잘 조종하는 게 좋겠구나."

"무슨 소릴 지껄이는 건데, 어머니. 정말 입 좀 다물어."

후반부가 진짜 괜한 참견이었다.

"하지만 내 말이 맞잖니. 오히려 왜 여자 친구를 사귀지 않은 거람. 슈토 씨를 닮아서 생긴 건 나름대로 괜찮다고 생각하는데 말이지. 뭐, 촌스러워서 그런가?"

"괜한 참견이거든."

"마히루에게 멋진 모습을 보여 주면 어떨까?"

"보여주지도 않을 거고, 얘도 보고 싶지 않을걸."

"자꾸 그런다. 아, 정 원한다면 마히루가 바라는 타입으로 가꿔도 된단다. 옷만 잘 입히면 그런대로 잘 소화하거든."

방긋방긋 웃으면서 밀어붙이는 시호코 때문에 마히루는 지극히 난감한 표정으로 애매한 미소만 짓고 있었다.

그 냉정하고 침착한 천사님을 이렇게까지 당황시키는 시호코는 어떤 의미에선 굉장한 존재일지도 모른다.

"어머니, 시이나가 정말로 곤란해하고 있다고. 아니, 제발 좀 돌아가 줘."

"어머니에게 돌아가라는 소리를 하다니 많이 컸구나."

"제발 부탁할게. 딱 봐도 시이나가 곤란해하고 있잖아."

"그러니? 마히루."

"시이나한테 묻지 마. 무조건 배려할 테니까. 이번만큼은 정말로 좀 돌아가 줘. 나중에 다시 와도 되니까."

"뭐, 그렇게까지 말한다면 알았어. 여자 친구와의 달콤한 시간을 방해한 건 사실이니까. ……둘만의 시간을 방해받는 게 그렇게 싫었던 거구나."

"이제는 마음대로 해석해도 되니까 얼른 돌아가기만 해 줘."

강하게 부정하는 것도 지치고, 마히루도 이 텐션에 억지로 어울리느라 고생하고 있을 것이다.

마히루를 보니 미묘하게 축 늘어져 있다.

나중에 잘 위로해 주자고 결심하면서 시호코에게 어서 사라지라는 듯이 훠이훠이 손을 흔들자 미묘하게 불만스러운 표정으로 아마네를 바라봤다. 그래도 남겠다고 말하지 않은 것은 일단 아마네와 마히루를 배려해서일 것이다. 명백하게 잘못 착각한 방향의 배려지만.

"아, 마히루, 연락처를 교환할까. 우리 아마네의 생활 태도 같은 걸 나중에 샅샅이 좀 말해 주렴."

"아, 네, 네……?"

마지막으로 바람직하지 않은 관계를 억지로 만들려고 드는 시호코를 보면서 아마네는 이마를 짚었다.

마히루는 이제는 어찌할 수 없는 단계까지 휩쓸린 상태였으며, 시키는 대로 스마트폰으로 연락처를 교환하고 있었다.

이제 틀림없이 마히루에게도 귀찮은 간섭을 하게 될 것이다.

얼굴 한가득 미소를 지으며 마히루의 손을 잡고 "아마네를 잘 부탁할게."라고 거듭 당부하는 시호코를 보고, 아마네는 나중에 아버지에게 '제발 부탁이니까 어머니 좀 말려 줘.' 라는 문자를 보내기로 결심했다.

"피곤하네요……."

"미안해. 태풍이 지나갔네."

머무른 시간은 그리 길지 않았는데도 이미 두 사람은 완전히 녹초가 되어서 나란히 소파에 앉아 있었다.

축 처진 모습으로 앉아 있던 아마네는 얼굴을 손으로 가린 채 깊은 한숨을 쉬었다. 마히루는 왠지 어색하게 다소곳하게 앉아 있지만, 꼿꼿하던 등을 평소보다 구부리고 있었다.

누구에게나 탈 없이 대응하는 마히루를 이렇게까지 피폐하게 만든 시호코에게 전율하면 되는 걸까, 아니면 자식으로서 사과해야 하는 걸까.

"착각을 풀지 못한 채로 그냥 돌려보내서 정말 미안해."

"아뇨, 뭐, 실제로 피해가 있었던 건 아니니까요……."

"아니, 의외로 실제 피해가 생길지도……. 그 반응을 보면 시이나가 마음에 든 것 같으니까…… 어떻게든 너에게 이런저런 연락을 해 올 거야……."

그 점에서 마히루에게는 괜한 고생을 시킬 것 같아 정말로 미안했다.

아들의 여친(오해)이라는 것에 귀여운 것을 좋아하는 시호코의 취향도 더해지면서, 아마도 엄청 마음에 들었을 것이 틀림없다. 어떻게든 마히루에게 연락하면서 관심을 주려고 할 것이다. 민폐 수준으로.

"시호코 씨는 정말로 후지미야 군을 소중히 생각하고 있군요."

"좋게 표현하면 그렇겠지만, 너무 귀찮아. 저 정도면……."

팔불출이라는 것과는 또 다르지만, 아무튼 자신을 너무 귀여워한다.

이는 아마네 자신이 칠칠치 못한 탓도 있어서 너무 대놓고 불만을 제기하지 못하지만, 그래도 지나치게 관여한다는 생각을 하고 있었다.

고맙고 소중한 어머니이긴 하지만, 성가신 타입이라서 거리를 두고 싶다는 게 솔직한 생각이었다.

"……부럽네요."

나지막하게 중얼거리는 말을 듣고, 아마네는 마히루를 쳐다봤다.

"뭐가?"

"어머님이 좀 활기차시지만 자상하시니까요."

"그 사람은 말이 많고 간섭이 심한 것뿐이야."

"……그래도 부러워요."

빈말이 아니라 정말로 부러워하는 듯한 표정과 함께, 기어들어가듯 작고 담담한 목소리로 중얼거리면서 마히루는 시선을 아래로 숙였다.

어딘가 우울함과 그림자가 있는 표정이라는 걸 보고 알 수 있었다. 손을 대면 무너질 것만 같은, 누가 봐도 연약하다는 생각이 들 모습이었다.

피곤함 때문만은 아니리라. 연약하고 덧없는 분위기를 띠던 마히루는 아마네의 시선을 느끼자 바로 고개를 들어 올리면서 작게 미소 지었다.

아무것도 아니란 듯 평소의 표정으로 돌아온 마히루는, 보기 드물게 소파의 등받이에 몸을 기댔다.

"마히루, 라고 불렀네요."

"……뭐야, 갑자기."

"아뇨. ……오랜만에 다른 사람이 제 이름을 불렀다는 생각이 들어서 말이죠. 늘 성으로 불렸으니까."

그 인기가 많은 천사님이 이름으로 불려본 적이 없다는 건 의외였다. 마히루를 이름으로 부르는 건 뭔가 황송한 느낌이 드는지라 대부분 그렇게 부르기를 꺼려서겠지.

학교에서는 조금의 빈틈도 보이지 않는 완벽한 천사님이기 때문에, 주변 사람들도 편하게 부르지 못하는 것 같았다.

그리고 별명으로 부르는 사람도 적지 않게 있었다. 본인은 아주 싫어하고 있었지만.

"뭐, 사이좋은 친구가 없으면 그렇게 부를 사람은 부모님 정도밖에 없겠지."

"부모님은 그렇게 부르지 않아요, 절대로."

차가운 목소리로 대답이 돌아왔다.

자신도 모르게 마히루의 얼굴을 보자, 그 표정은 아무런 빛도 띠고 있지 않았다.

마치 모든 게 빠져나간 것 같았으며, 무기질하게까지 느껴지는 무표정. 예쁘장한 얼굴 때문에 마치 인형을 상대하고 있는 것 같은 착각조차 느껴졌다.

하지만 그것도 한순간이었다. 아마네의 시선을 알아차린 마히루는 무표정을 지우고, 뭔가 난감한 것처럼 눈썹을 살짝 늘어트렸다.

"……어쨌든 정말 오랜만이란 생각이 들었어요."

그렇게 중얼거리면서, 슬쩍 한숨을 토해냈다.

마히루가 부모와 사이가 좋지 않다는 것은 대충 눈치채고 있었다.

부모님을 언급할 때 가끔 보이던 차가운 표정, 부모님과 외식한 적이 없다거나 생일을 싫어한다는 등의 발언을 감안해 보면 가정 환경에 문제가 있다는 걸 쉬이 상상할 수 있었지만—— 부모가 이름으로 불러준 적조차 없을 줄은 쉽게 예상할 수 없었다.

'……부럽네요.'

조금 전에 중얼거린 말은, 어떤 심정으로 자아낸 것일까.

"마히루."

부른 적이 없는 이름을, 자연스럽게 입에 올리고 있었다.

캐러멜색 눈이 몇 번 깜박였다.

불의의 기습을 당했기 때문인지 어딘가 멍한 듯한, 평소의 태도와 표정에는 감춰져 있던 어떤 종류의 어린아이 같은 모습이 겉으로 드러났다. 어리둥절한 표정을 짓고 있다는 표현이 딱 맞을 것이다.

"이름 정도야 누구라도 불러 줄 수 있잖아."

"……그것도 그러네요."

무뚝뚝하게 한마디를 더하자, 뒤늦게 슬쩍 웃음을 지었다.

아주 약간 안도한 듯이 웃는 걸 보고 가슴이 울렁거렸다.

"……아마네 군."

작은 목소리로 자신의 이름을 부르자, 가슴의 울렁거림이 한층 더 커졌다.

아까는 어머니와의 대화에서만 썼기 때문인지 그다지 마음에 와닿지 않았지만…… 이렇게 자신의 얼굴을 보는 상태에서 부르니까 얼굴이 화끈거리고 가슴속에서 답답한 뭔가가 소용돌이쳤다.

"밖에선 부르지 말아 주세요."

"……그런 건 알고 있어. 너야말로 밖에서 말실수하지 마."

"알고 있어요. 비밀, 이니까요."

희미하게 웃는 마히루를 직시할 수가 없어서.

아마네는 "그래."라고만 무뚝뚝하게 대답하고는 자세를 바꾸는 척 그 미소로부터 도망치듯 고개를 돌렸다.

토요일에 있었던 어머니의 습격 때문에, 아마네와 마히루가 서로를 부르는 호칭이 바뀌었다. 그걸 제외하면 딱히 바뀐 것은 없었다.

급격하게 사이가 좋아진 것도 아니었다. 단지, 호칭이 약간 편하게 바뀌었고, 마히루의 태도가 어느 정도 부드러워진 게 다라고 할까.

"……저기, 아마네 군."

일요일 저녁, 평소보다 빨리 찾아 온 마히루는 미묘하게 어색하다고 할까 난감하게 보이는 표정이었다.

집 안으로 들인 건 좋았지만, 이해가 잘 안 되는 태도에 아마네는 곤혹스러워하고 있었다.

이름을 부르는 것에 저항감이 드나 싶었지만, 이름을 부를 때는 주저 없이 불렀기 때문에 뭔가 다른 문제가 있는 것 같았다.

일단 소파에 앉아서 마히루의 상태를 살피고 있으려니, 스커트 주머니에서 손수건을 꺼냈다.

갑자기 뭔가 싶어서 바라보니, 정성껏 끝을 맞춰서 접은 손수건을 펼쳐서 그 안에 싸여 있던 걸 꺼냈다. 열쇠가 둔탁한 빛을 반사했다.

낯이 익은 것은 불과 며칠 전에 마히루에게 건네주고 그대로 넘어갔던 물건이라서겠지.

"열쇠 돌려줄게요. 결국 그때 나가질 못했으니까요. 그, 잊어버리는 바람에 돌려주질 못해서…… 미안해요."

"아하."

보아하니 그대로 열쇠를 가지고 돌아간 것 때문에 마음이 불편했던 모양이다.

마히루가 왜 묘한 반응을 보였는지를 이해한 아마네는 손수건 위에 놓여 있는 열쇠를 바라봤다.

잘 생각해 보면 마히루는 거의 매일 이 집에서 저녁 식사를 만들고 있었다. 그때마다 아마네가 현관으로 나가서 맞이하고 있지만, 잠시 다른 곳을 들르느라 집에 없다거나 조금 기다리게 만드는 경우가 있었다.

지금 같은 계절에 현관 앞에서 서서 기다리면, 여자에게는 힘들지 않을까.

여자는 몸이 차가워지면 건강에 나쁘다고 들었고, 아마네도 한동안 멍하니 서서 기다리게 하는 것은 달갑지 않다.

거의 매일 여기 오고 있으니까, 마히루가 열쇠를 가지고 있는 게 더 편하지 않을까.

"그냥 그대로 갖고 있어도 괜찮은데."

"네?"

"나중에 이런 관계가 끝나고 필요 없어졌을 때 돌려주면 돼."

뭐, 말하자면 열쇠를 주었으니 한동안은 신세를 지겠다는 뜻이 되겠지만. 마히루는 열쇠를 받지 않는 아마네를 불안한 표정으로 바라보았다.

"하, 하지만……."

"뭐, 일일이 현관으로 마중 나가는 것도 귀찮거든."

"진심이 다 드러나고 있거든요."

"너라면 악용하진 않을 거잖아."

"그건 그렇지만……."

한 달 넘게 먹을 걸 나눠주거나 여기서 식사를 만들어 주고 있다. 마히루의 인품은 어느 정도 이해했다고 생각한다.

마히루는 상식적이고 양식적이며, 나쁜 짓은 하지 못하는 성격이었다.

이 열쇠를 얻는다고 해서, 누군가에게 준다거나 아마네가 없을 때 무슨 짓을 하는 일은 거의 없으리라. 믿어도 되는 상대다.

"너도 매번 인터폰을 누르면서 기다리는 건 귀찮을 거 아냐."

"그렇다고 해도, 당신에겐 경계심이란 것이 좀 부족한 것 같아요."

"널 믿고 맡기려는 건데."

그 한마디에 눈을 동그랗게 뜬 마히루는 뭐라고도 말할 수 없는 표정으로 눈썹 끝을 늘어트렸다.

당혹감과, 그 외에 잘 알 수 없는 뭔가가 표정에 드러나고 있었다.

뭐, 아마네는 귀찮음을 덜기 위해서 넘겨주는 거지만, 마히루가 싫은 내색을 보인다면 순순히 거둬들일 생각이었다.

마히루는 한동안 아마네와 열쇠를 번갈아서 지그시 바라보다가── 슬쩍, 한숨을 쉬었다.

"……알았어요. 잠시 빌릴게요."

"응."

"아마네 군은 대범한 건지 무심한 건지 모르겠네요."

어이없다는 듯 한숨을 쉬고, 아주 약간 가시가 돋친 목소리로 그렇게 아픈 곳을 찌르는 마히루. 아마네는 쓴웃음을 지을 수밖에 없었다.

"그게 나답잖아?"

"그런 소리는 자기 입으로 하는 게 아니에요."

무뚝뚝한 목소리로 매섭게 주의를 받자, 아마네의 미소는 한층 더 진해졌다.

이런 시시한 농담을 주고받을 수 있을 정도로 아마네에게 익숙해진 것 같았다.

애초에 서로 이름으로 부르는 것도 허용했으니 익숙해지지 않았으면 이상하지만.

'어쩔 수 없는 사람이네요.' 라는 듯 어이가 없다는 감정이 다분히 담긴 눈으로 보지만, 차갑지 않고 약간의 온기가 담겨 있었다.

아마네의 실없는 말이 농담임을 알고 있을 것이다.

"그럼 사양하지 않고 사용하겠지만, 집에 변화가 생겨도 전 모르니까 그렇게 아세요."

"무슨 변화?"

"……어느새 청소가 되어 있어서 놀랄 수도 있겠죠."

"그건 고마운 일인데."

"냉장고에 만들어 둔 반찬을 잔뜩 넣어서 냉장고를 압박할 수도 있어요."

"아침 식사가 행복해지고 저녁 식사 메뉴가 늘어나겠군."

너무 평화로운, 아니 너무 고마운 장난이라서 아마네는 오히려 환영하고 싶지만, 마히루는 너무 부드럽게 받아넘기는 것이 미묘하게 불만인 것 같았다.

협박도 안 되는 말로만 윽박지를 수밖에 없는 마히루의 착한 성품이 여실히 드러나고 있는지라, 저절로 미소가 지어졌다.

"왠지 절 바보 취급하는 것 같은데요?"

"아닌데."

역시 웃다간 토라질 것 같아서, 그것도 좀 보고 싶지만 아마네는 미소를 거두고 마히루를 지켜봤다.

제11화 천사님에게 주는 상

학생 이름을 나열한 종이가 복도 벽에 붙은 것을 보고, 아마네는 "뭐, 이 정도인가."라고 중얼거렸다.

지난주에 있었던 시험 등수가 발표되었기 때문에, 아마네는 동급생들과 마찬가지로 보러 온 것이다.

결과를 언급하자면 뭐, 평소대로 21등. 의외로 좋은 성적이지만 그다지 눈에 띄지 않는 위치에 있었다. 시험을 치고 나서 느낀 바로는 지금까지와 다르지 않았기 때문에, 예상했던 등수에 있는 걸 보고 약간은 안도했다.

참고로, 마히루도 평소와 다름없이 1등에 군림하고 있었다.

정말로 재능이 뛰어난 여자지만, 노력을 게을리하지 않는다는 것도 잘 알고 있는지라 역시 대단하다고 말할 수밖에 없었다.

저녁 식사 후에 공부하는 모습을 자주 봤다.

원래 머리가 좋은 것도 있겠지만, 본인의 부단한 노력이 마히루를 1등 자리에 있게끔 하는 것이다.

"시이나는 또 1등이네……."

"역시 천사님이야. 다른 사람들이랑 머리가 다르다니까."

수군거리는 소리들 중에서 그런 목소리가 들려오는지라, 아마네는 입술을 일자로 굳게 다물었다.

"……왜 그래, 아마네. 그런 표정을 다 짓고. 결과 안 좋았어?"

같이 온 이츠키가 아마네를 살펴보면서 의아해했다.

참고로 50등까지만 실리기 때문에, 이츠키는 자신의 성적을 보러 온 게 아니라 어디까지나 아마네를 따라온 것이었다.

"아무것도 아냐. 21등이었어."

"오오, 이번 성적은 저번보다 올라갔네."

"약간은. 오차 범위 수준이야."

"오오, 똑똑한 사람은 하는 말도 다르구나."

웃으면서 일부러 비꼬듯 말하는 이츠키. "그래, 그래."라고 가볍게 받아넘긴 후에 한 번 더 등수표를 봤다.

정말이지 용케도 노력한다는 생각이 들었다.

본인은 별로 드러내고 싶어 하지 않지만, 숨은 곳에서 노력하는 마히루. 당연하다는 듯 이런 결과를 냈지만 상당히 노력하고 있었을 것이다.

주변 사람들은 대단하다고 칭찬하긴 해도, 그 노력을 모르기 때문에 노고를 치하하지는 않았다.

그러면 마히루도 정말 답답하지 않을까.

"적어도 나만큼은……."

"응? 뭐라고 했어?"

"딱히 아무 말도 안 했어. 자, 교실로 돌아가자고."

"알았어."

“어라, 아마네 군, 이건 뭔가요?”

마히루가 교복을 갈아입고서 슈퍼에서 구입한 식재료를 들고 왔다. 아무래도 식재료를 냉장고에 넣으려다가 낯선 흰 상자의 존재를 알아차린 것 같았다.

“응? 아아, 케이크야.”

흰 상자 안에 든 것은 케이크였다. 아마 마히루도 상자의 모양을 보고 대충 감은 잡았겠지만 그래도 확인을 위해 물었으리라. 참고로, 치토세가 종종 SNS에 올리는 인기 제과점에 가서 사 온 것이다.

“……케이크를 좋아했었나요?”

“아니, 딱히. 너에게 주려고 사 온 거야.”

“왜 또……?”

“네가 학년 1등을 했으니까 소소한 축하 정도는 괜찮잖아. 1등 축하해.”

자신에게 주려고 샀다는 말을 듣고 눈을 깜박이는 마히루.

정말로 예상외였던 모양이다.

“1, 1등은 매번 하니까, 그렇게 축하할 일은…….”

“그래도 늘 노력하고 있으니까, 가끔은 이런 식으로 상을 받는 것도 좋지 않겠어? 쇼트 케이크인데, 혹시 싫어해?”

“네? 시, 싫어하진 않는데요…….”

“응, 그럼 잘됐네. 식후에 먹어 줘.”

어안이 벙벙한 분위기가 전해져 왔지만, 아마네는 그대로 대화를 끝내 버렸다.

마히루는 너무 배려하면 오히려 난감해하기 때문에, 깔끔하게 끝내는 게 낫다.

타인은 은근 극진하게 배려하지만, 자신의 일이라면 너무나 금욕적이다. 웬만해선 자신에게 관대하게 구는 것을 허용하지 않는 타입이라고도 생각했다.

누군가가 상을 주거나 수고했다고 말해 주지 않으면, 마히루는 열심히 노력만 하면서 숨을 돌리지 않을 것이다. 기본적으로 누군가에게 기대거나 응석을 부리는 행위를 모르는 게 아닐까. 오랫동안 같이 지낸 건 아니지만, 왠지 모르게 그 성격을 알게 되었기에 늘 신세만 지던 걸 조금이라도 갚을 수 있으면 좋겠다고 생각한 것이다.

주방에서 아직도 굳어 있는 마히루의 모습에 쓴웃음이 나왔다. 아마네는 천천히 숨을 내쉬면서 마히루가 재기동할 때까지 바라보기로 했다.

식후, 살짝 긴장한 표정으로 케이크를 접시에 얹어서 가져온 마히루의 모습을 보고, 아마네는 자신도 모르게 웃음을 터트리고 말았다.

"왜, 왜 웃는 건가요?"

"아니, 아무것도 아니야."

"아무것도 아닌 게 아닌 것 같은데요."

"신경 쓰지 마."

그저 마히루가 묘하게 긴장해서 굳은 게 재미있었기 때문이다.

하지만 너무 지나치게 웃으면 기분이 상할 수도 있고 해서 그

노고를 위로한다는 목적을 이룰 수 없게 될 테니 적당한 선에서 그만두기로 했다.
커피를 같이 가져와서 케이크와 함께 테이블 위에 놓은 마히루가 소파에 앉았다.
이때도 미묘하게 움직임이 딱딱했기 때문에 웃을 뻔했지만, 옆에 있는지라 역시 참기로 했다.
마히루가 아직도 눈치를 보는 듯한 표정으로 아마네를 힐끗 쳐다봤다.
“응, 축하해.”
“고마워요. 하지만…….”
“됐으니까 솔직히 받아들여. 노력한 건 사실이잖아.”
“그렇긴, 하지만요.”
“자, 어서 먹어. 때로는 너도 너 자신에게 좀 관대하게 베풀고 살라고.”
덧붙여서 “이미 사 온 것이고 너한테 준 거니까.”라고 말하자, 마히루는 여전히 조금 미안해하면서도 살짝 고개를 끄덕이고는 케이크가 놓인 접시와 포크를 집었다.
“감사히 먹을게요.”
“응.”
손을 가볍게 젓고 있으려니, 마히루는 왠지 신중한 손놀림으로 케이크를 포크로 한입 크기만큼 덜어서 입으로 옮겼다.
여자는 단것이나 과자의 맛을 세심하게 따진다는 이미지가 있지만, 치토세도 자주 먹는 가게에서 파는 것이라면 문제없겠지.

그 증거로, 입에 넣은 마히루가 눈을 약간 동그랗게 떴고, 그 후에 희미하게 입가에 미소를 지었다.

그다지 표정이 바뀌는 일이 없는 마히루였지만, 최근에는 조금씩 알아보기 쉽게 희로애락을 표현하게 되었다.

천천히 먹으면서 부드럽게 미소 짓는 그 모습은, 먹고 있는 것만으로 한 폭의 그림이었다.

"……? 왜 그러죠?"

"아냐, 아무것도."

자기도 모르게 응시하고 말았는데, 마히루도 그걸 알아차렸는지 이상하다는 표정으로 고개를 갸웃거렸다.

평소보다 조금 더 어리게 느껴지는 표정에 아마네는 조금 전까지 바라보고 있던 시선을 이리저리 돌리고 말았다.

그러자 이번엔 아마네를 빤히 바라보던 마히루가 문득 뭔가 떠오른 듯 포크를 이용해 케이크를 한입 크기로 덜어 내더니, 아마네 쪽으로 내밀었다.

말하자면 '아앙~'을 하는 모습이다.

"어, 아, 아니, 먹고 싶어서 봤던 게 아니고, 그러니까……."

"이게 아닌가요?"

"아니…… 뭐, 그…… 주겠다면 먹겠지만."

아무래도 이런 상황은 상상하지 않았기 때문에 확연하게 당황한 모습을 보인 끝에, 그만 덥석 받아들이고 말았다.

이 나이가 되어서, 그것도 여자에게, 더군다나 엄청난 미소녀가 먹여 주는 걸 받아먹다니. 어떤 의미에선 행운일지도 모르지만── 솔직하게 기뻐할 수 있을 정도로 아마네는 부끄러움을 버리지 못했다.

"원래 아마네 군이 사 온 거니까, 아마네 군도 먹을 권리가 있어요."

그렇게 제안한 마히루는 정작 전혀 의식하지 않는 듯, 평소의 표정대로 아마네의 입 근처에 케이크를 내밀고 있었다.

일반적인 기준으론 이성에게 '아앙~' 을 한다면 의식할 법도 할 텐데, 마히루를 봐도 왜 그러냐는 표정을 지을 뿐이었다.

순수한 호의에 따른 '아앙~' 을 거절할 수도 없어서, 아마네는 마음을 단단히 먹고 케이크를 입에 물었다.

입속으로 퍼지는 것은 너무나 달달한 맛이었다.

"……달아."

"그야 케이크니까요."

딱 봐도 그것 때문만은 아니지만 마히루는 알아차리지 못할 것이다.

우물우물. 씹어 봐도 아무튼 달았다. 정신 상태의 영향이 상당히 컸다.

"……아무렇지도 않게 생각하는 것 같네."

이쪽은 이렇게도 달달함과 부끄러움과 근질거리는 기분을 느끼고 있는데, 마히루는 전혀 아무렇지도 않은 것 같았다.

그게 은근히 분해서, 아마네는 "잠깐 좀 줘 봐." 라고 말하며 마히루의 손에서 포크를 뺏은 뒤에 마찬가지로 케이크를 내밀었다.

당했으면 갚아 줘야 할 것이다.

"응."

"……저기."

"먹어."

조금 강한 투로 말했기 때문인지, 마히루의 곤혹스러운 표정이 더 강해졌다.

하지만 자신도 방금 한 행동이라 거절하진 못했고, 아마네와 마찬가지로 먹이를 받아먹는 아기 새처럼 조심스럽게 입에 물었다.

오물오물. 입이 음미하듯이 움직였다.

빤히 보고 있자 마히루의 반응이 점점 변하기 시작했다.

처음에는 곤혹스러워하는 감정이 컸지만, 입을 움직일 때마다 미묘하게 볼이 붉어지고 있었다.

케이크를 다 먹었을 즈음엔 부끄러운 감정을 숨기지 못하고 완전히 드러낸 마히루가 완성되어 있었다.

여자라면 누구나 탐낼 주름 하나 없는 유백색 볼은 사과처럼 붉어졌고, 눈은 부끄러움으로 약간 물기를 띠면서 흔들리고 있었다.

"자, 감상은 어때?"

"마, 맛있어요……."

"그런 뜻이 아니야. 그렇게 받아먹어 보니 기분이 어때?"

지금이라면 조금 전 자신의 기분을 잘 이해할 수 있을 거라고 생각하여 물어보자, 눈을 숙이면서 희미하게 몸을 떨었다.

"……너무 어색하고 민망해요."

"그렇겠지. 이런 행동은 사람에 따라선 그 의도를 착각할 수도 있어. 하려면 같은 여자한테 하라고."

내 기분을 알았느냐는 투로 고개를 휙 돌린 아마네에게 마히루는 기어들어 가는 목소리로 "네."라고 대꾸했다.

안전한 인간이라고 인식했었기에 그렇게 행동한 것이겠지.

의식하지 않고 그런 짓을 저지른 마히루의 행동에는 곤혹스러웠지만, 뭐 기분이 나쁜 것도 아니므로 그다지 나무랄 것도 아니다.

그저 여전히 입안에 남아 있는 맛이 달았을 뿐이다.

'방심한 모습을 보여주는 것도 난감하네.'

자신을 믿어 주는 건 기뻐도, 그런 식으로 자각 없이 무방비한 모습을 보여 주는 건 참기가 힘들다.

그렇게 결론을 내린 아마네는, 옆에서 약간 부끄러운 표정으로 몸을 움츠리고 있는 마히루를 보고 작게 한숨을 쉬었다.

제12화 천사님이 지도하는 요리 교실

평일 점심 끼니는 학교 식당에서 어떻게든 해결할 수 있지만, 휴일만큼은 그렇게 되지 않았다. 서로 각자 볼일이 있을 때도 있으니 점심까지 같이 먹는 것은 무리이며, 애초에 그런 생각 자체가 너무 주제넘은 짓이다.

저녁 식사를 일부러 만들어 주고 있으니까, 최소한 휴일 점심쯤은 자신이 준비해야겠지.

하지만 편의점을 너무 자주 이용하면 마히루에게 "밸런스를 제대로 맞춰서 먹으세요."라고 따끔하게 지적당할 테고, 외식은 비용이 커지니까 매번 밖에서 먹는 것도 마음에 걸린다.

그러므로 휴일 점심이 가장 곤란했다.

"……요리를 해야 하려나."

어딘가에 갈 일이 있는 것도 아니라서 집에 있었지만, 정오를 한 시간 정도 남긴 시점에서 오늘 점심을 어떻게 해결할 것인지 고민하기 시작했다.

마히루라면 아무런 망설임 없이 스스로 음식을 만들어서 이 문제를 해결하겠지만, 아마네는 그렇게 할 수 없었다.

아마네가 딱히 요리를 끔찍하게 못하는 것도 아니었다.

만화에서 자주 나오는 암흑 물질을 만들어 내거나 하진 않는다. 겉보기와 맛을 희생해도 된다면 먹을 수 있는 걸 만들 수 있었다. 요리가 아니라 요리 비슷한 무언가에 가깝지만, 그래도 먹는 데는 지장이 없었다.

하지만 마히루가 만들어 주는 극상의 요리에 익숙해져 있는 지금, 자신의 요리를 다 먹을 수 있을지가 의심스러웠다. 자진해서 맛있지도 않은 요리를 먹고 싶어 하는 인간은 없을 것이다.

'……아, 정말 마히루 때문에 완전히 타락하고 말았네.'

완전히 마히루가 만들어 주는 요리의 포로가 되어 버렸다.

하지만 또 외식을 하는 것은 내키지 않았다. 편의점 도시락도 질리기 시작했다.

마히루에게 완전히 의지하고 있으니 직접 요리할 의미를 찾지 못했지만, 역시 슬슬 도전해 보는 것이 좋지 않을까.

마히루가 언제까지나 곁에 있어 주진 않을 것이다. 지금은 이 관계가 정착되어 있지만, 앞으로 2년 남은 고등학교 생활에 무슨 일이 생기면서 관계가 끝날 수도 있고, 애초에 대학에 가면 헤어지게 될 것이다. 지금까지의 관계를 계속 유지하는 것은 무리겠지.

'이참에 조금은 노력해 봐야겠지.'

앞날을 생각해서 어느 정도는 노력해 보자는 마음을 먹은 아마네는 소파에서 일어나 지갑을 쥐었다.

"어라, 슈퍼에 다녀왔나요?"

타이밍이 좋은 건지 나쁜 건지, 슈퍼에서 돌아오던 중 맨션의 공동 현관에서 마히루와 딱 마주쳤다.

마히루도 외출했었는지, 동네 문구점의 봉지를 들고 있었다.

숨길 필요도 없기에 "응." 하고 대답하면서 슈퍼의 봉지를 기울여서 보여주자, 마히루는 이상하다는 표정을 지었다.

"어라, 어제 장 본 것만 해도 양은 충분하지 않았나요? 메모에 적어 준 대로 잘 사 왔던 걸로 기억하는데……."

"아, 아니, 그게 아니라…… 그, 점심 정도는 직접 만들어 볼까 하는 생각이 들어서……."

"……아마네 군이?"

일단 설명은 했지만, 마히루는 미심쩍은 눈으로 돌아봤다.

당연할 것이다. 마히루만 의존하고 있고, 이전에는 반찬 가게에서 파는 반찬과 편의점 도시락에 의존한 아마네가 직접 요리를 해 보겠다고 말했으니 도저히 믿기지 않을 것이다.

"아마네 군을 위해서 하는 말이지만 그만두는 게 무난할 것 같은데요. 화상을 입거나 손을 베지 않을까요?"

"……딱히 못 하는 건 아닌데?"

"부상의 유무는 그렇다 치고, 맛과 외견이 엉망인 걸 전제하면 만들 수 있다는 뜻이겠죠?"

정확히 지적한 마히루에게 찍소리도 할 수 없었다.

자신도 딱 그렇게 생각하고 있었기 때문에 반론할 수가 없었다.

"하겠다면 말리진 않겠지만, 어설프게 이상을 알고 있는 만큼 현실과의 격차를 깨닫게 될 거라고 생각하는데요."

"……지당하신 말씀입니다."

이상, 이라는 것은 마히루의 요리를 말하는 것이겠지. 마히루는 자신의 실력에 의외로 자신을 갖고 있으며, 매일 맛있다고 말하면서 먹고 있는 아마네가 마히루의 요리를 좋아하는 것도 알고 있었다.

"하지만 말이지. 그 뭐냐. 네가 늘 영양을 생각하라는 말을 하는 데다, 만약 앞으로 대학을 가게 되면서 정말로 혼자 생활하게 되면 너에게 의지할 수 없잖아."

마히루에게 너무 의존하다간, 마히루가 없어졌을 때의 충격이 너무 커질 것이다. 안 그래도 마히루 때문에 인간적으로 타락하고 있으니까 최소한의 일 정도는 할 수 있게 되고 싶다.

아마네의 말을 듣고 마히루는 눈을 동그랗게 떴으며, 그런 뒤에 약간 감탄한 것처럼 숨을 내쉬었다.

"……장래를 내다보고 행동하는 것은 좋지만, 그렇다면 더욱 더 저에게 의지해야 하지 않나요?"

"뭐?"

"감독이 없는 상태에서 무슨 일을 저지르는 것보다는 감독하여 사고를 방지하는 것이 훨씬 나아요. 아마네 군, 주방을 엉망진창으로 만들지 않을 자신이 있나요?"

"……없습니다."

요리를 못하는 인간은 애초에 주방을 깔끔히 이용하지 못한다는 게 정설이며 실제로 그렇다고 생각한다. 아마네도 자신이 주방을 쓰면 엉망진창이 될 것이란 생각이 들었기 때문에 역시 부

정할 수 없었다,

아마네가 조심스럽게 고개를 끄덕이자 "그렇겠죠."라는 담담한 목소리가 돌아왔다. 마히루가 한숨을 쉬었다.

"그러니까 제가 있는 게 나을 거예요."

"부탁을 드려도 될까요."

"싫다면 제안을 하지 않았어요."

약간 새침한 목소리로 대꾸했지만, 아마네를 생각해서 말해주는 것이므로 전혀 불편하지 않았다.

머리를 숙이자 "딱히 그렇게 송구스럽게 반응하지 않아도 괜찮아요."라고 허둥지둥 대답해서 희미하게 웃고, 마히루와 함께 엘리베이터를 타고 자신의 집이 있는 층으로 향했다.

"……하나 묻겠는데, 앞치마는 있나요?"

"그건 확실히 있어. 조리 실습 때 쓰려고 샀으니까."

"사용했나요?"

"그다지 의미가 없었지. 계량이랑 설거지만 했으니까."

"그렇겠죠."

예상했던 바라는 듯 한숨을 쉰 마히루와 함께 아마네의 집에 들어갔다. 마히루의 앞치마는 여기에 놓여 있었다. 자신의 집에도 있다고 하니, 늘 보고 있는 앞치마는 아마네 집 전용인 것 같았다.

앞치마를 걸치고 늘 그랬듯이 머리를 하나로 묶은 마히루는, 아마네가 옷장 안쪽에서 꺼내 온 짙은 갈색 앞치마를 입은 모습을 보고 눈을 가늘게 떴다.

"뭐랄까, 아마네 군은 평소에 착용하질 않아서 그런지, 오히려 앞치마가 아마네 군을 입은 것 같은 느낌이 드네요."

"시끄러워. 그것참 미안하네."

"뭐, 어쩔 수 없죠. ……그건 그렇고, 메뉴는 정해 놓은 것 같네요. 사 온 재료를 보면."

선반에 놓아 둔, 재료가 담긴 봉지를 본 마히루의 말에 아마네가 고개를 끄덕였다.

"채소 볶음이랑 오믈렛."

"……제가 주의를 줬기 때문에 채소를 섭취하려고 했고 달걀을 좋아하니까 오믈렛으로 선택한 거군요."

"용케 아셨습니다."

"조금만 생각해 보면 알 수 있는 거예요. 채소 볶음은 어떤 맛으로 하려고요?"

"그게, 불고기 소스를 뿌리려고 하는데."

"남자답게 호쾌한 양념을 할 생각이로군요……. 맛있다는 건 이해가 되지만……."

"조리하려는 마음을 먹은 것만 해도 그나마 어디야."

불고기 소스가 없다면 소금과 후추, 간장으로 어떻게든 할 생각이었기 때문에, 불고기 소스가 있어서 진심으로 다행이었다.

사용할 수 있는 거라면 뭐든 사용할 생각이었으므로 고기용 소스에게 감사하면서, 마히루를 따라 손을 씻었다.

그러는 동안 마히루는 아마네가 조리하기 편하게 기구를 준비하거나 재료를 쓰기 쉽게 배치하고 있었다. 그런 손놀림도 능숙하니 역시 대단하다고 말할 수밖에 없었다.

"채소 볶음은 고르게 익을 수 있도록 채소를 자르고 볶기만 하면 되니까 말이죠. ……채소 써는 방법은 아나요?"

"날 바보 취급하는 거야?"

아무리 그래도 그 정도는 알고 있다. 잘하지 못할 뿐이지, 부엌칼 정도는 다룰 줄 안다.

힘 있게 단언한 후 마히루가 지켜보는 가운데 양배추를 썰었지만…… 그게 큰 허세였다는 걸 이해한 것은 부엌칼로 손가락을 벤 뒤였다.

마히루는 조언해 주거나 시범을 보여주긴 했지만, 본인의 자주성에 맡기는 형식으로 지도하면서 지켜보고 있었다. 위험하다 싶을 때는 손을 가볍게 얹듯이 쥐면서 수정해 주었는데, 조금씩 익숙해지면서 그 보조에서 벗어났을 때 결국 사고를 친 것이다.

"……아야."

그렇게 중얼거리면서 손가락을 보니, 아주 조금이긴 하지만 부엌칼에 베여서 피가 나오고 있었다.

일단 물로 씻었지만, 역시 따끔거리면서 아프긴 했다.

"……왠지 이렇게 될 것 같긴 했어요. 자, 손을 이리 주세요."

앞치마 주머니에서 반창고를 꺼내어 익숙한 손길로 감아 주는 마히루를 보고, 고마움과 감탄을 반반 느꼈다.

"준비가 철저하구나."

"요리가 서툰 사람은 다치지 않는 게 더 드문 일이니까요."

"신뢰받지 못하고 있네."

뭐, 시작하자마자 손가락을 베였으니까 신뢰를 받을 리가 없으려나. 스스로도 그런 생각이 들었기 때문에 웃음이 나왔다.

"하지만 뭐, 아마네 군이 노력하려고 했다는 건 인정하겠어요. 장해요."

"그거 고맙네."

"뭐, 그 전에 절 불러 주길 바랐지만 말이죠."

"아무리 그래도 휴일에까지 요리를 만들도록 시키는 건 미안하니까."

"만들려는 노력은 인정하겠지만, 무슨 사고를 내고 대처하기 난감한 상태에서 결국 저를 부르느니 처음부터 부르는 게 더 나아요."

"네."

이번에는 가볍게 다치는 수준으로 끝나서 다행이지만, 주방에서 대참사가 일어나거나 전자제품을 이상하게 다루는 바람에 가동하지 않게 될 경우 아마네로선 대처할 방법이 없었다.

마히루가 하는 말이 지극히 타당했기 때문에 아무런 반론도 할 수가 없다.

"……튀김 같은 건 절대로 시도하지 말아요. 화재가 날 것 같으니까요."

"튀김을 만들 수 있을 정도로 레벨이 높진 않아."

"튀김은 그렇게 어려운 게 아닌데…… 그러고도 용케 혼자서 살 수 있었군요."

"죄송합니다."

대놓고 "어차피 저는 편의점이 없으면 살지 못하거든요." 하고 토라진 투로 대꾸했더니 마히루는 살짝 당황한 표정으로 아마네를 보기 시작했다.

딱히 풀이 죽은 것도 화가 난 것도 아니니까 걱정하지 않아도 되지만, 그래도 조금 마음에 걸렸는지 마히루가 시선을 아래로 숙였다.

"……그, 아마네 군에게 튀김을 시키는 건 무서우니까, 만약 튀김 요리가 먹고 싶어지면 미리 말해 주세요."

"그럼 내일은 돈가스를 먹고 싶어."

바로 기분을 푼 것처럼 밝은 목소리로 말해 주자, 마히루는 안도한 듯이 살짝 한숨을 쉬었다.

"같이 곁들일 양배추도 많이 먹어야 해요. 그리고 채소를 많이 넣은 된장국도 같이 만들 거예요."

"그래, 알았어. ……고마워."

"뭐가 말인가요?"

"그냥 여러모로."

평소에도 마히루에겐 늘 신세를 지고 있는 데다, 마히루 본인도 나름대로 걱정이 되어서 이런저런 말을 해 주는 것이다. 아마네도 가끔씩은 밉살스러운 말을 하면서도 일단 고마워하고는 있었다. 마히루가 없었다면 아마네의 건강한 학교생활은 성립하지 않았을 것이다.

왠지 낯간지러운 느낌이 들어서 정말로 작게 "도움을 많이 받았어." 라고 덧붙이면서, 아마네는 다시 채소 쪽으로 돌아섰다.

"잘 먹겠습니다."

"그래."

채소들과 씨름하길 약 한 시간, 식탁에는 꼴사납게 잘린 채소를 볶은 것과 모양이 예쁜 오믈렛……과 스크램블 에그가 놓여 있었다.

당연히 모양이 예쁜 오믈렛은 마히루가 시범을 보여주려고 만든 것이다. 오믈렛 비슷한 것, 아니 스크램블 에그는 아마네가 만들었다.

참고로 아마네의 오믈렛(가칭)은 맛을 본다는 명목으로 마히루 앞에 놓였다. 아마네에겐 모범적인 견본이라고 할 수 있는 예쁜 모양 오믈렛이 준비되어 있었다.

손을 맞대서 식재료에 감사 인사를 한 뒤에 먹기 시작하자, 마히루는 엉망이 된 달걀을 젓가락으로 집어서 입으로 옮겼다.

"……아무런 맛도 없는 스크램블 에그로군요. 소금과 후추를 빼먹었죠?"

"잊어먹었어. 그리고 오믈렛을 만들려고 했던 거야."

"너무 휘저었네요. 으깨질 정도로 젓가락으로 저어서 어쩌자는 거냐고 주의를 주었는데 말이죠."

"죄송합니다."

간을 잊은 건 아마네가 달걀을 젓는 동안 마히루가 오믈렛을 만들고 있느라 지시를 하지 못했기 때문이다. 그 외에는 빠짐없이 지시를 내려 주었다. 맛도 모양도 엉망이 된 것은 명백하게 아마네의 실수였다.

참고로 마히루가 직접 만든 오믈렛은 촉촉하고 부드러웠으며 아주 맛있었기 때문에, 실력의 차이를 실감할 수 있었다.

"……하지만 아마네 군치고는 노력했다고 생각해요. 만들려고 하는 마음을 먹은 게 중요하니까요. 그래도 아직 제가 보지 않는 곳에서 요리를 하게 놔뒀다간 뒷정리가 힘들 것 같으니까 차근차근 연습해 나가면 좋겠네요."

"……그러면 너에게 계속 의존하게 되잖아."

"이제 와서 무슨 소릴 하는 건가요."

"윽."

"뭐, 농담……은 아니지만, 저는 제가 만든 요리를 먹어 주는 걸 좋아하고, 요리를 가르치는 것도 싫지 않으니까 괜찮아요."

"……고마워, 늘."

마히루의 호의 덕분에 지금에 이르게 되었으니, 정말로 머리를 들 수가 없다.

하지만 계속 숙이고만 있어 봤자 마히루가 좋게 생각하지 않으므로 잠시 후에 고개를 들고 마히루의 표정을 살펴봤다.

마히루는 무슨 이유인지 약간 쓸쓸한 표정을 짓고 있었다.

"만약 아마네 군이 멀쩡하게 요리를 할 수 있게 되면, 전 쓸모가 없어지는 걸까요."

아마네가 요리를 할 수 있게 되면, 마히루는 아마네에게 식사를 만들어 줄 필요가 없어진다.

그걸 느끼면서, 아마네는 고개를 저었다.

"아니, 그건 그러니까…… 아직은 마히루의 요리를 먹고 싶다고 할까……. 마히루의 요리가 가장 맛있으니까, 가능하면 계속 더 먹고 싶다고 할까. 이런 말을 하는 건 한심하고 미안하지만 말이지."

받아먹는 처지면서 뻔뻔한 소리를 다 하는 건 자각하고 있지만, 역시 자신의 요리보다 마히루의 요리를 계속 먹고 싶었다.

마히루의 요리에 완전히 중독되었다고 할 수 있는 아마네로선, 그게 사라지면 의외로 정신적 생사가 걸린 문제가 된다.

애원하듯 조심스럽게 부탁하자, 마히루는 눈을 동그랗게 뜨더니 살짝 웃었다.

희미하게 떠오른 쓸쓸함은 사라지고 없었다.

"후후. 어쩔 수 없는 사람이군요. 당분간은 그만둘 생각이 없으니까 안심해도 돼요."

"……땡큐."

희미하게 보이던 불안의 빛이 사라진 것에 안도하면서 한 번 더 고맙다는 인사를 하자, 마히루의 미소가 계속 이어졌다.

"가끔은 절 돕게 할까요. 필러로 껍질을 벗긴다거나 계량 같은 걸로 말이죠."

"어린아이가 도울 때 하는 일 같은데."

"아마네 군은 그 수준에서 시작해야 하거든요?"

실제로 어린아이 수준의 실력이기 때문에 부정하지 못하고 입을 다문 아마네를 보고, 마히루는 또 우습다는 듯이 웃었다.

제13화 다 함께 크리스마스

"저기, 아마네, 너희 집에서 크리스마스 파티를 하면 안 돼?"

"안 돼."

갑작스러운 제안을 단호하게 거절하자, 치토세의 볼이 알기 쉽게 부풀어 올랐다.

얼마 남지 않은 크리스마스 이브…… 가족과 떨어져 지내는 데다 혼자 사는 아마네에겐 딱히 인연이 없는 이벤트이긴 했다. 하지만 치토세와 이츠키는 아마네와 함께 보내고 싶었는지 그런 말을 꺼냈다.

일부러 점심시간에 이렇게 아마네와 이츠키의 교실로 쳐들어와 그런 제안을 한 치토세는 아마네의 빠른 대답을 듣고 볼을 부풀리고 있었다.

"뭐, 어때. 아마네는 어차피 혼자…… 아, 혹시 여친이랑?"

"사귀지도 못했고 있지도 않아."

"그럼 괜찮잖아. 그게 아니면 싫어서 그래?"

"뭐, 아마네가 싫다면 우리는 딱히 상관없지만 말이지."

두 사람도 나름대로 친구를 배려한 것이리라.

그리고 느긋하고 편안하게 닭살 행각을 벌일 장소를 찾는다는 이유도 있겠지만.

그렇게 미안한 표정을 지으면 마음이 편하지 않은 데다, 싫은 것은 아니다.

내키지 않는 건 사적인 장소에서 두 사람이 터무니없이 격렬하게 스킨십하는 걸 보기가 낯부끄러운 것과 마히루에게 여러모로 설명해야 하는 고생 때문이다.

엄격히 말하자면 먼저 마히루에게 그들이 돌아갈 때까지 자기 집으로 오지 않도록 당부해 놓고, 마히루가 평소에 남긴 흔적을 지워놓으면 되긴 했다.

"싫은 건 아니지만 말이지⋯⋯ 알았어, 알았어. 24일 말이지? 어차피 밤이 되기 전에는 해산할 테고, 그런 뒤에 너희끼리 사이좋게 열기를 식힌 뒤에 돌아가. 미리 말해 두겠는데, 절대로 우리 집에서 과도하게 러브러브하게 굴진 말라고."

뭐 그렇게까지 거절할 것도 없나 해서 승낙하자 치토세가 씨익 하고 웃었다.

"어쩔 수 없지. 그렇게 타협해 줄게."

"네가 뭔데."

살짝 건방진 말에 인정사정없이 볼을 꼬집었더니 "아흐하아. 이꾸운, 아마네가 날 괴로혀."라고 약간 꼬인 말로 도움을 청하고 있었다.

"야, 아마네, 치이를 괴롭히지 마. 볼을 꼬집어도 되는 사람은 나뿐이라고."

"그래, 그래, 날 대신해서 단단히 꼬집어 줘."

"내게 맡겨."

"잇군이 맡으면 안 되는데—!"

이것도 애정 행각을 벌이는 구실이 되겠다고 생각하며 이츠키에게 꼬집던 볼을 양보하자, 예상대로 두 사람은 볼을 이리저리 꼬집으면서 장난을 쳤다.

꼬집히고 있는 치토세가 실로 기뻐하는 표정인지라, 아마네는 그만 어깨를 으쓱했다.

"……나 그만 가도 될까?"

원래부터 아마네의 반이라서 가고 자시고 할 게 없었지만, 이쪽이 겸연쩍어지기 전에 그들로부터 조금 거리를 두고 싶었다.

"안 돼. 예정을 제대로 세워야 할 거 아냐. 케이크랑 파티 요리도 준비해야지!"

"나는 만들 줄 몰라."

아마네의 실력으론 크리스마스 요리를 만들지 못한다.

마히루라면 아마 아무렇지도 않게 차릴 수 있겠지만, 도움을 받을 수도 없다.

아마네가 손을 가볍게 저으면서 무리라고 주장하자, 치토세가 무슨 이유에서인지 깊게 응시했다.

"왜?"

"만들 줄도 모르는데, 그렇게 건강해 보이는 게 신기하다 싶어서—."

"딱히 상관없잖아, 그건."

"자, 자, 치이. 아마네에게도 무슨 사정이 있겠지."

"뭐야, 잇군도 알고 싶어 했잖아."

"나한텐 나중에 아마네가 가르쳐 줄 거야."

"안 가르쳐 줘."

멋대로 약속하지 말라고 눈을 부릅뜨고 노려보자, 그것도 의도적인 행동이었던 것처럼 이츠키가 소리 높여 웃었다.

끈질기게 물고 늘어지지 않는 것이 이츠키의 좋은 점이긴 하지만, 우연히 생각이 난 것처럼 대뜸 찌르는 건 좋게 받아들이기 힘든 점이기도 했다.

"나 참. ……뭐, 파티 음식은 배달을 시키면 되지 않겠어? 케이크는 예약 같은 걸 해야 하겠지만 말이지."

아마네가 뭘 숨기고 있는지 추궁하는 건 일단 미룬 듯해서, 아마네도 현실적인 제안을 내놓았다.

당연하지만 케이크를 직접 만들어서 준비하는 것은 무리이며, 식사도 마련할 수 없다. 그렇다면 팔고 있는 걸 준비하는 게 자연스럽겠지.

"아, 그럼 피자가 좋겠어—! 케이크는 내가 늘 사는 가게에서 예약해 놓을게. 아직 접수 중이었으니까!"

"치킨이 아니란 말인가—."

"잇군도 피자를 더 좋아하잖아."

"그렇긴 하지. 역시 치이야, 날 잘 아네."

"에헤헤."

멋대로 피자로 정해지고 말았지만, 아마네도 피자는 싫어하지 않고 파티다운 분위기가 살지 않겠느냐는 생각이 들었다.

이 분위기라면 식사 메뉴는 아마네랑 이츠키가 종종 주문하는 가게의 배달 피자로 결정될 것 같았다.

피자라는 이야기를 듣고 문득 마히루를 떠올렸다.

작은 동물처럼 피자를 오물오물 먹던 마히루. 묘하게 사랑스럽다는 생각이 들고 말았던 것은 평소 기품 있게 먹는 모습만 보았기 때문이리라.

며칠 전에 케이크도 먹었었지. 그런 생각을 하고 있으려니, 자연스럽게 볼이 약간 열기를 띠는 것 같았다.

'그런 짓은 다시 안 할 거야.'

서로에게 먹여 주는 부끄러운 짓은 이제 하지 못할 것이다. 이츠키와 치토세처럼 사이좋은 커플도 아니니까, 그런 기회가 찾아올 리도 없겠지.

"……아마네, 왜 그래?"

"아, 아니, 아무것도 아냐. 그럼 케이크는 너에게 맡길게."

한순간 떠오른 생각에 잠시 멍해져 있는 걸 의아하게 여긴 치토세가 걱정스러운 표정으로 아마네를 들여다보았다. 아마네는 황급히 머릿속으로부터 그 생각을 쫓아낸 다음 평소대로의 표정을 지었다.

"응—! 피자도 예약 잘 부탁해—!"

텐션이 올라간 치토세의 목소리를 들으면서, 아마네는 집에 돌아가면 마히루에게 크리스마스 예정을 묻기로 결심했다.

"크리스마스 예정 말인가요? 딱히 없는데요."

빨래를 마친 뒤에 소파에 앉아 있던 마히루에게 물어보니, 실로 깔끔한 대답이 돌아왔다.

보나마나 여자들끼리 모여서 파티 같은 걸 하리라고 생각했는데, 예정은 없었다고 한다.

의외라는 표정이 얼굴에 드러났는지, 마히루는 아마네를 보고 아주 약간 어이가 없다는 표정을 짓고 있었다.

"기본적으로 저와 친한 동급생 친구들은 대부분 사귀는 남자가 있어요. 남자들의 초대도 거절하고 있으니까, 예정은 결국 빌 수밖에 없죠."

"남자들은 아주 울상이겠군."

밖에서는 마히루의 가드가 아주 단단했다. 어렴풋하게 기대하고 마히루를 초대했던 남자들은 견고한 수비에 막혀 눈물을 삼켰으리라.

아마네는 용케도 그런 권유를 할 수가 있었다는 생각이 들었다. 스스로에게 웬만한 자신감이 없다면 그 천사님을 초대할 수 없을 텐데, 인싸들은 정말 대단하다는 생각과 함께 감탄조차 나왔다.

"……그렇게 저와 같이 보내고 싶을까요?"

"잘되면 친해질 수 있기 때문이겠지."

"뭘 위해서요?"

"그야 너와 사귀고 싶어서 아니겠어?"

"왜 저와 사귀고 싶은 걸까요?"

"……사귀게 되면 그렇고 그런 걸 할 수 있기 때문이 아닐까?"

"불건전하네요."

단호하게 거절당했을 남자들에게 속으로 합장하면서 "뭐, 그래도……."라고 한마디 덧붙였다.

"그런 녀석들만 있지는 않을 거라 생각하니까 너무 의심하진 마. 너라면 남자들이 바라보는 시선의 의미 정도는 알 거 아냐."

"그러네요. 모두가 몹쓸 눈으로 볼 리는 없으니까요. 아마네 군도 그렇겠죠?"

"내가 널 언제 몹쓸 눈으로 봤던가?"

귀엽다거나 머리를 쓰다듬어 주고 싶다는 생각이 머릿속을 스친 적은 있지만, 그렇고 그런 짓을 하고 싶다는 생각까지는 하지 않았다.

애초에 그런 생각을 하고 있었다면 마히루는 바로 알아차리고 떠났을 것이다.

해를 끼치지 않는 남자이기 때문에 마히루의 곁에 있을 수 있는 것이며, 만약 그런 의도가 담긴 모습을 한 번이라도 보였다간 바로 사라질 것이다. 딱히 어떻게든 마히루를 얻고 싶다는 생각도 없고 식욕이 더 중요하니 지금의 관계를 무너트릴 생각도 없었다.

"그렇겠죠. 아마네 군은 처음부터 저에게 흥미가 없는 것 같았으니까요."

"뭐, 그렇긴 하지."

"그러니까 신뢰하고 있어요."

"그렇게 생각해 준다니 고마워."

남자로서 그래도 되는 것인지 알 수 없는 신뢰 같기도 하지만, 일단 안전한 남자 포지션에 있다는 사실에는 불만이 없었다.

"……그래서 제 크리스마스 예정을 물은 아마네 군은 무슨 예정이 있는 건가요?"

"응? 아아, 24일은 낮에 이츠키와 치토세가 이리 오기로 했거든. 뭐, 늘 있는 일이지만, 저녁 식사 시간이 늦어질지도 모른다고 미리 알려 주려고."

이제 겨우 본론으로 돌아왔기 때문에 다시 한번 설명하자, 마히루는 납득한 표정으로 고개를 끄덕였다.

"알겠어요. 그 크리스마스 파티가 끝나면 불러 주세요. 그런 뒤에 식사를 만들 테니까 준비만큼은 미리 해 놓을게요."

"응, 뭔가 미안해."

"아뇨, 재미있게 즐기세요."

"……쓸쓸하진 않겠어?"

"익숙하니까요, 혼자 지내는 건."

아무렇지도 않다는 듯이 말하는 걸 듣고는 아주 조금 가슴이 아팠다.

마히루의 머릿속에서도 부모님의 생각이 한순간 스치고 지나갔을지도 모른다. 어딘가 자조적인 웃음이 떠올랐다.

"……아, 그 뭐냐. 아주 뻔뻔한 제안이라는 건 알지만, 이브는 무리라도 크리스마스에 같이 지내는, 건……."

뭐랄까, 이런 제안을 하는 건 너무 부끄러웠다.

딱히 흑심이 있는 것은 아니지만, 크리스마스를 같이 보내자고 초대하는 것은 대개 특별한 의미를 지니기 때문이다.

다른 뜻은 결코 없다.

그저 마히루가 어딘가 쓸쓸한 눈빛으로 고개를 숙이는 게 싫었기 때문이었다.

그 제안을 들은 마히루가 눈을 깜빡였다.

"같이 지내면서 뭘 하자는 건가요?"

"응? 아, 딱히 할 게 없구나. 미안해."

그 점을 지적받으면, 아마네로선 더 이상 강하게 밀어붙일 수가 없었다.

다른 사람에게 들킬 경우 그 뒤처리가 얼마나 귀찮을지를 생각하면, 일단 같이 외출할 수는 없다.

그러면 집에서 보내게 되겠지만, 이 집에는 마히루의 흥미를 끌 게 거의 없으리라. 그렇다면 아무것도 하지 않고 둘이서 나란히 앉아 있는 게 다일 텐데, 아마도 엄청나게 어색한 분위기가 만들어지지 않을까.

그 정도라면 각자 따로 지내는 게 더 좋을지 모른다——. 그런 생각이 들어서 철회하려고 했지만, 마히루는 아마네를 조용히 바라보고 있었다.

"……그럼, 저걸 해 보고 싶어요."

예상외로 마히루가 의욕을 보였다.

가느다란 손가락이 TV 쪽을 가리켰다.

정확하게 말하자면 TV 받침대 안에 수납되어 있는 게임기라고 할 수 있겠다.

요즘에는 저녁에 마히루가 있어서 자주 켜지 못한 게임기에 흥미가 있는지 "저런 건, 해 본 적이 없으니까요……."라고 작게 희망 사항을 말했다.

마히루가 하고 싶다면 딱히 거절할 이유는 없지만, 크리스마스에 딱히 사귀는 것도 아닌 남녀가 게임을 하면서 보내는 것도 뭔가 해괴하지 않을까.

딱히 남녀 간의 이벤트를 바라는 건 아니어도 약간 복잡한 기분이 드는 건 어쩔 수 없는 일이다.

"아니, 뭐, 그것도 좋겠지만…… 정말 괜찮겠어? 게임을 하면서 보내도."

"안 되나요?"

"안 되는 건 아니지만."

"그럼 그게 좋겠어요."

"으, 응."

그래도 된단 말이지……. 마히루의 희망 사항이니 가능하면 들어주자는 생각도 들었다.

조촐한 즐거움이라도 주고 싶다. 늘 신세를 지고, 뭔가 바라는 걸 그다지 이야기하지 않는 마히루니까, 자신이 가지고 있는 게임이라면 뭐든지 즐기게 해 주자.

딱히 크리스마스에 예정이 잡혀 있는 것도 아니니까, 마히루와 식사할 수 있는 것만으로도 뜻밖의 횡재인 셈이다.

"뭐, 크리스마스와 관계없이 그냥 편하게 보내면 되겠지."

"그러네요."

나지막이 웃는 마히루를 왠지 직시하기가 힘들어서, 아마네는 고개를 끄덕거린 뒤에 슬며시 얼굴을 돌렸다.

"메리 크리스마스!"

그리고 찾아온 크리스마스 이브.

학교는 이미 겨울 방학에 들어갔으며, 아마도 다른 사람들은 각자 계획했던 대로 지내고 있을 오늘, 이츠키와 치토세는 각자의 짐을 들고 아마네의 집에 집합해 있었다.

시간은 오후 한 시경.

테이블 위에는 이미 주문 배달로 도착한 피자랑 주스가 놓여 있었다. 이런 시간이 된 것은 예약했다고 하지만 크리스마스 때문에 혼잡해진 길을 감당하지 못하는 바람에 도착이 늦어지고 말았기 때문이었다.

점심으로 먹기에는 문제가 없는 시간이고 둘 다 정오가 지난 뒤에 와서 그다지 오래 기다린 것도 아니라 딱히 신경을 쓰는 것 같진 않았다.

"그래, 그래, 메리 크리스마스."

"아마네, 반응이 약해! 한 번 더."

"Merry Christmas."

"발음 좋게 말하긴 했지만 역시 반응이 약하지 않아?"

애초부터 텐션이 높은 치토세와 같은 수준으로 생각하지 말았으면 좋겠다.

이 정도도 텐션을 올린 것이라는 걸 아는 이츠키는 치토세를 달

래면서, 평소처럼 약간 가벼우면서도 상큼한 미소를 지었다.

"자자, 그 정도면 됐잖아. 일단 먹고 놀고 자자고."

"우리 집에서 자지 마, 멍청아."

"농담이야. 자려면 치이 집에서 잘 거니까."

"부모님이 안 계실 때 해라."

"뭐어? 아마네는 무슨 엉큼한 생각을 하는 거야?"

히죽거리면서 웃는 치토세는 무시하고, 아마네는 식기와 컵을 가지러 주방 쪽으로 향했다.

치토세는 재미없다는 듯한 표정으로 입술을 삐죽 내밀었지만, "도와줄게."라고 말하면서 아마네의 뒤를 따라왔다.

주방은 당연하게도 깔끔하게 정리 정돈이 되어 있었다. 이제는 거의 마히루의 영역이 되었기 때문에, 마히루가 쓰기 쉽도록 각종 도구와 조미료가 놓여 있었다.

"의외라는 생각이 들 정도로 깔끔하네."

"그것참 고마운 말씀이네요."

적당히 대응한 뒤에 식기장에서 각자 쓸 접시와 컵 등을 꺼내서 반 정도 넘기려고 했는데, 치토세는 식기장을 빤히 바라보고 있었다.

"……왜 그래?"

"글쎄~?"

씨익 웃는 모습에서 뭔가 끈적끈적한 기운을 느끼고 등골이 오싹해지긴 했지만, 끝까지 무시하는 방향으로 밀어붙였다.

치토세의 머릿속에서 뭔가 크나큰 오해가 생겨나는 듯한 기분이 아주 강하게 들었지만, 말로 하진 않았기 때문에 그게 무엇인지까지는 알 수 없었다.

아주 약간 기분이 좋아진 치토세와 그 모습에 얼굴이 굳은 아마네는 이츠키가 있는 거실로 돌아갔다.

"그건 그렇고 정말 집이 깨끗하네. 넓은 데다가 호사스러워."

집안에 놓아둔 오디오에서 흐르는 크리스마스 분위기의 음악을 들으면서 식사를 대충 마친 뒤에, 한숨을 돌린 치토세는 세 명뿐인 거실을 한 바퀴 둘러보면서 중얼거렸다.

넓은 건 이곳을 마련해 준 부모님 덕분이며, 깔끔한 것은 마히루가 청소를 도와주었기 때문이다. 그다지 코멘트할 거리가 없는지라 "고마워."라고만 대꾸하고 말았다.

"뭐, 한때는 정말 굉장했었지. 용케도 이렇게 깔끔해졌네."

"시끄러워."

"응응, 여자의 냄새가 나는걸."

"왜 그러는데."

방이 깔끔해졌다는 것이 왜 여자가 있다는 결론으로 이어지는 것인지, 아마네는 전혀 이해가 되지 않았다.

"응? 왠지 모르게 그런 생각이 들었다고 할까. 아마네의 성격과는 좀 어울리지 않는 방법으로 청소가 되어 있는 것 같거든. 책을 꽂아 놓은 법이라든가 코드가 상하지 않도록 동그랗게 말아서 놔둔 거라든가. 아마네의 취향이 아닌 것 같은 식기들도 여러 개 있었고 말이야."

"……어머니 거야."

"흐응?"

일단 안쪽에 넣어 두긴 했지만, 식기를 꺼낼 때 치토세가 보고 있었던 모양이다.

아마네의 식기만으론 부족해서 마히루가 자기 집에서 몇 개를 가져오긴 했는데, 설마 좋든 나쁘든 웬만한 일은 대충 넘기는 성격의 치토세가 그런 세세한 점을 알아차릴 것이라곤 생각하지 못했다.

"뭐, 딱히 상관없지만 말이지~. 그렇지, 잇구운?"

미묘하게 반응이 늦는 아마네를 의미심장하게 본 치토세는 방긋 웃으면서 이츠키에게 기댔다.

평소에도 이렇게 굴었는지, 이츠키는 딱히 놀라는 모습도 없이 치토세에게 손을 뻗어서 자신의 다리 위에 앉혔다. 그대로 몸을 안고 있는 자세가 되었기 때문에 뭐랄까, 똑바로 보기가 너무 힘들었다.

"남의 집에서 너무 들러붙지 마."

"부러워—?"

"별로."

부럽다기보다 참고 봐 주기가 힘드니 그만했으면 좋겠지만, 이게 평소의 모습인 두 사람에게 주의를 줘도 별로 효과가 없을 것이다.

치토세는 이츠키에게 착 달라붙어 만족스러운 표정이었다. 그 가슴에 머리를 기대고 천장과 이츠키의 얼굴을 쳐다보았다.

"……지금쯤은 다들 이렇게 러브러브하고 있으려나아."

“피눈물을 흘릴 녀석들이 있다는 것도 잊지 말아 줘.”

다들 이렇게 크리스마스를 보내고 있진 않겠지. 가족과 보내는 사람도 있을 것이고, 친구와 보내는 사람도 있을 것이다. 혼자인 사람도 있으리라.

솔로를 굴욕으로 여기는 사람은 상당히 많을 것이기 때문에, 치토세의 발언은 밖에 들렸다간 위험할 것 같았다.

“남자들은 원래 다들 그렇게 애인을 바라는 거야?”

“그렇지 않을까. 나는 그렇지도 않지만.”

“그건 아마네가 괴짜이기 때문에 그런 것 같고.”

“시끄러워.”

“뭐, 크리스마스 전엔 다들 들뜨기 마련이지. 특히 독신 남자는 더 그럴 거야. 얼마 전에 천사님에게 다들 몰려가서 크리스마스를 같이 보내자고 초대했던 모양인데, 싹 거절하는 바람에 시체만 쌓였더라고. ‘약속한 사람이 있어서 어려워요.’ 라고 했다나.”

“헤에.”

그 약속 상대가 자신인 듯한 기분이 들었다.

거절하기 좋은 구실이 된 것도 같지만, 거절하면서 마히루가 느꼈을 양심의 가책을 생각하면 얼마든지 자신을 이용해도 상관없었다. 어차피 이름은 밝히지 않았을 테니까 문제가 될 일은 없을 것이다.

“그때 남자들이 절망하는 얼굴은 정말 위험했어. 실례인 줄 알면서도 웃었어.”

"웃지 마."

"하지만 평소에는 전혀 알지 못하는 사이였는데 이벤트를 핑계 삼아서 같이 보내자는 말을 하다니 당연히 무리잖아? 그 전부터 친해지지 못한 시점부터 이미 늦은 것이고, 친하진 않지만 앞으로 친해지자는 식으로 이야기하는 건 너무 자기 편할 대로 생각하는 것 같거든. 그리고 그런 녀석들일수록 꼭 파티를 하자고 말해 놓고는 단둘이 있으려고 한단 말이지. 여자의 입장에선 무서울 뿐인데."

혀를 내밀고 "그런 인간들을 따라갈 정도로 가벼운 애도 아니고 말이지." 라고 말하는 치토세는 싫은 기억을 떠올렸는지 이츠키에게 안겨들었다.

마히루와는 다른 타입이지만 치토세도 미인이기 때문에 많은 일을 겪었을 것이다. 인기가 많은 여자는 인간관계로 골머리를 썩인다는 생각이 들자, 조금은 가여워졌다.

"뭐, 시이나도 고생이 많겠네. 그렇게 많은 사람들이 초대를 한다면."

"……아마네는 정말로 천사님에게 관심이 없구나."

"뭐, 그런 셈이지."

"옆집 사람이 아마네의 천사님이니까 말이지."

"쫓아내는 수가 있어."

"아잉."

그만 하란 뜻을 담아서 약간 강하게 노려보자, 치토세는 익살스럽게 "무서워." 라고 말하면서 이츠키에게 힘껏 안겼다.

"그래도 옆집 사람에게 신세를 지고 있다는 사실은 부정하지 않네."

말문이 턱 막힌 모습을 보이자, 치토세는 만족한 표정으로 웃었다.

"째려보지 마. 미안하대도."

그다지 반성하는 것 같지 않은 목소리로 사과하는 치토세를 한 번 더 노려보자 "꺄악." 하고 귀여운 목소리를 내면서 이츠키에게 안기더니…… 문득 이츠키의 등 뒤에 있는 창으로 눈길을 돌렸다.

왜 그쪽을 보면서 가만히 있나 싶어서 아마네도 덩달아 창문을 보니, 푸른 하늘을 배경으로 하얀 물체가 천천히 떨어지는 것이 보였다.

"……아, 잇군, 저것 봐! 눈이야!"

"오, 화이트 크리스마스인가―."

이제 12월 후반이니 눈이 내려도 이상할 것은 없었다.

맑은 날씨였는데 눈이 내리다니 신기한 일이지만, 연인들의 입장에선 기쁜 일이리라.

아직 밤은 아니지만 기온을 감안해 보면 아마도 밤까지 솔솔 내릴 것 같으니, 거룩한 밤을 눈으로 장식해 줄 것이 틀림없다.

'커플들은 좋아 죽겠군.' 싶어서 근처 커플이 창문을 열고 베란다로 나가는 것을 본 아마네가 '보나 마나 거기서 한동안 들러붙어 있을 테니까, 따뜻한 거라도 준비해 놓을까.' 하고 일어섰을 때―― 베란다에서 얼이 빠진 듯한 목소리가 들려왔다.

"어? 어, 어째서 여기에……?"

"어, 어?"

"아."

마지막으로 들려온 목소리는 최근에 귀에 익숙해진, 어딘가 달콤한 기운을 느끼게 하는 차분한 목소리였다.

맹렬하게 불길한 느낌이 들었다.

베란다에서 두 사람이 멈칫한 기색을 느끼면서 황급히 달려가 보니, 베란다에선 마침 눈을 보러 나온 것으로 보이는 마히루가 펜스를 사이에 두고 마주친 참이었다.

최악이다. 옆에서 바른 자세로 앉은 마히루를 보면서, 아마네는 한숨을 쉬었다.

베란다에서 마주치는 대참사를 맞이한 아마네는 어쩔 수 없이 마히루를 일단 자신의 집으로 들였다.

어차피 얼버무리려고 해도, 이 두 사람은 분명히 이상한 생각을 할 것이다. 그렇다면 솔직하게 말하는 편이 그나마 쓸데없는 억측과 착각을 막을 수 있겠지.

그리고 확실하게 입막음을 해놓지 않으면 후환이 두렵다.

"……저기, 정말로 죄송해요."

"네가 잘못한 게 아냐."

마히루가 너무나 미안한 표정을 지으며 가냘픈 목소리로 사과했지만, 이번 일에서 잘못한 건 없다.

화이트 크리스마스, 그것도 첫눈이었으니 무심코 눈을 구경

© SB Creative Corp.

하러 베란다로 나간 것이겠지.

창문을 여는 소리가 들렸다면 아마 아마네도 말렸겠지만, 방에 음악을 틀어놓고 있었기 때문에 들리지 않았던 것이다.

그리고 마히루도 최대한 소리를 내지 않으려 하고 있었을 것이다. 전혀 알아차리지 못했다.

서로 반성하는 두 사람을 보면서, 눈을 반짝이는 치토세가 얼굴을 불쑥 가까이 들이댔다.

"그러니까 아마네의 옆집 사람이 천사님이었단 이야기야?!"

"저기, 천사라고 부르진 말았으면 좋겠는데요……."

역시 눈앞에서 천사님이라고 불리는 건 내키지 않는지 조심스럽게 거절의 의사를 보이고 있었지만, 치토세는 방긋방긋 웃기만 할 뿐, 그 말을 들은 건지 아닌지 알 수가 없었다.

이츠키는 눈썹을 늘어뜨리고 볼을 긁으면서 아마네와 마히루의 모습을 번갈아 보고 있었다.

"어. 그럼…… 지금까지의 전개를 이야기하자면, 시이나는 아마네의 옆집에 살고 있고, 자주 아마네에게 식사를 만들어 준다. 이렇게 이해하면 맞는 거야?"

"……응."

"뭐, 뭐어…… 그게, 도움을 받은 것도 있는 데다, 후지미야 군이 딱 봐도 너무 건강과는 인연이 먼 식생활을 하고 있는 게 마음에 걸렸기 때문에……."

처음 인연이 생기게 된 계기도 솔직히 이야기했고 어떻게 교류가 이어져 왔는지도 설명했다. 이츠키는 "그랬구나."라고 말했지만, 미묘하게 납득이 되지 않는 표정을 짓고 있었다.
아마네가 이츠키라도 납득할 수 없을 것이다.
아마네처럼 평범한 남자를, 마히루처럼 우수한 여자애가 돌봐주고 있다는 것을.
"으음, 사정은 파악했지만 말이지. 시이나라면 몰라도 이런 상황에서 아마네에게 다른 뜻이 없다는 게 더 이상한데. 따로 살면서 남편을 챙기러 오는 출장 와이프 수준이잖아."
"푸."
평소에는 전혀 들어볼 일이 없는 단어를 듣는 바람에, 자신도 모르게 뿜고 말았다.
출장 와이프.
듣고 보니, 상황만 따진다면 그렇게 보일지도 모르겠다. 저녁을 매일 만들어 주고, 가끔은 휴일의 점심 식사도 차려 주고 있다. 그것도 모자라서 청소도 도와주고 있는 것이다. 말만 들으면 그렇게 보일 수도 있으리라.
다른 것은 서로에게 애정이라는 것이 없다는 점이겠다.
마히루도 이츠키의 말을 듣고 살짝 눈을 동그랗게 떴지만, 이내 대외용 미소를 지으면서 "그럴 마음은 없어요. 있을 수도 없는 일이고요."라고 단호하게 부정했다.
이츠키랑 치토세에겐 학교에 있을 때와 마찬가지로 대하는구나. 그렇게 생각하니, 왠지 낯간지러운 기분을 느꼈다.
"나는 이상한 마음은 일절 가지고 있지 않고, 그러니까 시이나도 나를 도와주고 있는 거겠지."

"아마네가 그렇게 생각한다면 상관없지만 말이지. 정말로 신기한 조합이네……. 그렇게 유능한 시이나가 아마네에게 요리를 해 준단 말이지. ……인형을 선물해 준 사람도 시이나였어?"

"……뭐, 그래."

"헤에."

"시끄러워."

"아직 아무 말도 안 했는데?"

"표정부터 이미 시끄러웠어."

"너무해!"

치토세의 방긋거리는…… 아니 히죽거리는 웃음을 보고 있으려니 너무나도 마음이 불편했다.

지금은 사실 확인만 하는 거니까 심하게 놀림을 당하지는 않지만, 놀림감이 되는 건 사양이다. 마히루에게도 영향이 미치므로, 가능하면 치토세는 무시하고 싶은 심정이었다.

"워워, 진정해. 두 사람 다."

아마네의 상태가 달라진 걸 처음부터 눈치챘던 이츠키는 치토세처럼 놀리려는 기색은 보이지 않고 있었다.

진심으로 싫어하기 전에 그만두는 걸 보면, 이래저래 놀리긴 해도 분위기를 파악할 줄 알고 배려도 할 수 있는 남자였다. 가능하면 파고들기 전부터 치토세를 말렸다면 좋았겠지만, 그건 어쩔 수 없는 일이겠지.

미묘하게 노려보는 아마네와 수수께끼가 풀려 기뻐하는 치토세를 달랜 이츠키는, 무슨 이유인지 자세를 단정하게 바로잡은 뒤에 마히루를 향해 완전히 돌아보면서 머리를 숙였다.

"아…… 시이나 양, 우리 아마네가 항상 신세를 많이 지고 있습니다."

"내가 언제부터 너희 집 애가 되었냐."

"저야말로 후지미야 군과 사이좋게 지내 줘서 고맙습니다."

"거기, 편승하지 마. 내가 못난 녀석인 것처럼 들리잖아."

"실제로 못난 녀석이니까."

"이 자식."

확실히 이츠키에게도 그런 소리를 실컷 들었고, 자각도 하고 있었지만…… 정작 지적을 받으니, 엄청 복잡한 기분이었다.

이런 농담에는 잘 응할 수 있는지 가볍게 받아넘긴 마히루는 아마네와 이츠키의 대화를 듣고 슬며시 미소를 지었다.

아마네에게만 보여주는 원래의 모습……이라고 할 수 있을 정도는 아니지만, 아주 조금 가면을 벗은 듯한 미소였으며, 이츠키도 그걸 보고 어딘가 넋이 나간 표정을 짓고 있었다.

여친이 있는 녀석이 다른 여자를 넋 놓고 보지 말라는 뜻으로 이츠키를 쿡 찔렀다. 기분이 상한 듯한 치토세가 마찬가지로…… 아니, 조금 강하게 찔러대는 것이 왠지 재미있었다.

하지만 마히루가 이상하다는 듯이 고개를 살짝 갸웃거렸기 때문에, 아마네는 아무 일도 없었던 것처럼 원래 자세로 돌아왔다.

"……그래서 말인데. 우리는 딱히 너희처럼 달달한 관계는 아니지만, 다른 사람들에게 들키면 틀림없이 귀찮은 일이 벌어질 거라는 건 이해하겠지?"

"이해해. 남들에게 말하진 않을 거야."

함부로 말했다간 어떻게 될지 알고 있겠지. 그런 뜻을 은근히 담아서 한 위협이었지만, 이츠키가 곧바로 고개를 끄덕인 것은 의외였다.

"치토세, 너도야."

"나도 그렇게까지 입이 싼 사람은 아니야~. 그리고, 이렇게 귀여운 애가 아마네에게 식사를 만들어 준다는 걸 사람들이 믿을 것 같지도 않고."

"어울리지 않아서 미안하다."

"그렇게까지 심하게 말한 건 아닌데~."

치토세의 말이 옳다는 건 아마네 자신도 잘 안다.

평범한 남학생을 전교 아이돌이라고 해도 좋을 천사님이 돌봐주고 있다니 아무도 믿지 않겠지.

설령 믿는다 해도 어울리지 않는 사이라는 악담을 들을 것이 틀림없다.

그건 충분히 예상할 수 있는 일이기에 이 사실을 발설하고 싶지 않았다. 귀찮은 일은 피하고 싶다.

치토세는 "비굴해~."라면서 아마네를 보고 웃었지만, 도중부턴 저절로 이끌린 것처럼 마히루 쪽으로 시선을 옮기고 있었다.

열심히 빤히 본다 싶더니, "호오." 하고 한숨을 쉬고는 또 바라봤다.

마히루도 그런 반응이 부담스러운 듯, 어쩌면 좋을지 모르는 눈치였다.

“저기, 왜 그러죠?”

“……새삼스럽게 든 생각인데 말이지. 시이나는 정말로 엄청 귀엽네.”

“네? 감사합니다……?”

치토세는 정면에서 칭찬하고는 마히루의 용모를 이리저리 훑듯이 바라보았다.

“이렇게 가까이서 본 건 처음이지만, 역시 천사님이라는 말을 들을 정도로 미인이네. 이목구비도 반듯하지, 살결도 엄청 하얗고 깨끗하지, 속눈썹도 길지, 머리카락도 매끄럽지, 가냘프면서 몸매의 굴곡도 뚜렷하지.”

“저, 저기……?”

치토세의 안 좋은 버릇이 튀어나올 것 같아서, 아마네는 크게 한숨을 쉬었다.

아마네는 치토세가 부담스러웠다.

싫어하는 것은 아니고, 성품은 의외로 좋아하는 쪽이지만…… 아무리 좋게 봐도 껄끄러운 면은 있었다. 하이텐션이라든가, 간혹 가다가 쓸데없이 치고 들어오는 부분이라든가, 그런 구석이 상대하기 버거웠다. 가족 중에 그런 인간이 있기 때문에 더더욱 심리적 부담이 생긴다.

쉽게 말해서, 그 어머니와 어딘가 공통되는 부분이 있다는 점이 껄끄러운 것이다.

치토세는 아마네의 어머니와 성격은 물론이고 취향도 비슷했는데…… 아름다운 것이나 귀여운 것을 아주 좋아했다.

"와~ 가까이서 보니 정말로 엄청 미인이고 귀엽네. 저기, 머리카락 좀 만져 봐도 돼? 아니, 이렇게 부드러운데 무슨 비결이 있어? 샴푸는 어떤 걸 써?"

"아니, 저, 저기…… 그렇게 한꺼번에 물어봐도……."

"살결도 부드럽고 탄력이 넘치는데, 뭘 어떻게 하면 이런 상태가 유지되는 걸까."

같은 여자로서 미용의 비결이 궁금한 데다 마히루가 미인이다 보니 만져 보고 싶은 욕구를 느낀 것이리라. 치토세가 기관총처럼 질문을 날리면서 마히루에게 손을 뻗었다.

말리지 않으면 역시 마히루가 불쌍할 것 같아서, 손을 뻗으려는 치토세의 머리를 딱 하고 가볍게 때렸다.

제지와 지적이 목적인지라 정말로 살짝 때리긴 했지만, 충격을 받은 치토세는 "아얏." 하고 약간 목소리를 높이면서 마히루한테 뻗으려던 손을 거뒀다.

마히루는 어땠는가 하면, 아마네가 멈추게 한 것을 보고 안도하고 있는 것 같았다. 평소에는 천사님으로 굴고 있기 때문에 잊기 쉽지만, 마히루는 익숙하지 않은 상대에게는 경계심이 강하다. 물론 치토세는 여자이기에 아마네와 처음 만났을 때처럼 심하게 경계하진 않았지만, 역시 낯을 가리는 성격은 그대로 발휘되고 있었다.

"때릴 것까진 없잖아."

"이 녀석은 낯을 가리니까 친숙하지 않은 동안에는 스킨십을 자제해."

"친숙해지면 해도 돼?"

"그건 시이나에게 물어봐. 우선은 단계를 밟아, 단계를."

마히루는 누가 봐도 도망칠 자세를 취하고 있었기 때문에, 말리길 잘했다는 생각이 들었다.

약간, 아니 상당히 난감해하는 마히루를 본 치토세도 자신을 말린 이유를 납득한 듯했다.

"미안해, 너무 흥분한 나머지 만질 뻔했어."

"네, 네에……."

갑자기 만지려 들었다는 폭로를 들어 봤자 난감할 뿐이리라. 어떻게 해야 할지 모르는 표정의 마히루가 아마네에게 시선으로 도와달라는 요청을 보냈다.

"아. 시이나, 치토세는 행동력이 엄청난 괴짜이지만 나쁜 애는 아니야……. 아마도."

"와, 그게 내 편을 들어 주는 거야? 내 편을 드는 게 아니지? 헐뜯는 거지?"

"지금의 말과 행동을 보고 부정할 수 있겠어?"

"없습니다!"

당당하게 스스로를 부정한 치토세는 마히루를 빤히 보다가, 너무나 진지한 표정으로 다시 손을 뻗었다.

이번엔 마히루에게 손바닥을 내미는 형태로.

"그러면 친구부터 되어 주길 부탁드립니다."

"네? 네, 네, 잘 부탁드릴게요……?"

악수를 요청받으면서, 마히루는 조심스럽게 내민 손을 잡았다.

한번 마음에 들면 어떻게든 친한 사이가 되려고 드는 치토세의 성격상 마히루가 휘둘릴 것 같긴 하지만, 역시 평범한 친구로서 사귄다면 자신이 굳이 끼어들 필요도 없을 것이다.

올바른 교우 관계를 유지해 주면 좋겠다.

"사이좋게 지내려면 자기소개가 중요하겠지! 원래부터 알고 있던 아마네한테서 이름을 들었을지도 모르겠지만, 나는 시라카와 치토세라고 해. 아마네의 절친……이라고 해도 되겠지? 절친인 잇군의 여자 친구야."

"아이참, 절친이라니 쑥스럽네."

"쑥스러워하는 척해 봤자 징그럽기만 하거든."

"또또 그렇게 말한다…… 아마네, 알고 있어? 세간에선 그런 걸 츤데레라고 불러."

"정말 쫓아낸다."

"이렇게 눈이 내리는데 쫓아내겠다니 너무해애."

"남자가 일부터 교태부리면서 말하지 마."

우웩. 다분히 의도적으로 기분 나빠하는 반응을 보이자 이츠키가 깔깔 웃었다.

그 모습을 보고 마히루가 눈을 동그랗게 떴지만, 이츠키가 "아, 우리는 늘 이런 식으로 놀아."라고 말하면서 유쾌하게 웃었다.

"그러니까 다시 내 소개를 할게. 내 이름은 아카자와 이츠키야. 여기 있는 솔직하지 못한 녀석의 친구로 지내고 있지. 만약 아마네가 멍청한 짓이나 이상한 짓을 하면 언제든지 상담에 응해 줄게."

"넌 나를 뭐라고 생각하고 있는 거냐."

"……후지미야 군은 저에게 흥미가 없는 것 같고, 생활 능력은 없지만 상식적인 분이므로 이상한 짓은 하지 않을 거라고 생각하고 있어요."

"생활 능력이 없다는 말은 사족이지만, 그렇게 말해 주니 고마워."

부정할 수 없어서 슬프긴 하지만, 아마네를 인간적으로 신뢰하고 있다는 건 역시 기쁜 일이었다.

이츠키가 "이렇게까지 가까운 사이인데 시이나에게 관심이 없다니, 네가 남자가 맞는지 의심스럽다."라고 귓속말을 해서, 아마네는 가볍게 이츠키의 등을 두들겼다.

진심으로 전혀 관심이 없다고는 말할 수 없지만, 사귀고 싶다고는 생각하지 않으므로 순전히 거짓말이라고 할 수도 없을 것이다.

마히루 역시 적당히 친하면서, 남녀 관계로서의 뭔가를 요구하지 않는 상대로 있는 쪽을 더 바랄 것이다. 자신들은 단지 밥이나 같이 먹으면서 지내는 사이에 불과하니까.

마히루를 힐끗 보니, 이쪽 이야기가 끝났다고 판단한 것 같은 치토세에게 질문 공세를 받으면서 어쩔 줄을 몰라 하고 있었다.

그래도 싫어하는 것 같은 분위기는 아니었으니, 조금 있으면 익숙해지면서 마음을 터놓게 되리라.

곤혹스러워하면서도 작게 미소 지으며 대응하는 마히루의 모습에 아마네는 몰래 안도하면서 두 사람이 사이좋게 이야기하는 모습을 바라봤다.

"정말로 미안해."

저녁이 되어 이츠키와 치토세가 돌아간 후, 아마네는 약간 피곤한 기색을 보이는 마히루에게 사과했다.

갑자기 모르는 인간이 끼어들어서 비밀을 들키는 바람에, 마히루도 곤혹스럽고 많이 지쳤을 것이다.

이런 대화를 시호코가 찾아왔을 때도 나눴던 것 같다.

"아뇨, 제가 어리숙하게 굴었던 게 원인이니까요."

"많이 소란스러웠지?"

"……활달한 사람이었어요."

"솔직하게 시끄러웠다고 말해도 괜찮아."

"밀어붙이는 경향이 조금 있었지만, 재미있는 사람이었어요."

"조금 수준이 아니잖아……. 그야 뭐, 기분 나쁘게 받아들이지 않았다면 다행이지만 말이지."

그 정도면 틀림없이 시끄럽다는 영역에 들어갈 것이라 생각했지만, 표현이 점잖은 마히루는 실로 부드러운 표현으로 치토세를 평했다.

그렇게까지 싫어하지 않은 것은 다행이었지만, 치토세와 친구가 된 것이 좋은 일인지는 모르겠다.

마히루와는 상당히 다른 타입인데…… 신선함, 이라는 의미에선 좋을지도 모르겠다.

물론 마히루가 너무 난감해할 때는 주의를 줄 생각이므로, 정신을 차리고 지켜봐야겠다는 생각도 했다.

"제 주위에는 그런 사람이 없었으니까 조금은 즐거웠어요."

"뭐, 치토세 같은 녀석은 별로 흔하지 않겠지……. 너무 귀찮게 굴면 한 대 때려도 돼."

"포, 폭력은 좋지 않으니 말로 말릴 수 있도록 노력해 볼게요."

둘 다 치토세의 폭주를 전제로 이야기하는 것 같은 느낌도 들었지만, 실제로 치토세는 기세가 넘치다 못해서 이상한 방향으로 뜨겁게 폭주하기 때문에 주의가 필요했다.

나중에 치토세에게 직접 주의를 주도록 하자. 마음속으로 그렇게 다짐하면서, 아마네는 창문 쪽으로 고개를 돌리고 살랑살랑 내리는 눈을 바라봤다.

이런 날씨가 아니었으면, 그 커플에게 들키지 않았겠지만…… 사랑하는 사람들을 축복하려고 내리는 것일지도 모르니까 너무 불평할 수는 없었다.

마히루도 눈을 보는 것 자체는 좋아하는지, 아마네의 시선이 어딜 보는지 뭔지 알아차리고 덩달아 바라보았다.

겨울이라 해가 빨리 져서 주위는 어두워져 있었다.

이미 밤이라고 해도 좋을 정도로 어두웠으며, 눈도 색이 연했기 때문에 집의 조명을 켜놓은 상태에선 아슬아슬하게 눈으로 볼 수 있는 수준이었다.

"화이트 크리스마스네요."

"그러네. 뭐, 우리하곤 그다지 관계가 없지만."

“예쁘니까 괜찮지 않을까요.”

사귀는 사이는 아니니까 화이트 크리스마스와 직접 관계는 없지만…… 마히루가 기뻐하고 있으니까, 눈이 오는 것도 나쁘지 않은 듯했다.

자잘하게 내리는 눈이 어두워진 세계를 흐릿한 흰색으로 예쁘게 덮는다. 이대로 계속 내린다고 해도 그렇게 많이 쌓이지는 않으리라.

“뭐, 너무 많이 내리면 대중교통이 마비되니까, 적당히 내려 주면 좋겠지만요.”

“그런 점은 또 현실적이네.”

“사람은 낭만만으론 먹고살 수 없으니까요.”

“지당한 말씀이야.”

이런 대화를 나눌 수 있는 것도 눈이 내렸기 때문일지 모른다.

서로를 바라보며 슬쩍 웃은 뒤에, 마히루가 일어섰다.

“그럼 전 식사를 가져올게요.”

“응, 가져온다고?”

“미리 저희 집에서 비프스튜를 만들어 두었거든요. 역시 칠면조 한 마리를 통째로 구웠다간 둘이선 다 못 먹을 것 같아서 말이죠…….”

“나라면 통구이를 만들겠다는 발상 자체를 하지 않을 거야.”

“아마네 군이 요리를 할 줄 몰라서 그런 것뿐이에요. 내일 점심은 오므라이스에 비프스튜를 끼얹어서 먹죠.”

“엄청 맛있을 것 같은 요리네…….”

그런 건 먹기 전부터 이미 맛있을 것이 뻔하기 때문에, 오늘 저녁을 건너뛰고 벌써 내일 점심이 기대가 되잖아.

"난 달걀을 잘 익힌 걸 좋아해."

"우연이네요, 저도 옛날 그대로의 방식을 좋아하거든요. 그럼 솥을 가져올게요."

분주한 걸음으로 아마네의 집에서 자기 집으로 잠깐 돌아가는 마히루의 뒷모습을 멍하니 바라보면서, 아마네는 소란스러웠던 낮 동안의 일을 떠올렸다.

정말이지, 들킬 것은 예상하지 못했다.

예전부터 의심을 사고 있었으니 그 의심이 더 커질 건 예상하고 있었지만…… 설마 그 타이밍에서 마히루가 나타날 줄은 생각도 못했던 것이다.

결과적으로 어떤 사정이 있었는지는 설명할 수 있었고, 이해해 주는 사람을 얻을 수 있어서 다행이긴 했지만…… 아주 조금 복잡한 기분이 들기도 했다.

조금만 더 둘만의 비밀로 있는 것이 좋지 않았을까 하는 생각이 들었던 것이다.

'나도 참, 뭔 생각을 하는 거야.'

두 사람에게 일일이 숨기지 않아도 되게 되었으니까 생활이 훨씬 더 편해질 텐데 미묘하게 답답한 기분이 든다. 자신도 영문을 모른 채 곤혹스러워하고 있었다.

결과적으로 보면 나쁜 것이 아닌데, 뭔가가 마음에 걸려서 개운하지 않았다.

"왜 그러나요?"

"……아무것도 아냐."

솥을 들고 돌아온 마히루가 아마네의 표정을 보고 이상하다는 듯이 고개를 갸웃거렸지만, 역시 이렇게 말로는 다 표현할 수 없는 기분을 마히루에게 토로할 수는 없을 것이다.

속마음을 감추기 위해서 평소와 똑같은 표정을 짓는 아마네를 보고, 마히루는 영문을 모르겠다는 듯이 계속 휘둥그레 눈을 뜨고 있었다.

"……하아, 맛있었어."

여전히 마히루의 요리는 맛있었다.

크리스마스라는 이유로 평소보다 더 공을 들여 만든 요리가 나왔다.

마히루가 푹 끓인 비프스튜는 *포트 파이로 만들어졌고, 그걸 잘라 먹는 식으로 요리가 나왔다.

파이를 자르는 즐거움을 맛보는 것부터 시작하여, 바삭바삭한 식감에 비프스튜의 깊은 맛이 느껴지는 소스를 발라 먹는 것은 너무나도 행복한 한때라고 말할 수밖에 없었다.

파이의 반죽을 직접 만들었다고 하는 마히루의 수준 높은 솜씨에 감탄하면서, 오늘 두 번째의 케이크를 깨끗이 비운 뒤에 한숨을 돌렸다.

참고로 케이크도 마히루가 직접 만든 것이었다.

---

* 고기를 넣은 파이.

포트 파이용의 반죽을 만든 김에 케이크에 쓸 반죽을 동시에 만들고, 그걸 이용하여 밀푀유를 만들어 준 것이다. 이 정도면 장인 레벨이었다.

"변변찮은 요리였어요. ……정말 많이 먹어 주었네요."

"응. 맛있었으니까."

"그렇게 말해 주니 고마워요."

희미하게 짓는 미소도 이제는 익숙해졌다.

마히루는 아마네가 맛있다고 말하면 안도하는 것 같은 미소를 지으니까, 그걸 보는 것이 일과처럼 되었다.

평소의 훨씬 더 부드러운 표정을 보는 건 아마네의 특권 같아서, 왠지 쑥스러우면서 뭔가 근질거리는 기분이었다.

"내일은 오므라이스란 말이지…… 진짜 기대되는데."

"정말로 달걀을 좋아하는군요……. 전에 만들었던 달걀말이도 엄청난 기세로 먹었었죠."

"맛있으니까 어쩔 수 없잖아."

아무리 좋아하는 달걀 요리라고 해도 맛이 없으면 먹지 않는다. 그렇게 잘 먹을 수 있었던 건 마히루의 요리가 맛있기 때문일 것이다.

독점하는 것은 과분하겠지. 그런 생각이 들었지만, 누군가에게 넘겨줄 생각은 없다. 마히루가 만드는 것을 그만둘 때까지 계속 얻어먹을 생각이다.

"……아마네 군은 밥 먹을 때 정말 행복한 것 같네요."

"실제로도 행복하고, 마히루의 요리가 맛있기 때문이지."

"그건 고마울 따름이지만, 행복의 가치가 너무 낮네요."

"아니, 의외로 그렇지 않다니까……. 너 자신의 가치를 제대로 파악해……."

뭐니 뭐니 해도 그 천사님이 직접 만들어 주는 요리이다. 일부 남자들은 그걸 먹을 수 있는 권리를 죽도록 원하리라.

"저는 매일 만드는 것이니까요."

"행복한 인간이네, 나란 놈은."

"……그 정도인가요?"

"그야 맛있는 요리를 매일 먹을 수 있으니까."

기본적으로는 물욕이 그다지 없는 아마네지만 식욕은 강했으며, 매일 맛있는 요리를 완성된 자리에서 바로 먹을 수 있다는 것이 가장 큰 행복이었다.

"어떻게 하면 이렇게 요리를 만들 수 있게 되는 거지?"

"절 돌봐 주던 사람이 가르쳐 줬어요. '널 행복하게 해 줄 사람의 위장을 반드시 붙잡아야 해.' 라고 말했었죠."

"미안하네. 나 같은 놈의 위장을 붙잡게 만들었으니."

"예행연습이라고 생각할게요."

쿡 하고 살짝 미소 지은 마히루를 보고 본의 아니게도 가슴이 두근거렸다.

"……그건 그렇고 널 돌봐 줬다는 사람도 대단하네."

"그러네요, 그 사람은 요리를 정말 잘했으니까요. 아직 저는 그 사람에겐 대적할 수 없는 수준이에요. 그 사람의 요리에선 행복한 맛이 느껴졌거든요."

여리고 부드러운 미소를 지으며 약간 먼 곳을 보는 듯한 시선으로 회상 중인 마히루를 보면서 아마네는 속으로 안도했다.

이렇게 말하는 걸 보면, 마히루는 돌봐 주었다는 그 사람에게 귀여움을 받았을 것이다. 마히루도 그 사람을 좋아한다는 걸 잘 알 수 있었다.

그런 사람이 마히루의 곁에 있어 주었다는 건 정말 요행이라 할 수 있었다.

"어지간히도 맛있었나 보네. 뭐, 나는 네 요리에서 행복한 맛을 느끼지만."

어머니는 일단 생각하지 말고, 아버지의 요리도 맛있지만 마히루의 요리가 아마네의 입맛에 더 맞았다.

마히루의 요리는 매일 먹어도 질리지 않을 정도로 편안한 맛이 느껴졌다. 마음을 편하게 만들면서도 마음이 들뜨게 만드는 요리였으며, 전혀 질리지 않고 더 먹고 싶다는 생각을 들게 했다.

뭐, 역시 마히루의 부담이 너무 커지니까 그런 소리는 하지 않겠지만.

응응 하고 고개를 끄덕이고 있으려니, 마히루가 멍하니 굳어 있었다.

허를 찔렸다고 표현하는 게 맞으려나.

어딘가 멍하게, 어린아이 같은 분위기를 감추지 못하는 표정으로 아마네를 보고 있었다.

"……마히루?"

"아. ……아무것도 아니에요."

아마네가 부르자 제정신을 차렸는지, 마히루는 황급히 고개를 흔들고는 머리를 숙였다.

좋아하는 쿠션을 꼭 끌어안고 슬쩍 한숨을 쉬는 마히루는 아까와는 전혀 다른 미묘한 색기를 느끼게 했다.

"왜 그래?"

"……그냥, 저 같은 사람이 행복한 맛을 만들 수 있는가, 하는 생각이 들었을 뿐이에요."

"왜 자신을 비하하는 건지는 모르겠지만, 네 요리는 매일 먹고 싶을 정도로 맛있어."

"고, 고마워요."

마히루는 이쪽을 힐끔 쳐다보고 약간 쑥스러운 듯 눈썹을 늘어트리면서 작게 미소를 지었다. 이번엔 아마네가 고개를 숙이면서 표정을 감추고 싶어졌다.

정말로 극히 드물게 보여 주는 이런 표정은, 이성으로서 좋아하지 않더라도 어쩔 수 없이 심장을 뛰게 만들었다.

평소의 가면을 벗고 무방비하다고 표현해도 될 미소를 짓는 마히루를 보고, 아마네는 지금 당장 얼굴을 식히고 싶은 마음이 가득했다.

점점 위로 솟구쳐 올라오는 열기를 들키는 건 싫다. 서로 쑥스러워 하고 있었으니까, 틀림없이 어색한 분위기가 만들어질 것이다.

"아, 저기…… 그렇지, 마히루."

"네."

"내일은 낮부터 같이 있으면 되겠지?"

이런 분위기를 참지 못해 억지로 화제를 바꾸고 말았지만, 마히루는 그다지 마음에 두지 않는 듯 아마네의 말을 듣고 생각에 잠겨 있었다.

"네, 그렇게 하기로 약속했잖아요? 점심을 만들어 먹고, 그런 뒤에 약속한 대로 게임을, 하기……로 했죠."

"응."

"내키지 않……나요?"

"아니, 그냥 확인을 했을 뿐이야. ……이브는 이미 지나가긴 했지만 정말 크리스마스를 그런 식으로 보내도 된단 말이지?"

"내키지 않는다면 저도 그런 말을 하지 않았을 거예요. ……기대하고, 있어요."

또 마히루가 살짝 부드러운 미소를 지었다. 아마네는 이를 똑바로 보지 못하고 "응."이라고 대충 대꾸한 다음, 마히루와는 반대쪽에 있는 팔걸이에 몸을 기대 부끄러움을 감출 수밖에 없었다.

제14화 둘이서 크리스마스

다음 날 집으로 찾아온 마히루는 약간 들떠 침착하지 못한 모습이었다.

휴일에 남자 집에 놀러 갔을 때 느끼는 긴장…… 때문일 리는 없으며, 자신의 희망대로 게임을 하게 된 흥분이 드러난 것이리라.

듣자니 TV 게임은 처음 해 본다고 한다. 그런 점을 보면 세상물정 모르는 아가씨라고 할 수 있을 것 같았다.

"점심 식사를 먼저 만들게요."

"응. 달걀은 충분히 익혀 줘."

"알고 있어요."

요구하는 것이 많은 손님 상대로도 딱히 기분이 상한 것 같진 않고, 앞치마를 걸치고 바로 주방으로 가서 점심 식사 준비를 시작하는 마히루는 기분이 꽤나 좋은 상태 같았다.

그렇게나 큰 기대를 하고 있었단 말인가. 그런 생각을 하자 묘하게 쑥스럽다고 할까, 온몸이 근질거렸다.

'뭐, 게임을 기대하고 있을 뿐이겠지만 말이지.'

결코 이렇게 단둘이서 노는 것을 기대한 것은 아니다.

묶은 머리가 찰랑찰랑 흔들리는 것을 보면서, 아마네는 쓴웃음을 슬쩍 흘렸다.

“……어떻게 조작하는 건가요?”

점심을 먹은 후에, 둘이서 TV 앞 소파에 앉아 TV 화면을 바라보고 있었다.

무슨 게임을 하고 싶은지 물어봤지만 종류조차도 잘 몰라서, 유명한 국민적 2D 게임을 켜서 컨트롤러를 줘 봤지만…… 역시 어떻게 하는 건지 몰라 어쩔 줄 몰라 하고 있었다.

“어, 그러니까, 일단 이동은 이 스틱으로, 점프는 이 버튼으로 하는 건데…….”

기본적으로는 냉정하고 침착한 마히루가 엄청 당황한 모습으로 컨트롤러와 TV를 번갈아 보면서 조작해서, 왠지 참 훈훈했다.

익숙하지 않다고는 해도, 이렇게까지 엉성한 플레이는 처음 보았다.

적이 돌격해 와도 피하지 못하고 그대로 죽어버리는 걸 몇 번이나 되풀이하는 걸 보니, 천사님도 못하는 게 있음을 실감할 수 있었다.

“……못 이기겠어요.”

“스테이지 클리어는 물론이고 처음 만나는 적조차도 쓰러트리질 못하니까 말이지.”

“시끄러워요.”

“뭐, 익숙해지면 될 거야. 이런 건 몸으로 익히면 돼.”

무슨 일이든 도전하면 된다고 말해 주자, 마히루는 순순히 게임을 다시 시작했다.

오락거리인 게임에 진지한 표정으로 임하고 있는 마히루를 보고 있으려니 흐뭇한 기분까지 들어서, 자신도 모르게 그만 미소가 지어졌다.

물론 너무 금방 죽어 버리는 통에 아무리 시간이 지나도 진행되지 못하는 화면을 보고 있자니, 점차 웃음보다는 불안이 더 커지기 시작했지만.

마히루가 아마네를 돌아봤다.

표정에 '뚜웅' 하는 효과음이 동반되는 것처럼 느껴진 것은 기분 탓일까.

"아…… 잘 봐, 이건 이렇게 하는 거야."

역시 이대로 가면 의욕 자체가 꺾일지도 모르기에, 아마네는 마히루가 쥔 컨트롤러에 손을 얹고 잠시 시범을 보이는 식으로 플레이를 했다.

이 게임은 몇 번이나 클리어했기 때문에 마히루가 막혔던 장소도 무난하게 돌파할 수 있었다.

사실 마히루가 너무 서투를 뿐이며, 평범한 인간은 이렇게까지 오래 걸리지는 않지만…… 그런 말은 하지 않기로 했다.

"잘 봐. 이 적은 일정한 속도로 불규칙하게 이동하지만, 우리를 인식하면 캐릭터를 향해 속도를 높여서 다가와. 타이밍을 잘 보고 있다가 점프해서……."

작은 손 위에 겹치듯 얹어 놓은 손으로 컨트롤러를 쥐고 조작했으며, 알기 쉽게 설명하면서 시범을 보여줬다.

화면에선 아마네가 설명했던 대로 캐릭터가 움직이고, 적을 피했다.

특별할 것도 없는 움직임이었지만, 계속 실패만 해 온 마히루에겐 신선했는지 "와아." 하는 감탄의 목소리가 나왔다.

긴 속눈썹으로 둘러싸인 눈이 크게 떠졌고, 표정도 밝아졌다.

가까운 거리 덕분에 아래쪽의 속눈썹도 길다는 새로운 발견을 하고, 기뻐하고 있는 마히루를 바라보고 살짝 웃었다.

단정한 옆얼굴을 바라보고 있자, 마히루가 시선을 알아차렸는지 아마네 쪽을 돌아봤다.

마히루가 든 컨트롤러를 잡을 만큼 가까이 붙어 있었기에, 생각했던 것보다 거리가 가까웠다. 정확히는 팔뚝과 손이 이미 서로 맞닿고, 그 숨결이 자신의 피부를 슬쩍 스치고 지나갈 정도로 가까웠다. 덕분에 마히루의 온기와 달콤한 향기가 직접 전해져 왔다.

"미안."

마히루의 손을 포개듯 하고 있었음을 깨닫고 화들짝 놀라면서 몸을 떼자, 마히루는 눈을 크게 깜빡였다. 그리고는 가까이 붙어 있었다는 것을 깨달았는지 시선이 흔들리기 시작했다.

"아뇨……. 딱히. 저야말로, 죄송해요."

희미하게 색조를 띤 볼을 보면서, 해선 안 될 일을 저지르고 말았다는 후회가 엄습했다.

마히루는 남과 접촉하는 것을 그다지 좋아하지 않는다. 아무리 많이 익숙해진 사이라고 해도, 손을 잡히면 불쾌하게 생각할 지도 모른다.

저렇게 부끄러워하는 모습에 혐오감이 없다고는 장담할 수 없을 것이다.

"정말 미안해."

"저기, 그렇게까지 마음에 두고 있진 않으니까요."

"싫지 않았어?"

"……깜짝 놀라긴 했지만, 싫다뇨. 모르는 사람도 아닌데."

관대하신 천사님은 아무래도 자신의 무례를 용서해 주는 것 같았다.

바로 잊고 넘어가 주는 마히루의 반응에 안도하면서, 게임을 다시 시작했다.

이번에야말로 마히루가 게임을 진행할 수 있기를 바라면서 화면을 보다가…… 역시 게임 오버 당하는 마히루의 모습을 보고, 아마네는 어떻게 하면 마히루가 게임에 익숙해질 수 있을지를 진지하게 고민했다.

결과적으로 온갖 고생을 한 끝에 첫 스테이지를 겨우 클리어했을 때, 일단 이 게임은 중단하기로 했다.

완전 초보자에게 이런 마음고생을 계속 시켰다간 의욕 자체가 사라질 수도 있다. 다른 게임으로 눈을 돌리게 해서, 스트레스를 풀게 할 의도였다.

"마히루, 몸이 기울고 있어."

그런고로 다음에는 현실 세계에서도 나름대로 익숙할 것 같은

© SB Creative Corp.

레이싱 게임을 플레이시켜 봤는데…… 마히루의 몸이 기울고 있었다.

이 게임은 자이로 조작을 필요로 하지 않으며 컨트롤러에도 자이로 센서가 달려 있지 않았다.

몸을 기울일 필요가 전혀 없었지만…… 무의식적으로 그러는 건지 컨트롤러를 쥔 상태에서 몸을 좌우로 기울이고 있었다.

본인은 게임에 집중하고 있는지, 아무런 대꾸가 없었다.

아까 게임과는 달리, 차를 조종하는 게임이라서 차를 탈 기회가 있는 현대인은 익숙해지기 쉬웠던 모양이다. 학습한 보람도 있었는지, 서투르게 운전하면서도 플레이 자체는 해내고 있었다.

아주 진지한 표정으로 이리저리 몸을 기울이며 열심히 차를 움직인다.

'뭐야, 이거. 귀여워.'

진자처럼 좌우로 몸을 기울이는 마히루가 묘하게 귀여웠다. 아주 진지하게 열심히 하고 있으니까 괜히 더 귀엽게 보이는 것이겠지.

커다란 커브를 돌자, 자연스럽게 마히루의 몸도 크게 기울어졌다.

툭 하고 아마네의 허벅지 위로 쓰러졌을 때는 웃음을 필사적으로 참아야 할 지경이었다.

"……딱히 몸을 기울이지 않아도 되거든?"

"이, 일부러 그런 건 아니에요."

"응, 알아. 하지만 기울어지고 있었으니까."

입술이 부들부들 떨리는 걸 억지로 참으면서 마히루를 일으켜 주었다.

역시 예상대로 부드럽고 가벼웠다. 몸집이 작은 것도 있지만, 부러지지 않을까 걱정이 될 만큼 가벼워서 손을 대는 것이 망설여질 정도였다.

아마네가 일으켜 준 마히루는 부끄러움 때문인지 볼을 붉히면서 떨고 있었다.

그 모습이 또 작은 동물처럼 귀여운지라, 도저히 참을 수가 없어서 결국 웃음을 터트리고 말았다.

"저, 절 바보 취급하는 것 아닌가요."

"아냐, 아냐, 보고 있으니 흐뭇해서 그래."

"그게 바보 취급하는 거라고요."

"내가 진지하게 임하는 사람을 바보 취급할 거라 생각해?"

"그렇게 생각하진 않지만요……."

"그렇지? 그냥 귀여워서 그랬던 거야."

"……그 귀엽다는 건 분명히 어린아이 같아서 흐뭇하다는 뜻으로 한 말이네요."

어딘가 토라진 듯이 들리는 말. 너무 지나치게 놀렸다간 기분이 상해버릴 것 같으니까 이쯤에서 감상을 늘어놓는 건 그만하기로 했다.

속으로 어떻게 생각하든 표정으로 드러나지 않으면 문제가 되지 않으니까, 마음속으로만 몰래 생각하기로 하자.

여전히 불만스러운 표정인 것을 보고 작게 웃자, 마히루는 고개를 휙 돌려버렸다.

천사님이 도중에 토라지는 사태가 있었긴 했지만, 게임을 하는 도중에 깨끗이 잊어버렸는지 천사님은 다시 너무나 진지한 표정으로 돌아와 있었다.

게임 자체에는 제법 익숙해졌는지 위태위태 하면서도 플레이는 할 수 있었으며, 그럭저럭 적응하는 듯했다.

처음에 했던 게임과 달리 차를 조종하는 콘셉트의 게임이기 때문일 것이다.

원래 코스에서 벗어나 비포장도로에 들어가 버리거나 벽에 격렬하게 충돌하기도 했지만, 그래도 전진은 하고 있었다.

게임이 서툰 마히루라서 역주행을 하지 않을까 하는 불안감도 있었지만, 생각했던 것보다는 순조롭게 나아가는지라 안도했다.

기왕 하는 김에 아마네도 화면 분할로 함께 플레이를 시작했지만, 마히루가 무의식중에 방해를 하는지라 좀 힘들었다.

역시 마히루는 자연스럽게 몸이 기울어지는 버릇이 있는지, 때때로 팔뚝 부근에 머리가 툭 닿았다가 멀어지기를 반복했다.

그럴 때마다 좋은 냄새가 화악 하고 풍겨왔기 때문에 아마네로선 차분하게 집중할 수가 없었다.

뭐, 그래도 가장 쉬운 레벨로 설정한 CPU가 상대였기 때문에 독주하고 있었지만.

"……어떻게 그렇게 빠른 건가요."

"세월과 경험."

몇 번이나 플레이하다 보면 코스를 외우고, 코너링도 자연스럽게 잘하게 된다. 상대의 방해도 익숙해지면 카메라워크와 차단물 등을 구사하여 어느 정도는 막을 수 있다.

납득이 안 된다는 표정을 짓는 마히루를 보고 쓴웃음으로 대답한 후, 슬쩍 1인용 플레이로 되돌려 주었다.

마히루는 경험이 부족하니까 우선 큰 화면으로 연습해야겠지. 아마네의 실력을 보고 자신의 실력에 실망하는 것보다 CPU에 익숙해지는 것이 더 낫다.

다행히 마히루도 의욕이 있는지, 다시 1인용 플레이를 시작했어도 열심히 화면을 바라보고 있었다.

이런 식으로 익혀나가면, 뭐, CPU를 상대로는 그럭저럭 충분히 맞싸울 수 있게 될 것이다.

노력가인 면을 이런 데에서도 볼 수 있는지라, 역시 미소가 절로 지어지는 것을 참을 수가 없었다. 몰래 웃었는데 기척으로 그걸 알아차렸는지 마히루가 불만스러운 표정으로 허벅지를 찰싹찰싹 때렸다.

그런 반응이 재미있어서 더 웃었더니, 마히루가 눈썹을 찌푸린 뒤에 "아마네 군, 바보."라고 나지막이 중얼거렸다.

"이겼어요."

두 시간을 넘긴 고전이 끝난 후.

화면 끝에 찬란하게 빛나는 1등이라는 글자를 획득한 상태로 골인에 성공한 마히루는 자랑스러운 표정으로 아마네를 봤다.

긴 시간 동안 TV를 보면서 격투를 치른 끝에 드디어 얻은 영광의 1등.

몇 번이나 몇 번이나 꼴찌를 경험했고, 그래도 포기하지 않고 계속 달려 순위를 조금씩 올려서, 가까스로 1등을 차지했으니까 감격스럽기도 할 것이다.

해냈다는 듯 성취감 가득한 마히루의 표정을 보고, 아마네는 솔직하게 칭찬의 박수를 보냈다.

"잘됐네. 계속 노력하던 걸 보고 있었어."

"네."

칭찬을 받아서 기뻤는지, 평소보다 약간 쑥스러운 듯이 풀린 표정이었다.

알아보기 쉽게 방긋방긋 웃는 게 아니라, 아주 약간 기쁜 표정으로 부드럽게 머금은 미소는 평소 마히루가 보여주는 쿨한 모습에선 생각할 수 없을 정도로 달달했다.

최근 들어 평소의 쿨한 모습 사이로 간간이 또래 소녀다운 면을 보여 주게 된 마히루였지만, 오늘은 평소보다 더 자신의 나이에 맞는 표정을 보여 주고 있는지라 너무 귀여웠다.

어딘가 천진난만하다고 표현할 수 있는 그 순진무구한 미소는 아마네의 이성의 끈을 느슨하게 만들어 머리를 쓰다듬어 주고 싶다는 욕구를 불러일으킬 정도였다.

고양이를 쓰다듬고 싶다는 욕구와도 비슷한, 귀여워해 주고 싶다는 그 충동은 그만 자신의 팔에 명령을 내리고 말았고……

자신도 모르게 손을 들어 올리려다가 황급하게 다시 내렸다.

"왜 그러나요?"

"아, 아니, 아무것도 아냐. 이제는 잘하게 되었다는 생각이 들어서."

"숙달된 것 같나요?"

"응응. 처음에 비하면 아주 좋아졌어."

"고마워요. 재미있어서 그만 열심히 하게 됐네요."

후후, 하고 또 미소를 지은 마히루를 가만히 보고 있을 수가 없어서, 아마네는 그런 마음을 얼버무리듯이 집안의 찬장에 있는 바구니에 넣어두었던 작은 상자를 꺼냈다.

"1등을 한 상으로 이걸 줄게."

"네? 저기, 딱히 그렇게까지는 안 해도……."

"상을 받는 게 싫다면 흰 수염을 덥수룩하게 기른 덩치 큰 할아버지가 맡긴 걸로 치자고."

그렇다. 어제 그만 주는 걸 잊어버리고 있었던 크리스마스 선물이었다.

생일과 크리스마스가 가까워서 다시 선물을 고르는 것이 힘들긴 했지만, 한 번 해 본 적이 있기에 이번에는 생일 선물을 살 때만큼 고생하진 않았다.

크리스마스 선물이란 말에 오늘이 크리스마스라는 것을 새삼 떠올렸는지 눈을 깜박이던 마히루가 선물을 조심스럽게 받아 들었다.

열어도 된다고 말하자, 또 정성 어린 손길로 포장을 풀고 있었다.

'뭐, 대단한 건 아니지만 말이지.'

상자를 열고 천천히 꺼낸 것은 가죽으로 만든 키 케이스였다.

너무 비싼 걸 줘도 받는 사람이 난감해할 것 같으니까 브랜드를 보고 고르지 않고, 순수하게 디자인만 봐서 마히루에게 어울릴 만한 것을 골랐다.

꽃과 덩굴의 모양이 각인된 심플한 것으로, 평소에 쓰기에도 무난한 정도의 디자인. 꽃은 자세히 알지 못해서 뭐가 새겨져 있는지는 모르겠지만, 섬세한 모양이 틀림없이 마히루에게 잘 어울릴 것 같아서 골랐던 것이다.

"뭐, 여벌 열쇠를 줬으니까 말이지. 딱히 쓰지 않겠다면 그래도 돼."

"아뇨, 고맙게 쓰도록 하겠어요. 아마네 군은 생각했던 것보다 센스가 좋네요."

"생각했던 것보다 좋다는 건 무슨 뜻이야?"

"아뇨, 평소에는 스웨트 소재 아니면 체육복만 입는 데다, 복장이 센스 이전에 문제가 많았으니까요."

"이렇게 기능성이 좋은 옷은 달리 없다고."

마히루에겐 옷을 꾸며 입은 모습을 보일 기회도 없었고, 그런 건 귀찮아서 되도록 피하고 싶었기에 교복이나 늘어진 실내복을 입은 모습만 보여주고 있었다.

그래서 센스를 따지기 전에 깔끔하지 못하다는 인상이 저절로

었을 것이다. 뭐, 깔끔하지 못하다는 건 사실이므로, 그 인상 불식할 수 있을 것 같지는 않지만.

"……잘 차려입으면 멋지게 보일지도 몰라요. 중학생 때의 마네 군은 그랬잖아요."

"그건 어머니가 억지로…… 잠깐, 그걸 어떻게 알고 있어?"

"시호코 씨가 '잘 차려입으면 이렇게 될 수 있는데 말이지.' 고 사진을……."

"그 사람이 진짜……."

설마 어머니의 일에 억지로 어울리느라 딱 봐도 외부에 선보 차림으로 차려입게 된 사진이 유출될 것이라곤 생각도 하지 했다. 아마네는 이 자리에 없는 어머니에게 속으로 대량의 불 을 퍼부었다.

"……나한텐 그런 게 어울리지 않으니까."

"그럴까요. 아마네 군은 다른 사람과 그다지 눈을 마주치지 으려고 하거나 머리카락으로 가리고 있을 뿐이지, 이목구비 딱히 문제가 없다고 생각하는데요……."

작은 손이 아마네의 얼굴을 향해 뻗었다.

길게 자란 앞머리를 쓸어 올리려는 듯이 흰 손바닥이 이마에 았고, 시야가 평소보다 훨씬 더 넓어졌다.

목욕할 때를 제외하면 오랜만에 훤하게 트인 시야로 앞을 보 , 아주 약간 놀란 듯한 표정을 지은 마히루가 있었다.

딱히 놀랄 거 없는, 못생기지도 잘생기지도 않은 평범한 얼굴 텐데 자신을 뚫어지게 바라보는 마히루가 너무 이상했다.

"……왜 그래?"

"아뇨, 예전보다 눈이 생기를 띠게 된 것 같다는 생각이 들
서요."

마히루가 "몇 개월 전에는 죽은 눈을 하고 있었거든요."라
너무 실례지만 부정할 수 없는 말을 하고는 아마네를 빤히 쳐
보았다.

그렇게 쳐다봐도 딱히 재미있지 않을 텐데, 조용히 자신을
라보고 있었다.

여자가, 그것도 엄청난 미소녀가 자신을 응시하는 건 어쩐
부끄러웠다.

하지만 당하고만 있는 건 재미가 없다. 아마네도 반격하듯
히루의 볼에 걸려 있는 머리카락에 손을 대 아름다운 얼굴을
출시켰다.

손을 대는 것은 약간 망설여졌지만, 마히루도 별생각 없이
마네의 머리카락을 먼저 만졌으니까 이 정도는 용서해 주리라
머리를 쓰다듬은 것은 아니니까 세이프라고 생각하고 싶다.

'그건 그렇고, 정말 미인이긴 하네.'

다시 보니 마히루의 미모가 얼마나 대단한지를 실감할 수
었다.

과거에 아마네의 방에 놓여 있던 잡지에 실린 미녀들보다
씬 더 아름답고 매력적이다.

애초에 사진이라는 것은 그다지 신용할 수 없다.

한순간을 도려내어 가공할 수 있기에, 있는 그대로의 모습

추는 것도, 아름다움을 더 두드러지게 만드는 것도, 가장하
것도 가능하니까.
눈앞에 있는 마히루는 가공하지 않아도 귀엽고 아름다웠다.
질릴 것 같지 않은 그 반듯한 얼굴을 지그시 바라보고 있으려
, 마히루의 시선이 점점 갈 곳을 잃고 흔들리기 시작했다.
왜 그러지? 그렇게 생각한 순간, 마히루가 아마네의 머리카락
서 손을 떼고 시선을 아래로 숙였다.
뭔가 불편해 보이는 표정으로 잠깐 꼼지락거리던 마히루는 컨
롤러를 완전히 놓고 옆에 있던 쿠션을 끌어안았다.
"저기. 그…… 그렇지. 저도 크리스마스 선물을 준비했어요."
"으, 응, 고마워."
대체 왜 그러는지 물어보려고 했지만, 마히루는 이야기를 차
하듯이 옆에 놓아둔 가방에서 포장이 된 꾸러미를 꺼내더니
마네에게 떠넘기듯 내밀었다.
"그럼 전 저녁 준비를 해야겠어요."
"응? 그, 그래……?"
그 말만 남기고 바로 자리에서 일어난 마히루를 보고, 아마네
너무나도 빠른 전개에 당혹할 수밖에 없었다.

저녁을 먹은 후에 설거지를 마친 아마네가 거실로 돌아오자,
히루가 안절부절못하는 모습을 보이고 있었다.
최근에는 옆자리에 앉는 것도 익숙해졌는데, 어째서인지 마
루가 도저히 진정하질 못했다. 저녁을 먹는 중에도 미묘하게

시선을 피하고 있었다.

마히루가 자신을 의식하는 일은 지금까지 없었으니까 무슨 이유로 그러는 건지 궁금했지만, 혹시 선물을 줬기 때문인지도 모른다. 아마네도 마히루에게 곰 인형을 주었을 때는 쑥스러워 참을 수가 없었을 뿐만 아니라 도저히 진정이 되질 않았으니 자신의 반응이 어떤지 몰라서 불안한 걸까.

"그러고 보니 이거, 열어 봐도 될까?"

"그, 그러세요……."

낮은 탁자 위에 놓아둔 마히루가 준 선물을 들어 올리자, 미묘하게 말끝을 흐리면서 고개를 끄덕이고 있었다.

역시 선물 때문에 긴장한 거구나. 속으로 그런 결론을 낸 아마네는 꾸러미에 묶여 있던 리본을 풀었다.

무게로만 따지면 그렇게 무겁지 않았으며 만져 보고 천으로 만든 제품이라는 걸 알았지만, 꺼냈을 때 모노톤의 물떼새 무늬의 천이 나온 것은 예상외였다.

이게 뭐지, 라고 생각했지만, 펼쳐본 뒤에는 어떤 용도인지 바로 알 수 있었다.

"머플러였구나."

부드럽고 매끄러운 촉감의 머플러는 목에 둘러서 몸을 따뜻하게 만들기 위한 것이었다.

"……아마네 군은 멋을 부리는 것에 둔한 것 같고, 등하교 때에는 늘 추워 보였으니까요."

"실용성은 확실한 거네. 촉감도 아주 좋고."

"평소에 사용하는 것은 질을 중시해야 하니까요."

기본적으로 질이 좋은 것을 갖춰서 사용하고 있는 마히루가 하는 말이니까 틀리진 않을 것이다. 싼 물건을 사는 걸로 돈을 헛되이 쓰지 않고 질이 좋은 것을 오래 사용하는 타입 같으니, 그런 마히루의 기준에 들었다면 틀림없이 좋은 물건일 것이다.

손을 대 보니 아주 촉감이 좋았고 민감한 피부에도 거슬리지 않을 정도로 부드럽고 매끄러웠기 때문에 착용감도 너무나 편할 것 같았다.

마히루가 골랐다는 것이 수긍이 될 만한 품질에 감탄하면서, 자신의 반응을 약간 경직된 분위기로 지켜보고 있는 마히루에게 머플러를 흔들어서 보여 줬다.

"둘러봐도 될까."

"아마네 군에게 준 거니까 마음대로 하세요."

"그럴게."

미묘하게 무뚝뚝한 대답에 그만 쓴웃음을 지으면서, 마히루의 말에 따라 머플러를 목에 둘렀다.

목은 피부가 얇기 때문에 촉감이 얼마나 좋은지를 바로 알 수 있었다. 부드럽고 피부를 자극하지 않으면서도 공기를 통과시키지 않고 온기를 보존해 주는 머플러의 느낌에 자연스럽게 웃음이 나왔다.

지금은 실내에 있으니까 효과를 느끼기 어려울 것 같지만, 아마 밖에서 둘러도 충분히 따뜻함을 느낄 수 있으리라.

"응, 아주 따뜻해."

"그건 다행이네요."

아마네가 부드럽게 미소를 짓자, 마히루도 안도한 듯이 옅은 미소를 지었다.

최근에는 이전과 다른 종류의 미소를 짓게 된 마히루의 단정하고 예쁜 얼굴을 자신도 모르게 쳐다보고 말았다.

'……이러고 있으면 진짜 천사님이란 말이지.'

학교에서 짓는 천사의 미소가 그렇지 않다는 뜻은 아니지만, 이렇게 솔직한 모습으로 보여 주는 미소가 훨씬 더 매력적이었다.

"왜, 왜 그러죠?"

계속 바라보고 있던 것을 알아차렸는지, 약간 주위를 돌아본 후 아마네를 쳐다보았다.

"아니, 마히루도 처음 봤을 때 비교하면 표정이 조금 부드러워진 것 같아서."

"……그런가요?"

자신은 몰랐다는 듯 볼에 손을 대고 눈을 동그랗게 뜨는 마히루를 보고, 아마네는 작게 웃었다.

"응. 아니, 전에는 툭툭 쏘아대기만 했고 귀여운 맛이 없었다고 할까—."

"귀여운 맛이 없어서 미안하네요."

"화내지 마. ……지금은 예전보다 훨씬 더, 뭐랄까— 좋아졌다고 생각해. 그런 식으로 웃는 게 더 귀여운데 아깝다는 생각도 들고."

마히루가 차원이 다른 미소녀라는 것은 잘 알고 있었지만, 표

정에 따라서 인상은 바뀌는 법이다. 학교에서 보여 주는 천사의 미소는 감상용이라고 할까, 쉽게 부서지기 때문에 손을 대선 안 되는 물건 같은 아름다움을 느끼게 했다.

처음에 아마네에게 보여 주던 차가운 눈매와 표정은 사람을 다가오지 못하게 하는 가시 돋친 아름다움을 느끼게 했다.

지금의 마히루는 그 나이에 맞게 어딘가 천진난만하고 부드러운 분위기를 띤 미소를 짓고 있었으며, 쓰다듬으면서 귀여워해 주고 싶은 사랑스러움을 느끼게 했다.

이게 조금씩 익숙해지면서 마음을 터놓게 된 덕분에 생긴 변화라고 생각하자, 뭐라고 말하기 힘든 근질거리는 느낌이 가슴 속에서 올라오더니 볼까지 도달했다.

"지금처럼 자연스럽게 웃어 주면, 이제는 친숙해진 것 같아서 나도 기쁘니까…… 뭐하는 거야, 지금."

하지만 그 말은 도중에 물리적으로 가로막혔다.

어째서인지 마히루가 이야기하는 도중에 목에 두른 머플러를 아마네의 눈 위치까지 올리더니, 거기서 멈춘 채 내리려고 하지 않았다. 아무리 생각해도 의미를 이해할 수 없는 기행에 당혹감을 감출 수가 없었다.

다행히 올리기만 했을 뿐 머플러가 얼굴을 조르는 건 아닌지라 갑갑하진 않았지만, 자신의 숨결이 쌓이면서 약간 뜨겁게 느껴졌다.

"……잠깐만 조용히 있어 주세요."

"대체 왜?"

"……그냥요."

영문을 알 수 없는 이유로 인해 시야가 가로막혀서, 일단 머플러를 쥔 채 올리고 있는 손목을 붙잡고 내리려고 했다. 겨우 트인 시야에 황갈색이 보였다.

정면에서 본 마히루의 볼은 미묘하게 떨리고 안쪽부터 확연하게 물이 들어 있었다.

새빨갛다고 할 정도는 아니었지만, 달아오르듯 붉어진 마히루의 얼굴은 아마네를 보자 한층 더 붉은 기운이 강해졌다.

왜 이런 표정을——. 그런 생각이 들었지만, 짐작이 가는 이유는 그나마 하나 정도였다.

"……혹시 쑥스러워서 그러는 거야?"

"시끄러워요."

아마네의 말을 수긍하는 것처럼 고개를 돌린 마히루를 보고, '이럴 때는 역시 새침하게 구는구나.' 라는 생각이 드는 바람에 그만 웃고 말았다.

마히루는 그런 아마네를 보면서 나지막이 신음하더니 "바깥 공기를 좀 쐬고 올게요." 라고 중얼거린 뒤에 베란다 쪽으로 향했다.

창밖에는 어제와 마찬가지로 눈이 살랑살랑 내리고 있었지만, 마히루는 상관하지 않고 베란다로 나갔다.

차가운 공기가 아마네가 있는 곳까지 흘러들어 왔다.

바로 창문을 닫아서 바깥 공기를 차단했지만, 은근히 남아 있는 차가운 공기는 무심결에 몸을 부르르 떨게 할 정도로 차가웠다.

그런데도 베란다로 나간 마히루를 보면서 아마네는 슬쩍 한숨을 쉬었다.

쑥스러움을 감추려고 도망친 건 좋지만, 좀 더 따뜻한 차림으로 나가야 할 것이다. 안 그래도 지금 마히루가 입은 옷은 웃옷을 걸치거나 실내에 있는 것을 전제로 멋을 우선한 차림이니까. 저런 차림으로 있다간 가냘픈 몸이 금세 차가워질 것이다.

"정말이지……."

그렇게 투덜대면서, 소파에 걸쳐 두었던 담요를 집어 들었다.

눈도 조금씩 쌓이고 있는데 얇은 옷만 입은 채 밖에 오래 있으면 몸에 좋지 않다.

자신도 웃옷을 걸친 뒤에 베란다로 나가서 마히루의 어깨에 담요를 걸쳐 주자, 마히루가 빠르게 돌아봤다.

"바깥 공기를 쐬는 건 좋지만, 감기 들 거야."

"……그건 제가 할 말 아닌가요?"

보아하니 이제 평정을 되찾았는지, 마히루는 평소의 모습과 표정으로 대꾸했지만 거기에는 약간 비꼬는 투가 담겨 있었다.

아마도 아마네가 마히루와 처음 대화를 나눴던 때의 일을 지적하는 것이겠지.

"윽. ……그건 목욕으로 몸을 제대로 덥히지 못했기 때문이야. 방심했던 것뿐이라고."

"다음에는 몸이 젖으면 확실하게 체온을 유지하도록 하세요. 제가 그 자리에 있다면 바로 욕실로 밀어 넣을 테니까 그렇게 알아요."

"네가 우리 엄마야?"

가끔 마히루는 어머니 같은 말을 꺼낸다. 웃으면서 첫 만남을 떠올렸다.

그건 가을에 접어들면서 날이 추워지기 시작했을 때의 일이었다. 아마도 10월 중반쯤이었을 것이다. 예전에 살았던 곳보다 날씨가 빨리 추워지는 바람에 방심한 것도 있지만, 설마 약간 젖은 것 때문에 열이 나면서 드러누울 줄은 생각도 못 했다.

마히루의 간호를 받은 것이 가장 예상 밖의 일이긴 했지만.

"그러고 보니…… 그런 식으로 말을 트고 나서 벌써 2개월이 지났네."

"그러네요. 아마네 군의 방이 더러웠던 것도 좋은…… 아니, 좋지는 않았지만, 어쨌든 추억이에요."

"시끄러워. 지금은 깔끔하게 치우고 살잖아."

"누구 덕분일까요."

"마히루 님 덕분이지. 엎드려서 감사의 절이라도 하고 싶을 정도야."

"필요 없거든요, 정말이지."

이렇게 가벼운 농담을 주고받을 수 있게 되다니 옛날의 자신이라면 믿지 못하리라. 옛날이라고 하기엔 꽤나 최근의 일이지만, 이 2개월 동안에 너무 많은 일이 있었던지라 시간이 흐르는 게 너무 빨랐다.

침묵이 한 번 흐르면서 갑자기 조용해졌다.

어제부터 내리고 그치기를 반복하던 눈은, 지금은 하늘에서 천천히 내리면서 아마네의 집을 하얗게 덮고 있었다.

주택가, 그것도 크리스마스 밤이었기 때문에 자동차가 달리는 소리랑 갖가지 소음은 왠지 멀게 느껴졌다. 어딘가의 집에서 크리스마스 캐럴을 틀어놓은 것이 희미하게 들렸지만, 시끌벅적하게 떠드는 목소리까지는 들리지 않았다.

마히루가 하아, 하고 숨을 내쉬면서 하얀 입김을 만드는 소리가 또렷하게 들렸다.

"……왠지 이상한 기분이에요."

한동안의 침묵 후 먼저 입을 연 건 마히루 쪽이었다.

"처음에는 '이 사람, 뭐지?' 라고 생각했거든요."

"뭐, 마히루의 입장에선 당연히 그랬겠지. 갑자기 모르는 사람이 우산을 내밀면 의심을 하게 될 거야. ……지금은 어때?"

"……글쎄, 어떨까요. 손이 많이 가는 사람이라 할 수 있지 않을까요."

"그 말이 맞아."

명확한 답을 내놓지 않고 고개를 돌리는 마히루를 보고 웃으면서, 베란다의 손잡이에 기댔다.

"……나도 이렇게 둘이서 밥 먹는 사이가 될 줄은 생각도 못 했어. 솔직히 말해서 마히루는 감상하는 대상이라는 느낌이었지, 친해지고 싶다는 생각은 하지 않았으니까."

"너무 솔직하네요. 알고는 있었지만요."

그렇기 때문에 신용하고 있었던 거예요. 그렇게 한마디를 더 하는 걸 듣고, 아마네는 몸을 들썩이면서 웃었다.

흥미가 없는 모습을 보였기 때문에 마히루가 자신을 받아들일 수 있었다는 건 알고 있었다. 피차 마찬가지라고 해야겠지.

"하지만 뭐, 이렇게 알 수 있게 되어서 다행이라고 생각해. 생활 습관을 개선했고, 매일 맛있는 밥을 먹을 수 있어서 행복한 데다, 너와 같이 어울리고 있으면 마음이 편하니까 말이지."

"……그런가요."

"정말로 이 두 달 동안 감사히 여겨야 할 일밖에 없었어. 고마워."

이 고마운 마음에는 거짓이 없었다.

마히루 덕분에 생활 수준은 올라갔고 매일 맛있고 행복한 식사 시간을 보내고 있다. 그뿐만이 아니라, 꾸밈없는 마히루와 이야기하는 것도 의외로 마음이 편했기에 일상의 즐거움이 되어 있었다.

때때로 놀렸을 때의 반응도 귀엽고, 보고 있으면 질리지 않았다.

'최근에는 잘 웃게 되었고 말이지.'

조금 전에도 생각했지만, 감정표현이 풍부해지면서 어쩐지 귀여워해 주고 싶은 욕구가 생겼다. 역시 실행은 할 수 없지만 보고 있는 것만으로 위안이 되었다.

아마네의 말에 눈이 동그래진 마히루가 아주 살짝 시선을 낮췄다.

약간 볼이 붉어진 것은 추위 때문일까, 부끄럽기 때문일까.

"저야말로 고마워요."

"나는 아무것도 해 준 게 없는데."

아마네는 신세를 지기만 했을 뿐 아무런 답례도 해 주지 않았는데, 마히루는 천천히 고개를 저으면서 부정했다.

"……아마네 군은 모르겠지만, 제가 고마워해야 할 일이 많았거든요."

"흐—응…… 왠지 서로에게 고맙다는 인사를 나누고 있으려니 왠지 연말 같은 느낌이 드네. 내일부터 연말 무드에 들어가니까 그렇게 이상한 일은 아니지만 말이야."

무슨 이유인지 서로 감사의 인사를 나누고 있었지만, 아직 그믐날이 된 것은 아니었다. 앞으로 엿새 후면 그믐날이 되니까 연말에 가깝기는 하지만.

마히루는 연말이라는 말을 듣고 눈을 반짝 빛내더니 쿡 하고 미소를 지었다.

"후후, 그러네요. ……아직 이르지만, 내년에도 잘 부탁드릴게요."

"……응, 내년에도 잘 부탁해."

바라 마지않던 그 말에 고개를 끄덕이면서 마찬가지로 웃어 주자, 마히루가 "몸이 차가워졌으니까 슬슬 들어갈까요."라고 말하면서 몸을 돌려 거실로 연결된 창문을 열었다.

힐끗 보인 귀가 살짝 빨개질 정도로 몸이 차가워진 걸 보면, 아마네도 감기에 들기 전에 철수하는 것이 좋을 것 같았다.

'……이래저래 많은 일이 있었지만, 나도 이 생활이 마음에 들었단 말이지.'

그러니까 이렇게 가슴속이 따스한 것이라고 생각한다.

마히루를 따라 방으로 돌아가면서, 아마네는 황갈색의 머리카락이 흔들리는 모습을 지그시 바라보고 슬쩍 입가에 미소를 지었다.

옆집 천사님과 함께 지내는 생활은 앞으로도 조금 더 계속될 것 같다.

She is the neighbor

Angel,

I am spoilt by her.

후기

뵙게 되어 반갑습니다, 사에키상이라고 합니다.

『옆집 천사님』은 재미있게 즐기셨는지요.

따뜻하고 안타까우면서 부드러운 러브코미디를 목표로 쓴 작품입니다만, 그 목표대로 잘 써낸 것 같다고 스스로는 생각하고 있습니다.

처음에는 서로 차갑고 무뚝뚝한 관계로 시작했지만, 서서히 신뢰를 쌓으면서 어느새 서로에게 이끌리는── 그런 식으로 감정과 관계가 바뀌어 가는 모습을 묘사하는 것이 너무나 즐거웠습니다.

천천히, 천천히, 상대를 알아 가면서 거리를 좁히는 그런 이야기가 있어도 좋을 거라 생각했습니다. 뭐, 무슨 말을 하고 싶은 거냐 하면 '안달복달하면서 안타까운 사랑이야말로 최고라고요!' 라는 뜻입니다.

이 작품은 인터넷에 게재했던 것을 가필 및 수정하여 책으로 묶은 것이 되겠습니다만, 솔직히 말해서 1권 분량에선 아직 서로의 감정을 완전하게는 확인하지 못한 상태입니다. 지금부터가 본격적인 시작입니다.

앞으로도 주인공 두 사람은 속으로 안타까워하면서도 서로에게 가까이 다가가게 만들 예정입니다. 둘이 서로 좋아하면서 그걸 모르는 짝사랑은 정말 최고라니까요.

이 작품 안에서 히로인인 마히루는 천사님이라는 별명으로 불리고 있습니다만, 일러스트 덕분에 그 이름에 부끄럽지 않은 모습으로 완성되었습니다. 카즈타케 하자노 작가님의 멋진 일러스트 덕분에 천사님, 그러니까 마히루의 매력도 더욱 잘 살아나게 되었습니다.

실은 담당 편집자 분과 회의를 했을 때 일러스트는 카즈타케 작가님이 좋겠다고(눈치) 주장했습니다만, 작가님이 그 제안을 받아들여 주셔서 너무 놀랐습니다.

계속 좋아했던 작가님이었기 때문에 너무나 감동하고 말았죠……. 일러스트를 맡아 주셔서 정말 감사합니다!

카즈타케 작가님의 매력이 듬뿍 담긴 일러스트를 보면 아시겠지만, 모든 캐릭터가 다 귀엽습니다. 일러스트를 받아서 보게 될 때마다 너무 좋아서 몸부림을 쳤습니다. 천사님은 정말 천사였습니다.

멋지게 그려 주셔서 정말로 고마운 마음이 가득합니다……!

그러면 마지막이 되겠지만, 신세를 진 많은 분들에게 감사의 인사를 드립니다.

이 작품을 출판할 수 있게 최선을 다해 주신 담당 편집자님, GA문고 편집부 분들, 영업부 분들, 교정 담당자님, 카즈타케 하자노 작가님, 인쇄소 직원 분들, 그리고 이 책을 구입해 주신 독자 여러분, 너무나 감사합니다.

다음 권에서 다시 뵐 수 있기를 빌면서, 이만 펜을 놓겠습니다.

끝까지 읽어 주셔서 정말 감사합니다……!

옆집 천사님 때문에 어느샌가 인간적으로 타락한 사연 1

2021년 01월 25일 제1판 인쇄
2024년 11월 20일 제8쇄 발행

지음 사에키상
일러스트 카즈타케 하자노, 하네코토

제작 · 편집 노블엔진 편집부

발행 데이즈엔터(주)
등록번호 제 2023-000035호
주소 07551 서울특별시 강서구 양천로 570 NH서울타워 19층
대표전화 02-2013-5665

ISBN 979-11-6625-556-4
ISBN 979-11-6625-555-7 (세트)

OTONARI NO TENSHISAMA NI ITSUNOMANIKA DAMENINGEN NI SARETEITA KEN vol. 1

Original Japanese edition published in 2019 by SB Creative Corp.

This Korean edition is published by arrangement SB Creative Corp., Tokyo
in care of Tuttle-Mori Agency.

어느 날 갑자기 이세계로 넘어가 보니, 내가 집사고
선배가 악역 영애?! 비극을 피하고 원래 세계로 돌아가라!

전생종자의 악정개혁록(블랙 크로니클) 1

좋아하는 여자 선배와 하교 중에 이세계
전생한 유리. 몰락 귀족의 자식으로서 자
이 섬기는 오만불손 귀족 영애를 만나러 가 보
니…… 갑자기 자신에게 엎드려 빌었다?!
평소와 다른 귀족 영애의 상태에 당황하면
도, 우연히 자신과 똑같이 전생한 선배임을
닫는 나.
그런데 원래 세계로 돌아가려면 선배(=귀
영애)가 모략과 결혼이 판을 치는 궁정에서
아남아야 한다고?!

악역영애(=선배)를 섬기는 종자가 되어 배
엔딩을 피해라!
전생 주종의 이세계 생존기!!

카타리베 마사유키 지음 | 토사카 아사기 일러스트 | 2021년 2월 출간

청춘의 상상, 시동을 걸어라!